치즈 이야기

조예은 소설　**치즈 이야기**

문학동네

차례

7 치즈 이야기

35 보증금 돌려받기

73 수선화에 스치는 바람

127 반쪽 머리의 천사

175 소라는 영원히

227 두번째 해연

281 안락의 섬

329 해설 | 단요(소설가, 문학평론가)
치즈, 파노라마, 인간

351 작가의 말

치즈 이야기

어렸을 때 꾸었던 가장 무서운 꿈은 부모님이 치즈로 변하는 꿈이었습니다. 코 옆에 큼지막한 사마귀가 난 마녀가 배가 고프다며 치즈가 된 부모님을 펄펄 끓는 양파 수프에 집어넣어버렸어요. 네모난 치즈 조각들이 살려달라고 이쑤시개 같은 팔다리를 버둥거리는 모습이 얼마나 끔찍하던지요. (물론 치즈에 팔다리가 달려 있을 수는 없습니다. 하지만 이건 하루종일 온갖 케이블 방송을 시청하던 고작 일곱 살짜리 아이의 꿈 속 장면일 뿐이니, 적당히 넘어가주시길.) 허우적거리는 부모님은 세상에서 가장 역겨운 노란 벌레 같은 모습이더군요.

 먼저, 만화에 나오는 구멍이 송송 뚫린 에멘탈치즈 한 덩이를 떠올려보세요. 잘린 케이크 모양의 그것을 한입에 쏙 넣기 좋은 크기로 자릅니다. 엄지손가락만한 육면체의 한 면에는 세공사가 손끝에 영혼을 담아 조각한 것처럼 정교한 부모님의 얼굴이 박혀 있습니다. 엄마의 두터운 눈두덩이와 눈썹 위의 점, 아빠의 숱 많은 눈썹과 톡 튀어나온 덧니까지 전부요. 옆면에는 좌우로 가느다란 팔이, 밑면에는 한 쌍의 다리가 뻗어 나와 있고 손가락과 발가락도 전부 인간이었을 때의 형체 그대로입니다. 작은 관절 하나하나가 너무 생생해 치즈를 파고 든 구더기를 보는 것처럼 소름 돋는 느낌입니다. 냄새는 또 어찌나 지독한지요. 치즈로 된 얼굴이 입을 벌릴 때마다 난생처음 맡아보는 악취가 쏟아지죠. 어떤가요. 퍽 끔찍한 꿈 아닌가요?

 하지만 이 잔혹 동화 같은 꿈은 여기서 끝이 아닙니다. 마녀는 저를 펄펄 끓는 무쇠솥 앞으로 데려갔습니다. 그리고 사람 얼굴만한 국자로 보글보글 끓는 수프를 한가득 떠 올리더니, 먹어보겠냐고 물었습니다. 어여쁜 파스텔톤의 연두색 수프가 기포 방울을 팡팡 터뜨리며 끓고 있었습니다. 정체 모를 건더기들 틈에 고통스러운 표정으로 녹아가는 치즈들이 보였죠. 노인의 머리카락을 닮은 양파 껍질과 함께 휩쓸려 금방 보이지 않게 됐지만요. 왜 그 불쾌한 음식을 보고도 제가 고개를 끄덕인 건지는 모르겠습니다만, 어린애가 꾸는 개꿈에서 맥락을 찾기란 불가능한 일 아니겠어요? 저는 새 부리처럼 조그만 입을 삐죽 내밀어 국자 앞으로 가져갔습니다. 그 맛이 어땠을까요?

아주 환상적이었답니다. 제가 그때까지 먹어본 어떤 음식보다도 따뜻하고, 향긋했으며 다채로운 맛이 났지요. 저는 부모님의 맛이 역하지 않고 아주 감미롭다는 데에 큰 충격을 받은 채로 꿈에서 깨어났습니다. 그게 꿈이라는 걸 알아차린 순간…… 얼마나 아쉽던지요. 그 무쇠솥에 코를 처박고 바닥까지 싹싹 핥아먹었어야 했는데요. 마른 입술을 빼끔거리며 입맛을 다시고 있자니 뒤늦게 스스로가 무슨 생각을 하고 있는 건지 정신이 번쩍 들더군요. 어떻게 감히 부모님을 끓여먹는 생각을 한 걸까요? 부모님은 아직 손 많이 가는 핏덩이에 불과한 저에게 방을 주고, 침대를 주고, 옷도 주고, 텔레비전도 보게 해주고, 가끔 먹을 것도 주는 하늘 같은 분들인데 말예요. 잠깐 다닌 어린이집에서 노래도 불렀었지요. 부모님 은혜는 하늘 같아서……랬나?

꿈에서 깨어났을 땐 여전히 밤이었고, 저는 오래도록 실제도 아닌 패륜과 식인에 대한 죄악감에 시달렸습니다. 그 와중에도 배가 고프다는 사실이 저를 집요하게 괴롭혔습니다. 텅 빈 위장처럼 순수했던 저는 어둠 속에서 손을 모으고 기도했답니다. 부모님이 치즈로 변하지 않게 해주세요. 그런 무서운 일이 벌어지지 않게 해주세요. 적어도 지금은, 절대로 안 된다고요. 뭐, 떠올려보면 억울할 따름입니다. 저는 꿈속의 마녀가 권해서 그 괴상하고 역겨운 양파 수프를 한입 먹었을 뿐이니까요.

한입. 그 한입이 잊히지가 않더군요.

아무리 꿈을 잊으려 해봐도, 잠을 자고 또 자도, 어떤 달콤한 간식을 맛봐도, 초등학교에 입학해 매일 다르게 제공되는 밥과 국과 세 개의 반찬을 먹을 수 있게 되었는데도, 전단지 아르바이트로 번 몇천원으로 마트 유제품 코너에서 파는 치즈를 사 먹어보아도…… 꿈속의 그 맛은 늘 조롱하듯 제 혓바닥 위를 맴돌았습니다. 전 정말이지, 그 맛을 다시 만날 수만 있다면 영혼이라도 팔 수 있을 것 같았어요.

이 꿈을 딱 한 번, 친구들에게 말한 적이 있습니다. 그때 저는 특성화고에서 양식 조리기능사 자격증을 준비중이었지요. 아마 수학여행 때였을 겁니다. 선생님들이 거나하게 취해 잠든 새벽 네시. 우리는 어둠 속에서 퀴퀴한 이불을 뒤집어쓴 채 진실 게임을 하고 있었어요. 누가 누구를 좋아한다거나, 옆 남고의 누구와 어디까지 진도를 나갔다거나, 첫 키스를 하다가 토할 뻔했다거나, 그런 간질간질하고도 은밀한 이야기들이 지나가고 야심한 시간대에 어울리는 주제가 나올 차례에 이르렀죠. 아이들은 돌아가면서 무서운 이야기를 꺼내놓았습니다. 전부 인터넷 게시판에서 한 번쯤 읽어보았을 법한 시시한 이야기들이었답니다. 그다지 무섭지는 않았지만 몸을 밀착시키고서 함께 꺅꺅 소리를 지르는 건 꽤 재밌더군요.

  제 순서가 돌아왔을 때, 저는 그 꿈에 대해 이야기했습니다. 이건 내가 직접 꾼 가장 끔찍한 꿈이야. 친구들은 눈을 반짝이며 물었죠. 무슨 꿈인데? 말해봐. 우리에게 다 털어놓아봐. 살인마가 쫓아왔어? 귀신이나 사신이 나타났어? 죽은 사람이 널 저주했어? 그래서 저는 말했습니다. 부모님이 치즈로 변했고 제가 그것을 먹어버렸다고요.

  다음 순간, 친구들은 웃음을 터뜨렸습니다. 푸핫, 쿠쿡, 하하, 입을 가리고 어깨를 들썩이며 숨을 죽인 채 웃었죠. 옆에 앉아 있던 친구가 제 어깨를 장난스레 치며 속삭였습니다. 무서운 이야기 하라고 했잖아! 갑자기 웃기면 어떡해? 평소엔 농담도 안 하더니 참. 그러자 다른 친구들도 저를 향해 웃기는 소리 한다고 한마디씩 하는 게 아니겠어요? 무덤가 근처의, 이름만 호텔인 모텔 방은 순식간에 여고생들의 싱그러운 웃음소리로 가득찼습니다. 저만 웃지 못했지요. 다들 이 끔찍한 이야기를 듣고 어떻게 웃을 수 있는 걸까? 어느 부분이 그렇게 웃긴 건지, 전혀 이해할 수 없었습니다. 그리고 꽤 긴 시간이 흐른 지금도 종종 궁금해져요. 제가 꾸었던 꿈은 무서운 꿈일까요, 아니면 웃기는 꿈일까요? 만약 그때 웃음을 터뜨린 친구들이 지금 제 눈앞의 장면을 본다면, 여전히 웃을 수 있을까요?

저는 지금 블루치즈를 먹고 있습니다. 호텔 뷔페에서 쓸 법한 새하얀 접시 위에 시퍼런 반점이 버짐처럼 핀 치즈 한 덩이, 짭조름한 크래커 다섯 조각과 후추가 뿌려진 그린 올리브 세 알이 놓여 있습니다. 그 옆에는 레드 와인이 담긴 와인 잔이 얌전히 서 있네요. 그거 아시나요? 와인 잔은 스템이 길고 가느다랄수록 비싸답니다. 제 건 집 앞 다이소에서 이천원 주고 산 거라 가운뎃손가락만큼 굵지만요.

어쨌든 저는 이 풍경이 꽤 마음에 듭니다. 누구나 사소한 로망 하나씩은 있기 마련이잖아요. 저 같은 경우엔 역시, 치즈였습니다. 유제품을 굳히고 발효시켜 만드는 만큼, 가공 기술이 발달되지 않은 과거에는 고급스러운 사치품에 속했답니다. 사실 지금도 그래요. 마트에만 가도 선뜻 카트에 넣을 수 없는 비싼 치즈가 널려 있지요. 주먹만한 크기에 수십만원은 물론 수백만원까지 호가하는 고급품도 있습니다.

모차렐라, 체다, 리코타, 카망베르…… 세상에는 얼마나 다양한 치즈가 있는지요. 저는 그 모든 치즈를 맛보고 싶었습니다. 정확히는 꿈에서 만난 그 맛을, 쌉싸름하고 달콤한 양파 수프에 깃들어 있던 진한 풍미를 찾아내고 싶었어요. 그렇게 발견해낸, 세상에서 가장 맛있는 치즈를 기스 하나 없이 깨끗한 접시에 올려놓고 아주 천천히, 어떤 와인 어떤 음식과 어울리는지 하나하나 음미하며 먹어보는 게 소원이었네요.

 뭐, 얼추 이룬 것 같습니다만, 와인 잔이 영 걸립니다. 급히 구한 거라 스템이 너무 굵어요. 잔에 담긴 와인의 빛깔도 탁합니다. 블루치즈 특유의 콧속을 찡하게 후벼파는 고릿함과는 어울리지 않는 싸구려군요. 그래도 이렇게나마 구색을 갖출 수 있음에 저는 감사하고 있답니다. 어쨌든 그렇게 꿈꾸던 치즈가 제 앞에 있잖아요. 이 블루치즈에서는 수프에 던져 넣기 전 부모님에게서 나던 것과 같은 아주 지독한 냄새가 풍겨요. 블루치즈란 게 원래 그런 음식이니까요. 멀쩡한 치즈에 균을 넣어 공들여 썩히는.

 식탁 앞에 앉아 경건한 마음으로 하느님께 기도를 올립니다. 그다음 와인 한 모금으로 입안을 헹구고, 나이프와 포크로 치즈 모서리를 조그맣게 자릅니다. 새끼손가락 끝마디만큼, 아주 조그맣게. 나이프를 내려놓은 뒤에는 이제 크래커를 집어요. 검지와 엄지손가락에 크래커의 짭조름한 기름이 묻어나면 기분이 고양되죠. 그 위에 잘라낸 치즈와 올리브 반쪽을 올려 한입에 넣습니다. 아, 코를 톡 쏘는 짙은 치즈 향이 입안 가득 퍼져나갑니다. 이건 제가 지금껏 먹어본 블루치즈와는 차원이 다른 맛이에요. 미슐랭 식당을 운영하는 프랑스 출신 셰프가 손수 만든 치즈도 이 맛과 비교하기엔 턱없이 부족할 겁니다. 짜고, 달고, 역하고, 사랑스러운 맛.

바로 꿈속의 그 맛입니다.
제가 어떻게 이 맛을 찾아냈는지, 궁금하지 않으신가요?

* * *

블루치즈를 만들 때 중요한 과정 중 하나는 숙성입니다. 알맞은 습도와 온도를 갖춘 저장 숙성고에 넣어두고 인내의 시간을 견뎌야 고유한 질감과 깊은 풍미가 완성된다고 하죠. 옛날 사람들은 주로 동굴을 이용했다고 하더군요. 너무 건조하면 곰팡이가 자라지 않고, 너무 습하면 썩어버리니 지속적으로 숙성고 상태를 살펴야 해요. 바늘로 치즈에 미리 뚫어둔 구멍을 통해 공기와 접촉한 곰팡이 균은 무럭무럭 자라 그 안에서 퍼져나갑니다. 그렇게 부드럽고 맛깔스러운 블루치즈로 거듭나는 것이랍니다.

그리고 일곱 살의 저는 숙성되길 기다리는 치즈처럼, 그 방 안에 머물러 있었습니다.

거기엔 침대 하나와 낮은 좌식 책상, 요강과 텔레비전이 있었어요. 돌아가신 할머니가 쓰던 방이었지요. 초기 치매를 앓던 할머니는 그 방에서 하루종일 텔레비전을 보셨는데, 어느 날 요구르트가 먹고 싶다고 집을 나가더니 돌아오지 않으셨습니다. 그렇게 할머니의 유일한 재산이었던 열여덟 평짜리 아파트는 당시 원룸에서 홀로 저를 키우던 엄마가 물려받게 되었습니다.

  엄마가 이사를 오자마자 가장 먼저 한 일은 저에게 방을 만들어주는 것이었어요. 당시만 해도 어린이집에 다니고 있던 저는 친구들에게 방이 생겼단 사실을 자랑할 생각에 무척 설레었답니다. 엄마는 할머니의 쿰쿰한 매트리스와 요를 치우고 침대를 들였습니다. 원룸에서 식탁 대신 사용하던 좌식 책상을 가져오고, 할머니가 쓰던 요강과 텔레비전은 버리지 않고 그대로 두었지요.

  처음에는 엄마가 왜 요강을 방에 두는지 알지 못했어요. 방 밖에 화장실이 있잖아요. 할머니처럼 거동이 힘들다거나, 움직이는 게 어지간히 귀찮지 않은 이상 굳이 쓸 일이 없는 물건이었죠. 하지만 곧 이유를 알게 되었습니다. 집 정리가 끝난 날 새아빠가 찾아왔거든요. 광택이 다 죽은 회색 정장 차림으로 나타난 새아빠는 눈썹 숱이 많고 눈매가 부리부리한 사람이었습니다. 그는 어금니 옆의 덧니가 보일 정도로 호탕하게 웃으며 저에게 당시 제일 유행하던 캐릭터 인형을 안겨주었습니다. 처음 만난 사이가 아니라 어쩔 수 없이 헤어진 딸과 간신히 재회한 것처럼, 애틋한 얼굴로 저를 당황스러울 만큼 꽉 껴안았습니다. 저는 순간적으로 그가 얼굴 한번 본 적 없는 제 친아빠인가 했어요. 당연히 아니었지만요. 감격의 상봉을 마친 그는 너무나 자연스럽게 거실의 삼 인용 소파를 차지하며 말했습니다.

"우리 희지, 방에 들어가서 인형이랑 놀까?"

저는 고개를 끄덕였습니다. 제 발로 방에 들어가자 엄마가 문을 닫았습니다. 덜컥대는 소리가 나 문고리를 보았더니 웬걸, 손잡이가 떨어져 덜렁거리는 게 아니겠어요? 이사하다가 안쪽 손잡이가 고장났는데, 그걸 그냥 둔 겁니다. 문이 닫히면 저는 밖에서 누군가 열어주기 전까지 나갈 수가 없었습니다. 문틈에 귀를 가져다대니 엄마와 새아빠의 행복한 웃음소리가 들려오더군요. 엄마가 그렇게 웃는 건 정말 오랜만이었어요. 엄마의 행복을 방해하고 싶지 않았던 저는 그대로 침대로 올라가 텔레비전을 켜고 인형과 함께 놀았습니다. 언젠가 열어주겠거니, 하고요.

금요일이었던 걸로 기억합니다. 애니메이션 채널에서 금요일 저녁 일곱시에 방영하던, 제가 무척 좋아하는 어린이 드라마가 나왔거든요. 드라마가 끝날 즈음, 엄마가 문을 열고 웬 봉지를 넣어주었습니다. 그리고 뭐라 할 새도 없이 다시 문이 닫혔습니다. 봉지 안에는 편의점 삼각김밥과 과자, 사탕, 빵, 젤리들이 가득했어요. 마침 배가 고파서 삼각김밥을 먹었고, 깜빡 잠이 들었습니다. 선잠을 깨운 건 술에 취한 엄마의 노랫소리였습니다. 술기운이 가득한 콧소리로 드라이브를 하자는 가사의 노래를 부르더군요. 그리고 웃음소리. 행복으로 가득한 웃음소리가 메아리쳤어요. 얼마 지나지 않아 문소리가 들렸습니다. 제 방 문이 아니라 무거운 현관문이 크게 열고 닫히는 소리요. 네, 다정한 새아빠가 그 야심한 금요일 밤에 엄마를 데리고 드라이브를 간 겁니다.

저는 그 방안에 둔 채로요.

주인을 찾는 강아지처럼 문 앞에서 낑낑거리는 제게 돌아오는 답은 없었습니다. 그 문이 열리는 일도 없었죠. 저는 눈치 빠른 어린애답게 상황을 금방 받아들였습니다. 쓸데없는 울음은 에너지만 잡아먹을 뿐 아무것도 해결해주지 않는다는 것을요. 배고프면 과자를 먹고, 화장실이 가고 싶어지면 요강에 볼일을 보았죠. 심심하면 인형에게 말을 걸고 텔레비전을 보며 꿈도 키웠습니다. 그때 본 한 프로그램에는 전 세계 방방곡곡을 여행하며 맛있는 음식을 소개하는 젊은 셰프가 나왔습니다. 이탈리아인과 한국인 사이에서 태어났다는 그 셰프는 바다같이 푸른 눈을 하고 고르곤졸라—블루치즈의 한 종류—의 제조법에 대해 설명해주었죠. 저는 그의 달콤한 눈빛에 매혹되었어요. 흰 접시 위 덩그러니 놓인 한 덩이의 치즈는 그 자체로 장인이 만든 공예품처럼 완벽해 보였습니다. 요리사를 꿈꾸기 시작한 건 바로 그때부터입니다. 저는 먹어보기 전에는 모두가 코를 싸쥐지만 입안에 넣는 순간 황홀경을 느낀다는 블루치즈에 사로잡혔습니다. 쉽사리 상상조차 가지 않는 그 맛이 궁금해 견딜 수가 없었죠.

하지만 방송이 끝났을 때 제 앞에 남겨진 건 삼각김밥 포장 비닐, 김 조각, 과자 부스러기, 설탕 가루가 묻은 젤리 봉지뿐이었습니다. 그후로 몇 번인지 모를 낮잠을 자고 요강이 가득 찰 때까지도 엄마와 새아빠는 돌아오지 않았습니다. 저는 셰프가 했던 말을 자주 떠올렸어요. 여러분, 블루치즈를 만들 땐 숙성이 아주 중요합니다. 길게는 육 개월까지도 우리의 치즈들은 어둠 속에서 풍미를 쌓아간답니다……

그러니, 훗날 그런 꿈을 꾼 것도 아주 우연이라고만은 할 수 없지 않겠어요?

엄마가 돌아온 건 이틀이 지난 일요일 밤이었습니다. 저는 하루종일 과자 부스러기 말고는 아무것도 먹지 못해 땡볕 아래 해초처럼 바짝 말라붙어 있었습니다. 방안은 요강에서 흘러나온 악취로 가득했고, 며칠 동안 씻지 않은 탓에 몸에서도 안 좋은 냄새가 풍겼죠. 그때는 알지 못했지만, 아마도 분명 잘 숙성된 치즈의 냄새와 비슷했을 겁니다. 현관문 소리가 나자마자 저는 남아 있는 모든 힘을 끌어모아 뭉툭한 손끝으로 나무문을 긁으며 엄마를 불렀어요. 나갈 때완 반대로 엄마는 비교적 멀쩡했고 새아빠가 술에 찌들어 주정을 해대는 소리가 들렸죠. 잠시 후, 사흘 동안 닫혀 있던 방문이 열렸습니다. 그새 잠옷으로 갈아입고 세안 밴드까지 한 엄마는 저를 보자마자 코부터 틀어막았습니다. 미간을 잔뜩 찌푸린 채 방안을 둘러보고는, 무릎을 굽혀 저와 눈을 맞추었어요. 타인의 눈을 본다는 게 그렇게나 안심되는 행위인 걸 처음 깨달았죠. 엄마는 왼손 검지손가락을 입술 앞에 가져다대고 이렇게 속삭였어요.

"아빠 자니까 조용히 해. 방 치우고 씻으렴. 내일 어린이집 갈 준비 해야지."

저는 진심으로 다행이라고 생각하면서, 스스로 요강을 비우고, 방을 치우고, 몸을 씻고, 머리를 감았어요. 그리고 다음날 아무 일도 없었던 것처럼 어린이집에 등원했습니다. 몸에서 계속 냄새가 나는 것 같은 착각에 온종일 코를 킁킁거렸지만요. 일부러 놀이터에서 시간을 때우고 느지막이 돌아간 집에는 여전히 새아빠가 있었습니다. 그는 무능한 황제처럼 소파 위에 길게 늘어진 채로 축구 중계를 보고 있었지요. 저는 그가 이 집을 쉽게 떠나지 않으리란 것을 직감했습니다.

새아빠가 집에 머무는 동안, 저에게는 한 가지 규칙이 주어졌습니다. 어느 날 엄마가 저에게 라면을 끓여 주고서, 앞으로 집에 오면 곧장 방으로 들어가야 한다고 말하더군요. 고개를 끄덕일 수밖에 없는 상냥한 목소리로요.

전과 같은 그런 일들이 반복되었답니다. 몇 시간에서 하루, 하루에서 이틀, 이틀에서 사흘, 일주일 혹은 그보다 더 길게……

언젠가부터 저는 어린이집에도 가지 않게 되었습니다. 아마 방학을 조금 앞두고부터였을 겁니다. 즐겨 보던 어린이 드라마도, 셰프가 나오는 미식 여행 프로그램도 종영해 요일과 날짜를 가늠할 수 없었습니다. 일주일쯤 지났을까요? 아니면 이 주에서 삼 주 사이? 혹은 삼 개월에서 육 개월? 어쩌면 내가 이미 죽어서 유령이 된 건 아닐까? 혹은 치즈라거나?

요강은 흘러넘친 지 오래였고, 방안에는 언제 생긴 건지 모를 벌레들이 기어다녔습니다. 캐릭터 빵 두어 개만이 남아 있었죠. 정확하지는 않지만 마지막으로 들은 문밖 기척은 바퀴가 굴러가는 소리였습니다. 엄마와 새아빠는 며칠 밤낮을 싸웠어요. 종종 물건이 떨어지거나 깨지는 소리가 들렸고, 그보다 자주 거친 욕설이 오갔습니다. 먼저 나간 건 새아빠입니다. 현관문을 부술 듯이 닫는 소릴 듣고 딱 알았죠. 그다음으로 죽음 같은 정적이 찾아왔습니다. 손가락 하나 까딱할 힘이 없어 떡 진 머리를 바닥에 문대고 있던 저는 마루를 타고 미약하게 울리는 진동음에 귀를 기울였어요. 드르르르르르륵. 드륵. 드르르르르르륵. 캐리어를 끄는 소리였습니다. 엄마와 이곳으로 이사오는 길에 났던 소리요. 얼마 지나지 않아 현관문이 여닫혔습니다.

창문이 없어 해가 들지 않고, 전구가 나가 형광등도 켜지지 않는 그 어두운 방에 홀로 눈 감고 있다보면 꼭 우주 한복판에 떠 있는 것 같은 기분이 들었습니다. 각양각색의 악몽들이 부드럽게 저를 어루만졌죠. 가만히 누워 끔찍할 만큼 느리게 흐르는 시간에 몸을 맡기면 불현듯 잘생긴 셰프가 말을 걸어왔습니다. 목소리는 제 뇌를 반죽처럼 주무르고, 감각신경을 잘게 다져 전혀 새로운 세상으로 저를 데려갔어요. 그 꿈도 당시 꾸었던 다정한 악몽 중 하나랍니다.

제가 왜 부모님이 치즈로 변하면 안 된다고 빌었는지 이제 아시겠나요? 치즈는 문을 열어주지 못하니까요. 그 바늘 같은 팔다리로 손잡이를 돌릴 수나 있겠어요?

사람들은 제가 그 방에 삼 주 하고도 이틀을 있었다고 하더군요. 삼십 년은 족히 보낸 것 같은데 말입니다. 죽지 않고 살아 있는 게 기적이라던데요. 무수히 많은 시사 프로그램과 뉴스 채널들이 방의 풍경을 찍어 갔습니다. 방학이 끝났는데도 제가 등원하지 않자 이상하게 여긴 어린이집 교사가 신고를 했다고 합니다. 게다가 마침 새아빠에게 돈을 빌려준 빚쟁이가 집에 찾아와, 저는 시체가 아닌 상태로 발견될 수 있었다고요.

방에서 구출된 저는 시설로 보내졌습니다. 이후 혼인신고를 하지 않은 새아빠는 발뺌했고, 엄마는 형을 받았다고 들었어요. 고등학생 때까지 저는 복지시설의 지원과 국가보조금을 받으며 나름대로 성실하게 생활했습니다. 원하던 전문대 조리학과에 합격했을 땐 뛸듯이 기뻤지요. 부지런히 배워서 일하고 싶었습니다. 그 방에서 꾸었던 악몽들이 떠오르지 않게요.

대학을 졸업하고서는 호텔 주방 출신 셰프가 차린 한 양식집 보조로 일을 시작했습니다. 그곳에서 많은 걸 배웠습니다. 설거지와 바닥 청소, 마늘 까기부터 시작해 부라타 치즈 만드는 법, 연어의 비린 맛을 없애는 법, 가장 완벽한 크림소스 레시피, 양파 수프 만드는 법, 그리고 미국의 요리학교에 입학하려면 통장에 현금 십만 달러가 있어야 한다는 사실도요. 십만 달러에 한참 못 미치는 귀여운 첫 월급을 받은 날, 저는 한 통의 전화를 받았답니다. 오 년 전에 출소한 후 감감무소식이던 엄마가 교통사고를 당했다는 소식이었습니다.

십오 년 만에 마주한 엄마는 전신이 마비되어 사물처럼 누워 있었습니다. 오십육 킬로그램짜리 몸에서 엄마가 마음대로 움직일 수 있는 건 눈꺼풀과 새끼손가락이 고작이라더군요. 그리고 그런 엄마를 보살펴야 하는 건 직계가족이며 경제력이 있다고 판단되는, 바로 저였답니다. 정말 아이러니하지 않나요?

이런 게 바로 카르마, 라는 것 아니겠어요?

저는 어마어마한 병원비와 대출금을 등에 지고 엄마와 함께 일곱 살 때 살던 그 집으로 돌아갔습니다. 주변 동네가 재개발되는 와중에도 그 아파트만은 후줄근한 외관을 유지하고 있었죠. 과거에 할머니의 방이었고, 또 제 방이었던 그 방은 그렇게 엄마만을 위한 방이 되었습니다. 꾸미는 동안 적잖이 즐거웠어요. 사실 벽지를 새로 바르고 등받이가 조절되는 침대 하나를 넣어준 게 다지만. 아, 정면에 텔레비전을 두는 것도 잊지 않았네요. 안쪽 문고리는 여전히 고장난 채였어요. 콧노래가 절로 나오더군요. 어차피 엄마는 문 앞까지 가지도 못하는 몸이지만, 괜히 들뜨지 않겠어요?

엄마를 방에 눕힌 첫날, 저는 노트북 자판을 들이밀고 엄마에게 오랫동안 궁금했던 질문 한 가지를 던졌습니다. 그때, 집을 나간 후에 단 한 번이라도 방안에 두고 온 저를 떠올린 적 있느냐고요. 엄마는 이렇게 답했습니다.

'깜 박 햇 서'

실소가 나더군요.

저는 방문을 닫고 나와 평소와 다름없이 출근을 했답니다. 제가 밖에서 근로기준법 따위는 가뿐히 지르밟는 강도의 노동을 하며 빚을 갚고 생활비를 버는 동안, 엄마는 소변 줄을 꽂은 채 그 안에 있었어요. 텔레비전 채널조차 마음대로 돌릴 수 없는 상태로요. 제가 일부러 리모컨을 저멀리 치워두었거든요. 하루종일 머리에 비닐 캡을 뒤집어쓴 채 팔이 빠지게 스프를 젓다가도 그 사실을 떠올리면 푸시시 웃음이 나더라고요. 일상의 사소한 활력이 이렇게나 힘이 된다는 걸 처음 알았네요. 하지만 퇴근하고 돌아왔을 때 은은하게 집안에 흐르는 악취만은 견디기 힘들더군요. 저는 엄마가 예전에 그랬듯이 화들짝 놀라며 코를 틀어막곤 했습니다. 어른들이 어째서 나이 들면 부모를 이해하게 된다고 말하는지도 납득이 갔네요.

 정말 지독한 냄새였죠. 등에 욕창이 생기고 얼굴이 죽은 사람처럼 푹 꺼지자, 냄새는 점점 심해졌습니다. 그런데 문득 억울해지는 겁니다. 어린 시절의 저는 스스로 요강도 비우고 몸도 씻었는데, 엄마는 그러지 않잖아요? 그런 생각이 드는 날에는 텔레비전과 전등까지 끄고 문을 굳게 닫아버렸습니다. 그 무엇도 보고 느낄 수 없게. 언제까지고, 언제까지고. 제 귀여운 복수였달까요.

* * *

 엄마가 그 방에 들어오고 일 년쯤 지났을 때, 저는 직원들과 여행을 가게 되었습니다. 화제의 요리 방송에 출연해 크게 인기를 끌게 된 사장님이 통 크게 쏜 것이지요. 장소는 그토록 고대하던 서유럽이었어요. 프랑스에서 이틀, 이탈리아에서 사흘을 묵는 일정이었습니다.

저는 그곳에서 정말 다양한 치즈를 맛보았답니다. 황홀했어요. 텔레비전에서 보았던 유서 깊은 블루치즈 제조 마을에 갔을 때는 눈물까지 흘렸습니다. 초겨울처럼 서늘한 동굴 안에서 치즈들이 지독하고 향기롭게 숙성되고 있었죠. 지금 생각하면, 그 치즈들을 보며 어린 시절의 저와 지금의 엄마를 떠올린 게 어떤 예지 같은 것 아니었나 싶습니다. 그곳의 친절한 농장주가 제 눈물이 인상적이라며 그램당 십만원을 호가하는 최고급 블루치즈 한 조각을 건네주었어요. 꿈에서 그리던 그 맛을 다시 만나는 순간이라는 걸 저는 직감했습니다.

그때의 설렘과 떨림을 어떻게 표현할 수 있을까요. 저는 제 손 위에 놓인 치즈를 먼저 코앞으로 가져갔습니다. 네, 확실히 꿈속에서와 비슷하게 꼬릿한 냄새가 났습니다. 더는 참을 수 없어 서둘러 입에 처넣고 더없이 부드러운 그것을 어금니로 가차없이 으깼습니다. 버터를 닮은 질감의 치즈는 씹을수록 이에 달라붙어 짙은 풍미를 발산했어요. 작고 지독한 덩어리를 혀로 굴리며 한껏 음미했습니다. 음, 비싼 건 역시. 음, 다르군. 음?

이게 뭐야.

그 맛이 아니었습니다. 형편없는 맛이었어요.

처음엔 부정했고, 그 이후엔 헛웃음이, 종내에는 분노가 피어올랐습니다. 세상에서 가장 믿었던 존재에게 배신당한 기분이었달까요. 저는 실망을 감추지 못한 채로 남은 일정을 어영부영 소화하고 한국으로 돌아왔습니다. 이탈리아 남부의 생기로운 풍경도, 프랑스의 대단한 미식도 아무런 감흥을 주지 못했습니다. 인천행 비행기 안에서부터 단순한 실망감을 넘어서는 절망이, 무기력이, 공허가 피어올라 저를 야금야금 파먹었습니다. 보이지 않는 악의 곰팡이들이 제 전신을 숙주 삼으려 드는 것 같았습니다. 급기야는 두려워졌습니다. 견고한 확신의 댐이 붕괴되자 저는 공포라는 소용돌이에 정처 없이 휘말렸습니다. 어쩌면 평생을 좇아온 그 맛은 누구도 흉내낼 수 없는, 이 세상에 존재하지 않는 맛이 아닐까……

하지만 아니었습니다.

그 유명한 파랑새 이야기를 모르는 분은 없겠죠. 어느 남매가 행복을 뜻하는 파랑새를 찾아 먼 길을 떠나지만, 결국 파랑새는 그들의 집 지붕 위에 있었다는 교훈적인 이야기 말입니다.

여행을 마치고 돌아온 저는 현관문을 여는 순간, 엄마의 방에서 풍기는 냄새가 평소와는 사뭇 다르다는 것을 깨달았습니다. 그것은 정말 역겹고, 짙었으며, 천 가지 만 가지 고통을 머금은 다채로운 향이었지요. 당장이라도 한입 베어먹고 싶을 정도로요. 저는 그 향취에 홀린 듯이, 코를 틀어막지도 않고서 곧장 방문을 열었습니다. 일주일째 켜져 있던 텔레비전에선 때마침 건강식에 대한 다큐가 방송되고 있었어요. 수제 요구르트 만드는 법이 흘러나왔죠. 텔레비전을 끄자 방안은 짙은 어둠에 잠겼습니다. 그 속에서 엄마의 새끼손가락만이 마치 밤하늘을 가로지르는 한 마리의 푸른 새처럼, 선명하게 빛나고 있었습니다. 대리석 무늬 같은 검푸른 반점으로 뒤덮인 채 말이죠.

저는 간신히 숨만 내쉬는 엄마의 오른손에 코를 처박았습니다. 뇌가 깨어나는 것 같더군요. 바로 그 냄새였어요. 평생을 좇아온 꿈의 냄새! 손바닥 색과는 확연히 다른, 그 희한한 새끼손가락을 톡, 아주 살짝 톡 하고 건드렸을 뿐입니다. 그랬더니 손가락이 무르익은 열매처럼 툭, 하고 떨어지는 게 아니겠어요? 엄마는 부릅뜬 큰 눈을 발작하듯 깜박거렸습니다. 뭐, 그러든가 말든가 제가 알 바는 아니었죠. 제게 중요한 건 오로지 치즈뿐이었으니까요.

저는 떨어진 새끼손가락을 주워 관찰했습니다. 겉은 미라의 피부처럼 메말랐지만 안쪽은 육 개월간 공들여 숙성시킨 치즈

마냥 부드러워 보였죠. 고름도, 뼈도, 근육도 없었습니다. 깔끔히 잘린 단면 속 말캉한 속살이 어서 와인을 가져오라며 저를 유혹했습니다. 저는 참지 못하고 한입을 베어 물었어요. 그리고 환희를 느꼈습니다.

네. 그것은 정말 잘 숙성된 치즈였던 겁니다. 엄마는 그 방에서 서서히, 치즈로 변해가고 있었던 것입니다.

저는 곧바로 엄마의 하반신을 덮은 얇은 모포를 걷어냈어요. 걸리적거리는 파자마 바지를 가위로 자르고 그 밑을 확인했습니다. 온통 치즈였어요. 고르곤졸라? 블뢰 드 젝스? 로크포르? 오라 치즈? 옥스퍼드 블루? 새끼손가락으로 곳곳을 찍어 맛보았지만 딱 어떤 치즈라고는 정의할 수 없었습니다. 그건 태어나서 이제 막 두번째로 맛보는, 그야말로 신의 음식이었으니까요. 입안에서 풍미가 폭죽처럼 터지고, 예민한 부위를 자극당한 것처럼 앓는 소리가 절로 흘러나왔습니다. 부위마다 맛은 약간씩 달랐지만 전부 끔찍할 만큼 황홀했죠. 엄마는 눈에 실핏줄을 터뜨리며 하나 남은 손가락을 발발 떨어댔습니다. 저는 아랑곳하지 않고 칼을 가져와, 발목 모양을 한 치즈를 큼지막하게 덜어냈답니다. 그리고 방을 나와 다시 문을 닫았어요. 아직 완전히 숙성되지 않았으니, 시간을 들여 충분히 발효된 곳부터 한 군데씩 음미하려고요.

그리고……

블루 브레인이라고 불리는 치즈가 있습니다. 다른 블루치즈와는 달리 겉면이 보송한 푸른곰팡이로 뒤덮여 있는데다, 숙성될수록 쪼글쪼글해지는 게 사람의 뇌를 닮아서 그렇게 불린다고 합니다. 미리 덜어낸 치즈를 그릇에 세팅하고 마트에서 급히 사 온 레드 와인을 잔에 따르며, 과연 얼마나 완벽한 블루 브레인을 맛보게 될지 기대에 부풀었던 그 저녁을 잊을 수 없습니다.

저만의 파랑새는 바로 그 방에 있었던 겁니다. 그간의 고생들을 보상받는 기분. 정말이지 행복한 저녁이었네요.

그리고 한 달이 더 지난 지금, 치즈는 완벽하게 숙성되었습니다.

오늘은 저만의 숙성고를 오픈하는 날입니다. 길고 긴 기다림의 끝이 보이는군요. 저는 가장 완벽한 치즈와 그 치즈가 들어간 양파 수프를 만들기 위해 연차를 냈어요. 이렇게 중요한 날을 퇴근 후 찌든 몸으로 맞을 수는 없죠. 아침부터 장을 보고, 다이소에 들러 테이블보와 식기도 몇 개 장만했습니다. 꽃집에 들러 식탁을 꾸밀 생화도 샀습니다. 맛만큼이나 분위기도 중요하니까요. 이제 수년간 제가 주방에서 온갖 구박을 받으며 습득한 실력을 발휘하기만 하면 됩니다. 모든 준비를 끝낸 뒤에 드디어 그 방에 들어가, 치즈의 상태를 확인했습니다.

치즈는 정말이지 완벽했습니다. 아래쪽은 사실 제가 야금야금 덜어먹은 탓에 얼마 남아 있지 않았어요. 저는 맛깔스러운 냄새를 풍기는 상반신 한가운데를 칼로 죽 그어 벌렸습니다. 그리고 왼쪽 가슴 밑에서, 바로 이날을 위해 아껴둔 치즈 한 덩이를 꺼냈답니다.

부엌의 커다란 솥에서 연둣빛을 띠는 양파 수프가 보글보글 끓고 있습니다. 붉은 체크무늬 식탁보가 둘러진 테이블에는 핏빛 냅킨과 스템이 굵직한 와인 잔, 그리고 기스 하나 없는 흰 접시가 놓여 있습니다. 저는 저만의 제단인 그 접시 위에 소중한 치즈를 올렸습니다. 아주 경건한 마음으로요. 그리고 모서리를 조금 덜어 수프에 넣었어요. 양파 향이 한결 깊어졌지요. 크래커와 올리브 세 알을 작은 그릇에 덜 땐 입안에 침이 절로 고이더군요. 저는 애써 식욕을 억누르면서, 수프가 다 되기를 기다렸습니다. 솥 바닥에 눌어붙지 않게 열심히 국자를 저었습니다. 딱 알맞게 걸쭉해진 수프를 볼에 옮겨 담아 식탁 앞에 앉았어요.

그리고 와인을 한 모금, 수프를 홀짝.

달고, 짜고, 쓰고, 떫고, 고통스럽지만 멈출 수 없는 바로 그 맛이 내장을 타고 제 몸 곳곳으로 퍼져나갔습니다……

그다음에는 나이프와 포크를 들어 조심스레 치즈를 엄지손가락만하게 잘라냈어요. 짭조름한 크래커 위에 치즈를 바르고 꿀을 뿌린 뒤 올리브를 올렸습니다. 한 번에 입안에 밀어넣으니 감은 눈 안쪽으로 천사가 나팔을 부는 환상까지 보이네요. 행복감에 취한 저는 작게 몸을 떨었습니다. 이 멋진 치즈가 아직 잔뜩 남았다고 생각하니, 흥겨워 콧노래가 절로 나옵니다. 자고로 음식은 나눌수록 더 맛있어지는 법이죠. 이 황홀한 맛을 저 혼자만 알기 아까워 당신을 불렀답니다. 원한다면 제 멋진 숙성고를 구경시켜줄 생각도 있어요.

그럼, 식사를 계속하기 전에 한 가지 질문을 던질게요.

어떤가요. 당신이 생각하기에 이 이야기는 무서운 이야기인가요, 웃기는 이야기인가요?

보증금 돌려받기

보증금 삼천에 월세 오십오, 관리비는 별도 십오만원. 계약 만기일까지는 두 달이 조금 안 되게 남았다. 이 주 전쯤 미리 말했으니, 세입자로서 집주인에게 공실에 대비할 시간을 법적으로도 충분히 주었다. 그러므로 보증금을 돌려받는 데에는 아무런 문제가 없었다. 없어야 했다. 분명히 그랬다.

* * *

지방에 있는 본가로부터 전화가 걸려온 건 바로 어제였다. 엄마는 동생이 재수 학원에 등록해야 한다며 보증금을 받는 대로 오백만원을 보내라고 통보했다. 애초에 엄마에게 빌린 돈이나 마찬가지였으니 딱히 할말은 없었다. 성아는 알겠다 답하고 전화를 끊었다. 새로 구할 집의 보증금 예산이 이천오백으로 줄었다. 그렇다는 건 벽지에 곰팡이가 피거나, 불법 증축된 탓에 창틀이 휘어져 있거나, 하수구를 통해 날파리와 바퀴벌레가 꼬이는 집으로 이사갈 확률이 높아졌음을 의미했다.

지금 사는 집도 만족스러운 건 아니었다.

성아가 사는 빌라 '해피하우스'는 유흥가 한복판으로 이어지는 골목의 초입에 위치한 탓에 매일 밤 만취자들의 고성방가와 욕설이 울려퍼졌다. 아침 여섯시까지 문을 닫지 않는 술집과 나이트, 모텔의 간판들 때문에 불을 꺼도 방안이 완전히 어두워지지 않을뿐더러, 배수관을 타고 주먹만한 벌레들이 기어들곤 했다. 그런가 하면 낮에는 굴속처럼 해가 거의 들지 않았는데, 입주하고 얼마 지나지 않아 삼 미터도 안 되는 간격을 두고 또다른 빌라 건물이 지어졌기 때문이었다. 성아는 아침에 눈을 떠도 밤과 그다지 다름없는 침침한 방안에서 심란한 기분으로 하루를 시작하곤 했다.

햇빛과 함께 눈을 뜬 게 언제더라? 그나마 재취업 준비로 바빠 낮에 집에 있을 시간이 없다는 게 다행이라면 다행이었다. 다음 집은 무조건 해가 잘 드는 집으로 고를 것이다. 평수가 좀더 작고, 지하철역에서 많이 멀고, 벽지가 더 누렇고, 엘리베이터가 없다 하더라도 해만 잘 들면 된다. 보증금이 줄었지만 햇빛만은 포기할 수 없었다.

 내일은 새집을 알아봐야지. 오후에는 학원 수업과 면접 스터디가 있어 시간이 촉박했다. 다음날 일정을 체크한 뒤 성아는 휴대폰 알람을 맞추고 침대에 누웠다. 팔을 뻗어 장 스탠드 조명을 끄고 눈을 감았지만 잠은 쉽사리 오지 않았다. 평일임에도 창밖에선 누군가의 구역질 소리와 노랫소리가 끊이질 않았다. 계속되는 소음이 잔뜩 곤두선 신경을 갉아먹는 것 같았다. 제발 좀 닥쳤으면. 성아는 생각했다.
 개새끼들, 제발 다 꺼졌으면.
 하지만 그럴 일은 없다는 걸 안다. 지긋지긋한 저 소리들은 밤새 계속될 것이다. 줄어들지 않고 끊임없이, 집요하게 잠을 방해할 것이다. 뒤척이던 성아는 결국 일어서서 조명을 켰다. 암막 커튼을 들춰 밖을 보니 남녀 다섯이 모여 깔깔 웃고 있었다. 뭐가 그리 재밌는지 둥글게 서서 무언가를 발로 툭툭 건드는 중이었는데, 담배를 입에 문 얼굴들이 멀리서 봐도 앳되어 보였다. 머릿속에 '범죄 신고 112'라는 문구가 스쳐지나갔다. 준법정신이 투철해서라기보다는, 경찰을 불러서 저들이 사라지면 소음이 좀 덜해지지 않을까 하는 마음이었다.
 협탁 위에 올려둔 휴대폰으로 팔을 뻗었을 때였다. 갑자기 진동이 울렸다. 왁자지껄한 바깥 소음을 뚫고 울리는 진동음이 유난히 날카로웠다. 이 소리가 이렇게 컸던가? 액정에 뜬 발신자는 뜬금없게도 집주인이었다. 자정에 가까운 시간에 전화를 건다는 게, 상식적으로 말이 되지 않았다. 아무리 낮보다 밤이 시끄러운 집이라지만……

생각이 거기까지 미쳤을 때 문득 창밖이 갑자기 쥐죽은듯 고요해졌다는 사실을 깨달았다. 음악소리도, 술 취한 이들의 웃음과 고함과 욕설도, 자동차의 경적 소리조차도 들리지 않았다. 그 고요가 반갑지 않은 건 비현실적인 상황임을 감지했기 때문이었다. 조금 전까지 들려오던 소음이 갑자기 사라지다니. 이토록 한순간에. 도심 속 유흥가 한복판에서 난데없이 다른 세계로 넘어간 듯한 위화감이 밀려들었다.

입안이 바싹 말랐다. 낯설고 차가운 공기가 목덜미를 어루만졌다. 성아는 더이상 진동하지 않는 휴대폰을 내려놓고 다시 커튼 앞에 섰다. 이 고요의 원인을 알아내고 싶었다. 그는 묵직한 천을 들춰 틈새로 밖을 내다보았다.

눈이 마주쳤다. 열 개의 까만 눈동자가 정확히 창 안쪽의 자신을 향하고 있었다.

좀전까지만 해도 저들끼리 담배를 피우고 침을 뱉고 폭소하며 욕설을 지껄이던 남녀 다섯이 오롯이 성아를 직시했다. 똑같은 각도와 표정과 눈동자로. 마치 기다리고 있던 것처럼. 희뜩한 다섯 개의 얼굴은 사방에서 비치는 네온사인의 불빛을 받아 기묘할 만큼 알록달록했다.

성아는 커튼 자락을 쥔 채 간신히 뒷걸음질쳤다. 맨 앞에 선 단발머리 여자가 양 입꼬리를 주욱 올려 웃는 것이 보였다. 다음 장난감을 고른 어린애처럼 천진한 웃음이었다. 그러더니 여자는 몸을 틀어 어디론가 팔랑거리며 뛰어갔다. 성아가 사는 빌라, 해피하우스의 공동 현관 쪽이었다. 그러자 무리가 일제히 전처럼 와자지껄 웃고 떠들며 현관으로 몰려갔다. 발끝이 저리고 손바닥이 축축해졌다. 필로티 구조인 이 빌라는 일층이 주차장이고 현관은 그 안쪽에 있어서, 창문으로는 출입문이 보이지 않았다. 다행히 문에는 비밀번호가 걸려 있어 입주민만 드나들 수 있었다. 나가거나 들어오는 사람만 없으면 저 무리가 이 건물 안에 발을 들일 수는 없을 것이다. 성아는 휴대폰에 112를 띄워놓고 침대에 누워 이불을 뒤집어썼다. 이 지랄맞은 동네는 왜 늘 이 모양일까? 취객들로 모자라서 이제는 정체 모를 어린 애들까지 잠을 방해하다니.

이상한 불안감에 도저히 잠들 수가 없었다. 내일은 일찍 일어나야 하는데…… 그래야 새집을 보러 갈 수 있는데. 해가 잘 들고 벽지에 곰팡이가 덜 생기는 새집을.

딩동

공동 현관에서 인터폰이 울렸다. 좀전의 어린 취객 무리인 듯했다. 무시하자. 성아는 이불 안으로 더 깊숙이 파고들었다.

딩동, 현관에서 호출이 왔습니다. 딩동, 현관에서 호출이, 딩동, 현관에서, 딩동딩동딩동. 인터폰 소리는 멈추지 않았다. 그런데 내가 사는 집 호수를 어떻게 안 거지?

성아는 저도 모르게 숨을 참았다. 아까 본 여자의 얼굴이 잔상처럼 머릿속에 떠다녔다. 돌아서면 잊어버릴 만큼, 도시의 어느 누구도 이목구비를 기억할 수 없을 정도로 흔해빠져서 오히려 이 세상에 존재하지 않는 것처럼 느껴지는 얼굴이었다. 저들이 실존하는 사람이 맞는지조차 헷갈리기 시작했다. 성아는 떨리는 손으로 휴대폰의 잠금을 풀었다. 여전히 액정에는 112가 떠 있었다. 통화 버튼을 누를지 말지 고민하는 순간에, 손안의 휴대폰이 진동했다. 액정 상단에 뜬 발신자는 또다시 집주인이었다.

잠시 멈추었던 딩동 소리가 다시금 울렸다. 그런데 아까와는 달랐다. 공동 현관이 아닌 집 앞 초인종 소리였다. 바깥의 무리가 빌라 안까지 들어오고야 만 것이다. 심장이 곤두박질 치는 것 같았다. 결국 계속해서 걸려오는 집주인의 전화를 끊고 성아는 112가 떠 있는 화면으로 돌아왔다. 어차피 저 둔탁한 철문은 비밀번호를 모르면 아무도 열지 못한다. 문밖에서 횡설수설하는 말소리가 들려왔다. 인기척을 내기 싫어 전화 대신 문자로 신고를 접수했다. 무단 침입 혹은 난동 혹은…… 모르겠다. 어쨌든 낯선 이들이 집에 들어오려고 한다는 것은 확실하니까. 얼마 지나지 않아 경찰서에서 출동하겠다는 답변이 왔다. 성아는 그제야 휴대폰을 쥐고서 문 앞으로 다가갔다.

곳곳에 녹이 슨데다 흉하게 칠이 벗어진 탓에 입주하자마자 직접 페인트칠을 한 문이었다. 한가운데에 박혀 있는 외시경에 눈을 맞추자 건장한 체격의 남자 둘이 보였다. 복도 조명이 어두워 얼굴은 흐릿했다. 아까는 분명 다섯이었는데. 나머지는 어디에 있지?

쾅, 쾅, 쾅. 밖에 선 괴한이 이번에는 보란듯이 철문을 두드렸다. 성아는 그 소리에 놀라 뒷걸음질을 치다 발이 꼬여 넘어지고 말았다. 휴대폰이 떨어지는 둔탁한 소리가 났고, 입에서 반사적으로 짧은 비명이 튀어나왔다. 분명 문 너머로 소리가 새나갔을 것이다. 성아는 재빨리 휴대폰을 집어 시간을 확인했다. 경찰에 신고가 접수된 뒤로 고작 삼 분 지나 있었다. 문밖에 기묘한 정적이 감돌았다. 다시 일어서서 외시경 너머를 내다보려는데 익숙한 목소리가 들려왔다.

"아가씨! 왜 전화를 안 받아? 내가 몇 통을 걸었구만. 안에 있는 거 다 아는데, 엉?"

집주인이었다. 성아는 뒤늦게 정신을 차리고서 창밖을 확인했다. 거리엔 아무도 없었다. 믿을 수 없게 고요했다. 혹시 괴한들은 건물 안으로 들어서는 집주인을 보고 도망친 걸까. 방심하면 안 된다. 직전까지 벌어진 일이 너무 이상한 탓에, 이 시간에 집주인이 방문했단 사실은 아무렇지도 않게 여겨졌다. 집주인은 계속 문을 열라고 재촉했다. 발음이 새는 게 술을 마신 듯했다.

"이 시간에 왜 오셨어요?"

"집 내놨잖아! 새 세입자를 구해야 아가씨 보증금도 주고 할 거 아냐. 내가 오늘 고향 친구 녀석이랑 술을 마셨는데, 얘네 아들이 자취방을 구한다더라고. 그래서 집 보여주러 왔지. 먼 길 왔으니까 빨리 문 열어봐."

집이 너무 어두운 나머지 오전과 오후를 헷갈리는 건가. 시간을 확인해보니 자정에서 정확히 십오 분이 지나 있었다. 이 시간에 집을 보러 왔다고? 집주인은 나이 지긋한 육십대 노인이고, 집주인이 데려온 고향 친구도 그쯤으로 보였다. 아무리 집을 보여주는 게 세입자가 할 일이라 해도 이 시간에 이러면 안 되는 것 아닌가. 짜증과 함께 불현듯 한 가지 의심이 스쳐 지나갔다.

집주인에게서 전화가 걸려온 그 시점부터 모든 게 이상해지지 않았던가. 이 기이하고 불쾌한 일의 시작에 그 전화가 있었다. 직후에 밖을 내다보았고, 이상한 놈들이 자신을 발견했고, 초인종을 누르며 위협했다. 지금 문밖에 선 두 명의 취객도 이곳에 침입하려 한다는 점에서 그 무리와 다를 바 없었다. 집주인은 계속 문을 두드리며 집을 보여달라고 소리쳤고, 이윽고 방이 나가지 않으면 보증금을 돌려줄 수 없다며 고래고래 악을 질러댔다. 성아는 귀를 막고 현관 앞에 주저앉았다.

모든 상황이 악몽 같았다. 경찰은 그러고서도 십 분이 더 지난 후에야 도착했다. 집주인과 집주인의 고향 친구라는 남자는 술에 떡이 되어 성아의 집 앞에 널브러져 있었다. 집주인의 아내와 연락이 닿은 후에야 안정이 찾아왔다. 소란이 정리된 건 새벽 한시를 조금 넘긴 시점이었다. 끔찍하고 긴 밤이었다. 지금 당장 잠든다 하더라도 다섯 시간 남짓밖에 자지 못할 것이었다. 성아는 암막 커튼을 꼼꼼히 치고 귀마개를 착용한 뒤, 이불을 머리끝까지 뒤집어쓴 채 눈을 감았다. 몸이 녹아내릴 것처럼 피곤한데 잠은 오지 않았다.

조금 전에 경찰과 나눈 대화가 떠올랐다.

"요새 그런 신고 엄청 많아요."

집주인 말고도 누군가 집에 들어오려고 했던 것 같다, 그러니 공동 현관 CCTV를 한 번만 확인해달라는 성아의 부탁에 경찰이 한 대답이었다. 경찰은 흔하디흔한 일이라며 덧붙였다.

"이 일대가 다 먹고 마시는 거리인데, 술 취한 사람들이 애먼 집 찾아가서 들여보내달라고 생떼 부리는 게 하루이틀 일도 아니고…… 그냥 그러려니 하는 게 편합니다. 뭐, 되도록 늦게 다니지 마시고."

거기까지 말한 경찰은 성아를 힐긋 쳐다본 후 CCTV 아래에 적힌 업체 번호로 전화를 걸었다. 성아는 초조하게 카메라 렌즈를 응시했다. 유난이라는 듯한 경찰의 말투가 신경쓰였으나, 더이상의 소란을 만들지 않고 그냥 빨리 괴한의 정체를 확인하고 싶었다. 하지만 경찰은 이내 휴대폰을 귀에서 떨어뜨리고는 자신을 바라보는 성아를 향해 푸핫, 웃으며 말했다.

"이거 짜가리네."

"네?"

"저 CCTV, 모형만 달아놓은 거예요. 가끔 이런 데 있어요. 관리비 많이 나가니까 가짜로 다는 거지. 전화 거니까 무슨 도어록 업체가 받네. 집주인하고 잘 얘기해보세요. 진짜 카메라로 달아달라고 꼭 말씀하시고요. 혼자 살수록 이런 거 야무지게 잘 챙겨야지."

뭐라 대꾸할 말이 없었다. 분명 계약 당시 집주인은 보안 하나는 걱정 말라고 강조했었다. 성아가 굳이 이 집을 고른 것도 그 때문이었다. 보안 업체 쓰는 데 돈이 많이 든다며 관리비를 이십씩이나 불러서 오만원을 깎느라 온갖 기싸움을 벌였는데, 저게 가짜라고? 그 사실을 이 년이 지나 계약 기간이 끝날 무렵에야 알다니. 집을 내놓은 이 시점에 말해봤자 집주인이 새 카메라를 달아줄 리는 만무했다. 경찰은 집주인과 그의 친구가 속 편히 잠들어 있는 경찰차 안으로 몸을 들이밀며, 뭔가 떠올랐다는 듯이 성아를 향해 말했다.

"아, 이건 별 관계 없는 일이긴 한데…… 얼마 전에 요 앞 대로에서 퍽치기 사건 있었거든요. 한두 달 전엔가도 비슷한 사건이 일어나서 수사중이에요. 뭐, 그러니까 아가씨도 술 너무 많이 마시지 말고, 웬만하면 밤늦게 돌아다니지 마시라고."

얼결에 고개를 끄덕인 후, 성아는 고개를 숙여 인사까지 했다. 경찰은 피곤한 얼굴로 떠났다. 그런데 그 마지막 말이 계속 머릿속을 맴도는 것이었다. 술에 취한 건 집주인이고 나는 방에서 덜덜 떨었을 뿐인데 왜 나에게 그런 핀잔을 주는 거지?

성아는 암세포처럼 자꾸 증식하는 생각을 멈추기 위해 노력했다. 지금 가장 중요한 건 줄어든 보증금으로 새집을 구하는 일이다. 눈을 감고서 통장 잔고와 적금 만기 이자를 계산했다. 다달이 나가는 월세와 앞으로 또 나가게 될 월세를 계산했다. 그러자 이번에는 집주인이 취한 와중에 지껄인 말이 걸렸다.

방이 나가지 않으면 보증금을 돌려줄 수 없다는 말.

성아는 어둠 속에서 눈을 깜빡였다. 쓸데없는 생각은 그만하고 이젠 정말 잠을 자야 했다. 눈을 감고서 숫자를 세는 대신 원하는 방의 모습을 하나둘씩 상상했다. 쩐득한 장판이 아닌 매끈한 마룻바닥과 새하얀 벽지와 수압이 센 화장실. 그리고 해가 잘 드는……

창밖에서 또다시 취객의 고함소리가 들려왔다.

* * *

 그 방은 마음에 아주 쏙 들었다. 서울 중심가에서 멀어졌지만 근처에 유흥가가 없어 조용했다. 무엇보다 남향이었고, 창이 컸다. 내부는 전에 살던 집보다 훨씬 좁았으나, 맑게 쏟아지는 오전의 빛 덕에 아늑한 느낌이 들었다. 성아는 곧장 창 앞에 서서 맞은편을 확인했다. 지은 지 수십 년은 된 듯한 낮은 주택들이 줄지어 있을 뿐이었다. 해를 막을 어떤 요소도 없었다. 지금 당장이라도 들어와 살고 싶었다. 성아가 마음에 드는 기색을 숨기지 못하자, 부동산 중개인은 기다렸다는 듯이 조건을 말했다. 반전세 불가. 보증금 이천팔백에 월세 오십. 관리비는 별도.

 나쁘지 않은 조건이었다. 보증금이 부족하지만, 그간 알바를 하며 부은 적금을 깨고 청년들을 위한 대출을 찾아보면 어떻게든 메울 수 있을 것 같았다. 심지어 월세는 지금 집보다 오만원이나 저렴했다. 보러 다닌 첫날에 이렇게 마음에 드는 집을 발견하다니, 운이 좋았다. 지금 사는 집에서 벗어나기만 하면, 새집으로 이사만 가면 모든 일이 다 잘 풀릴 것만 같은 기분이 들었다. 취직도, 지방에 계신 부모님과 철없는 남동생 일도 전부.

 성아는 중개인과 이사가 가능한 날짜와 계약금에 대해서,

그리고 계약서를 쓰는 시점에 대해서 이야기를 주고받았다. 모든 게 신기하리만치 딱 맞아떨어졌다. 이사 날짜를 확정한 뒤 학원 수업까지 시간이 남아 대출도 알아보았다. 예상대로, 비는 금액은 어렵지 않게 채울 수 있을 것 같았다. 대출 이자는 나가겠지만 월세가 오만원 줄었으니 결과적으로는 비슷했다. 전날의 불쾌한 일들이 액땜이라고 느껴질 만큼 수월하기만 한 하루였다.

스터디까지 마치자 밤 열시였다. 사십 분 동안 지하철 안에서 꾸벅꾸벅 졸다가 도착해 내리자마자 성아가 마주한 건 역사 내 쓰레기통에 구토를 하는 취객이었다. 눈을 마주치지 않으려 애쓰며 지상으로 나가 유흥가를 가로질렀다. 네온사인이 번쩍이는 나이트클럽 앞에 온갖 멋을 낸 이들이 불콰한 낯을 한 채 얽혀 있었다. 그들을 스쳐지나가는데 묘한 기시감이 들었다. 성아는 고개를 돌려 클럽 앞에 서 있는 무리를 바라봤다. 앳된 얼굴에 단발머리. 어젯밤 눈이 마주쳤던 바로 그 얼굴이었다. 상대는 성아를 뚫어져라 응시하다 입꼬리를 비죽 올려 웃더니 젤 네일이 반짝이는 손가락으로 자신의 복부를 가리켰다. 성아는 홀린 듯이 시선을 내렸다. 믿을 수 없는 장면이 펼쳐졌다. 짧은 티셔츠 아래 움푹 들어간 흰 배가 세로로 갈라지더니, 그 안에서 온갖 더럽고 추잡한 것들이 쏟아져나왔다. 깨진 술병과 술잔들, 흉기처럼 빛나는 과자 봉지와 붉게 양념된 음식들, 이미 썼거나 아직 쓰지 않은 콘돔, 머리카락과 담배꽁초, 재와 피와 침과 정액…… 성아는 비명이 튀어나오는 입을 틀어막았다. 지나가던 누군가 성아의 어깨를 밀쳤다. 중심을 잃고 넘어진 성아는 간신히 다리에 힘을 주고 일어서서 다시 정면을 보았다. 괴상한 단발의 여자는 보이지 않았다. 등뒤의 누군가가 길을 막지 말라고 신경질을 부렸고, 성아는 서둘러 발을 내디뎠다. 땅에 고개를 처박고서 걸음을 빨리했다. 몇 개의 술집과 클럽을 지나 해피하우스가 있는 골목으로 방향을 틀었다. 평소보다 유난히 어두컴컴했고, 어디선가 지독한 쓰레기 냄새가 풍겨왔다. 입안이 바싹바싹 말랐다.

빌라 앞에 다다랐을 때였다. 현관 앞에 선 무리가 보였다. 안개가 낀 듯 시야가 흐려 윤곽만 가늠할 수 있었다. 어둠 속에서 그들은 저들끼리 몸을 붙이고 낄낄 웃고 있었다. 여럿이 모인 게 아니라 애초에 하나의 덩어리였던 것처럼 보이는 그들은 동시에 폭소했다가 수군거리기를 반복했다. 성아는 멈춰섰다. 가위에 눌린 듯 꼼짝도 할 수 없었다. 누렇게 빛나는 센서 등 아래로 또다시 단발머리가 눈에 띄었다. 직전의 환영이 성아의 뇌 곳곳을 사뿐사뿐 지르밟았다.

둥글게 선 저 인영들은 분명 어젯밤의 괴한들일 테다. 왜 저기에 있는 거지? 설마 내가 나타나기를 기다리고 있는 건가?

좀전의 환영은 뭐였지? 그토록 생생하던 게 정말 환영이었나? 공포에 질린 몸이 마음대로 움직여주지 않았다. 도망쳐야 했다. 하지만 어디로? 방금 지나온 길 중 안전한 길이 있을 것 같아? 이 도시에? 낯설면서 익숙한 목소리가 왱왱 울려댔다. 성아 자신의 음성이었다. 갈피를 잡지 못하고 서성이는 기척에 무리 중 누군가가 그림자 속에서 삐죽 튀어나와 성아를 바라보았다. 성아는 그대로 눈을 질끈 감았다. 다가오는 발소리가 들렸다.

"이번에 이사가는 분이죠? 다름이 아니라……"

낯설지만 정중한 목소리였다. 성아는 조심스레 눈을 떴다. 희뜩한 얼굴이 아닌, 후드 티를 뒤집어쓴 옆집 세입자가 보였다. 그제야 시선을 돌려 다른 이들을 확인했다. 전부 같은 건물에 사는 이웃들이었다. 오층에 혼자 사는 아저씨와 사층에 사는 학생. 어째서 헷갈린 걸까. 성아에게 다가온 옆집 여자가 현관 앞의 CCTV를 가리키며 말했다.

"저거 가짜라면서요. 경찰이 얘기하는 거 들었어요. 집주인한테 바꿔달라고 정식으로 요구하려구요. 아니, 아무리 돈만 밝히는 인간이라지만 어떻게 그런 거짓말을 친대요? 덕분에 알아서 다행이에요. 그렇지 않아도 요새 이 동네 사건 사고도 많은데."

성아는 고개를 끄덕였다. 그뒤로 집주인에게 항의를 하겠다느니, 주민 회의를 열겠다느니 하는 말이 이어졌지만 곧 이사를 가게 될 성아와는 상관없는 일이었다. 성아가 안으로 들어가고 싶어하는 기색을 보이자, 누군가 오늘은 여기까지 하고 들어가 쉬자며 상황을 일단락했다. 몇몇은 엘리베이터를 탔고, 몇몇은 담배를 사겠다며 편의점으로 향했다. 성아는 옆집 여자와 함께 계단을 올랐다. 둘만 남게 되자 여자가 어색함을 참지 못하겠다는 듯 입을 열었다.

"그, 보증금은 미리 얘기했어요?"

"네. 이사간다는 건 이 주 전에 알렸는데, 집주인이 말을 이상하게 하네요."

"그 사람 원래 그래요. 제 친구도 여기 살았었는데 방 뺄 때 엄청 고생했어요. 진상도 그런 진상이 없어. 제일 중요한 건, 집 비밀번호 안 알려주는 거예요. 절대 알려주지 마요. 보증금 줄 때까지 집 안 뺀다고 버티고요. 알겠죠?"

성아는 고개를 끄덕였다. 밝다못해 푸르게 느껴지는 백열등 센서 아래에서 여자는 무척 희어 보였고, 뒤집어쓴 후드 밖으로 삐죽 튀어나온 머리카락은 단발이었다. 요 근래 너무 무리했는지 별 사소한 일에도 신경이 곤두서는 기분이었다. 하지만 이 짓도 얼마 남지 않았다. 해가 잘 드는 집으로 이사를 가면 모든 게 괜찮아질 터였다. 같은 층에 다다라 성아는 여자에게 간단히 인사한 후 방으로 향했다.

* * *

 이 년 전, 대학교 기숙사에서 나와 처음으로 자취방을 구할 때 무엇을 주의깊게 봐야 하는지 하나도 몰랐다. 인터넷으로 수도 없이 검색을 하고 갔지만 막상 중개인에게 이끌려 정신없이 이 집 저 집을 돌다보면 그 집이 그 집인 것 같았다. 지금 사는 집은 개중 리모델링을 해서 제일 깨끗했고, 집주인이 보안을 강조했으며 무엇보다 초로의 그가 좋은 사람 같아 보여서 계약했다. 지금이야 계약 직전의 '사람 좋아 보이는' 얼굴이 부질없다는 것을 알지만 그때는 몰랐다. 어렸던 성아는 다른 무엇보다 좋은 집주인을 만나는 게 제일 중요하다고 생각했다. 낮에 집을 보러 갔던 탓에 근처의 유흥가 골목이 쥐죽은 듯 조용했고, 내부가 어두침침한 건 흐린 날씨 때문이겠거니 했다. 물론 중개인이나 집주인은 그런 단점에 대해서는 한마디도 설명해주지 않았다.

 이 집에 먼저 살던 사람이 이상할 만큼 초조해 보였다는 사실이 떠올랐다. 또래 남학생이었는데, 중개인이나 집주인 못지않게 성아를 쫓아다니며 적극적으로 집의 좋은 점들을 어필하길래 집주인의 아들로 착각했을 정도였다. 그 남자는 왜 그렇게 열심이었을까. 당시에는 그리 깊게 생각하지 않았던 그 태도를, 지금에야 이해할 것 같았다.

"미리 말씀드렸잖아요. 집이 나가야 보증금을 준다는 게 무슨 말인데요? 그럼, 이사하는 날까지 집이 나가지 않으면 안 주겠다는 거예요? 저도 잔금을 치러야 하는데."

"내가 일부러 안 주는 것도 아니고, 없어서 못 주는 거잖아 아가씨. 그러니까 언제 집을 보러 오든 잘 보여주고 그래야지. 오늘도 집이 비어 있어서 허탕 쳤어. 전화도 안 받을 거면 비밀번호라도 알려줘야 할 거 아냐."

오후 내내 학원 수업과 스터디가 있었으므로 전화를 매번 받기는 힘들었다. 도어록 비밀번호를 알려주면 편하겠지만, 혼자 사는 집에 누군가 마음대로 오고간다는 것이 불안했다. 더군다나 집주인은 세입자 집으로 찾아와 행패를 부린 인간 아닌가. 뿐만 아니라 인터넷에는 하루가 멀다 하고 집을 보여주는 과정에서 벌어진 범죄를 보도하는 기사들이 쏟아졌다. 매번 비밀번호를 바꿀 수도 없는 노릇이었다.

성아가 반박하지 못하자 집주인은 더욱 뻔뻔한 태도로 집이 나가기 전까지 보증금은 못 준다며 전화를 끊었다. 눈앞에 가계약을 걸어둔 방이 선명히 그려졌다. 모자라는 돈을 아무리 융통한들 보증금을 제때 받지 못하면 새집은 물론 계약금까지 날아갈 판이었다.

이게 말이 되나? 자신은 분명 세입자로서 지켜야 할 것들을 전부 지켰다. 햇빛 한 점 들지 않는 이 뭣 같은 집에서 계약 기간을 꽉 채워 살았다. 집주인이 걸핏하면 엉뚱한 소리를 늘어놓고 마땅한 수리 하나 해준 적 없어도, 가짜 CCTV를 달아놓은 걸 알고도 아무 말 하지 않았다. 그런데 집주인은, 제 날짜에 보증금을 돌려준다는 가장 기본적인 약속조차 지키지 않겠다고 당당하게 말하고 있는 것 아닌가.

성아는 아무리 바쁘고 정신이 없어도, 이른 오전이나 저녁 시간에라도 누군가 집을 보러 오면 문을 열어줬다. 주말이나 쉬는 날에는 꼼짝도 하지 않고 집에 머물렀다. 여자 혼자 사는 거냐며 쓸데없는 질문을 던지거나 마음대로 서랍을 열어보는 기분 나쁜 인간도 있었지만, 어쩔 수 없었다. 집을 많이 보여줘서 하루빨리 새로운 세입자를 구해야 무사히 보증금을 돌려받을 확률이 높아지니까. 나중에는 피치 못하게 외출하더라도 비밀번호를 알려준 뒤 집을 비웠고, 저녁에 돌아와 곧장 새 번호로 바꾸었다. 그렇게 새로 만든 비밀번호들이 휴대폰 메모장에 빼곡했다. 솔직히 할 만큼 했다고 생각했다. 아니, 이 이상 할 수 없을 정도로 했다. 성아는 통화의 열기로 뜨거워진 휴대폰을 쥔 채 웅크려 앉았다. 소리를 지르고 싶었다. 머리카락을 쥐어뜯고 욕을 내뱉고 싶었다.

창밖으로 쓰레기 수거 차량이 지나갔는지 시큼한 악취가 코를 찔렀다. 성아는 살짝 열어둔 창문을 닫기 위해 창가로 다가갔다. 또 그들이었다. 저들끼리 깔깔 웃고 떠들며 수군거리는 무리. 기괴하리만치 시끄럽고 두려울 만큼 불쾌해서 어딘가 이질적으로 보이는 이들. 하수구에 낀 의문의 덩어리처럼 뭉쳐 떨어질 줄 모르는 것들. 처음 봤을 때처럼 그들은 둥글게 모여 뭔가를 툭툭 발로 쳐보고 있었다.

그런데 이상하게도, 전처럼 저들이 끔찍하게 여겨지지 않았다. 너무 피곤한 탓일까? 머릿속에 대수롭지 않은 일 취급하던 경찰의 목소리와 함께 몇 가지 단어가 스쳐지나갔다. 취객과 퍽치기, 누구나 될 수 있고 누구나 당할 수 있는 것, 나이트클럽과 모텔들, 구토의 흔적과 욕설…… 하지만 지금 중요한 건 그런 게 아니다.

보증금, 중요한 건 오로지 보증금뿐이었다.

창밖을 응시하던 성아는 무리 중 이쪽을 돌아본 누군가와 눈이 마주쳤다. 단발머리 여자였다. 여자가 이전처럼 입꼬리를 길게 찢어 웃는 모습을, 성아는 피하지 않고 바라보았다. 여자는 마치 성아에게 보라는 듯이 자신의 등뒤를 턱짓했다. 성아는 그가 가리키는 쪽으로 시선을 돌렸다. 여자가 몸을 약간 비키자 깜빡이는 가로등 아래로 그들이 둘러싸고 있던 것의 정체가 보였다.

그것은 사람이었다. 머리에 피를 흘리고 있는 남자. 몸뚱이는 힘없이 널브러져 있었다. 이 동네에서 주기적으로 퍽치기 범죄가 일어난다던 말이 떠올랐다. 남자를 둘러싼 무리가 남자의 양복을 이리저리 들춰보고, 얼굴을 운동화로 툭툭 쳐댔다. 남자는 여전히 의식이 없어 보였다. 뒤늦게 신고를 해야 한다는 생각이 들었지만 선 채로 가위에 눌린 것처럼 손끝 하나 움직일 수가 없었다. 단발머리 여자가 빙긋 웃었다. 그러고는 뒤돌아서서 남자 앞에 쪼그려앉았다. 단발머리가 그 상태로 고개를 처박자 다른 이들도 하나둘 남자의 몸뚱이에 고개를 처박기 시작했다.

눈앞에 펼쳐지는 광경이 영화를 보는 것처럼 비현실적이고 아득하게만 느껴졌다. 실제 벌어지는 일이 아닌, 어떤 악한 존재가 정교하게 연출한 쇼 같았다. 그들은 남자를 말 그대로, 뜯어먹었다. 며칠은 굶은 사람들처럼 게걸스럽게. 뭉툭한 이로 살점을 뜯고 쩝쩝거리며 근육을 씹고 뼈를 바르는 소리가 바로 귓전에서 들려왔다. 성아는 굳은 채 직감했다.

저것들은 이 동네에, 아니 이 도시에 아주 오래도록 살아온 것들이다. 도시가 사라지지 않는 한 앞으로도 영원히 존재할 것들이다. 그건 밤의 소음과 골목 끝의 어둠에 신경을 곤두세워본 자라면 자연히 체득하게 되는 도시의 이치였다.

가로등이 계속 깜빡거렸다. 대로에서는 여전히 온갖 음악과 건배사와 욕설과 축가가 들끓었다. 평소와 다를 것 하나 없는 상황을 배경으로 펼쳐지는 이 장면이, 마치 도시란 이런 데라고, 어떤 일이 벌어져도 이상하지 않으며 너 역시 언제나 타깃이 될 수 있다고 조롱하는 듯했다. 성아는 무언가에 홀린 것처럼 그 장면을 빤히 들여다보았다. 살짝 열린 창문 틈으로 쓰레기 냄새와 피 냄새가 뒤섞여 들어왔다. 입안에서 진하고 비린 피맛이 나는 것 같았다.

남자를 게걸스럽게 뜯어먹던 여자가 불쑥 몸을 일으키더니 경추가 드러나고 핏물이 뚝뚝 떨어지는 머리를 성아 쪽을 향해 들이밀었다. 성아는 누런 조명에 비친 머리를 똑바로 마주했다. 그건 뜻밖에도 자신의 얼굴이었다. 비참하게 잘린 머리가, 몸 없는 머리가 꺽꺽대며 웃었다. 그에 몸통을 뜯어먹던 무리가 얼굴에 살점을 묻힌 채 왁자지껄 웃음을 터뜨렸다. 먼 곳에서 사이렌소리가 들려왔다. 성아는 꿈인지 생시인지 모를 장면을 앞에 두고 정신을 잃었다. 다시 눈을 떴을 땐, 어느새 해가 들지 않는 아침이 밝아 있었다.

* * *

이사 날짜가 가까워졌지만 새 세입자는 구해지지 않았다. 어찌 보면 당연했다. 대부분의 세입자는 낮에 집을 보러 왔고, 놀라울 만큼 어두컴컴한 집에 표정을 굳혔으니까. 성아는 집주인에게 강하게 말했다. 보증금은 제때 돌려달라고. 회유도 해보고, 빌어도 보고, 집안사람 중에 법조계 종사자가 있다며 법대로 진행하자고, 고소할 거라고 가진 것도 없으면서 엄포도 놓아봤다. 하지만 비슷한 빌라 몇 채를 굴리며 노후 자금을 마련하고 있다는 집주인은 이런 일에 도가 터 있었고, 고소를 해봤자 공연히 큰 비용과 시간을 들이게 된다는 걸, 결국 세입자 손해라는 걸 누구보다 잘 아는 사람이었다. 대부분의 세입자는 집주인의 비위를 맞추는 게 돈을 더 빨리 받을 수 있는 방법이라는 걸 알았다. 성아는 그 사실을 조금 늦게 알았을 뿐이었다.

인터넷을 뒤지고, 소액으로 신청 가능한 변호사 상담 서비스까지 받아보았지만 결론은 달라지지 않았다. 간절한 마음으로 들어간 '보증금 돌려받기' 오픈 채팅방에는 한번 만나주면 해결해주겠다는 쓸데없는 말들만 가득했다. 그중 누군가 무성의하게 올린 메시지가 오래도록 기억에 남기는 했다.

―답이 없어요 답이. 몇억짜리 전세도 요즘 난리잖아요. 이삼천 하는 보증금 받자고 소송까지 가면 거기 드는 돈이나 받을 돈이나 비슷해지는데다 시간은 좀 걸려요? 막말로, 깡패들 써서 묶어놓고 돈 내놓을 때까지 패는 게 제일 효과 좋을걸요?

이사 날짜가 다가올수록 피가 마르는 기분이었다. 집에서는 매일같이 오백만원은 언제 줄 것이며 재취업 준비는 어떻게 돼가냐는 독촉 전화를 해왔고, 집주인은 부동산을 통한 고객은 물론 지인들까지 끌고 와서 시도 때도 없이 문을 두드렸다. 가진 살림만이 성아의 마지막 보루였다. 보증금을 내놓지 않으면 방을 빼지 않겠다고, 그땐 누가 집을 보러 와도 절대 문을 열어주지 않을 거라고 선전포고를 했다. 성아가 어떻게 나오든 집주인은 매번 같은 말을 반복할 뿐이었지만.

성아는 꼭 자신이 집을 보러 왔을 때 열정적으로 칭찬을 늘어놓던 이전 세입자처럼, 집을 보러 온 이들에게 있지도 않은 좋은 점을 하나둘 늘어놓았다. 낮에 정말 고요해요. 낮잠이 아주 솔솔 온다니까요. 수압도 문제없고, 현관에 CCTV가 있어 안전하답니다. 이 건물 살면서 치안 걱정은 한 번도 안 해봤어요. 차마 입이 떼어지지 않던 것도 하루이틀뿐이었다. 파도처럼 밀려들던 죄책감은 곧 사그라들었다. 그만큼 간절했다. 간혹, 그렇게 괜찮으면 계속 살지 왜 이사를 가느냐는 물음에는…… 꽤 자연스러운 미소를 지으며 이렇게 답했다.

"제가 이번에 취업을 했거든요. 회사 가까운 곳으로 가요."

전 세입자가 성아에게 했던 말을 그대로 읊은 것이었다. 그럼 사람들은 대부분 더이상 자세히 캐묻지 않고 납득했다. 이전에 살던 사람이 경사로 인해 이사를 간다는 건 터가 좋다는 뜻이라고 멋대로 해석하기도 했다. 과거에 성아도 그랬다. 이제 와서 보니 의문이 들었다. 남자는 정말로 취업을 했던 걸까? 진심으로 그랬길 바랐다. 그와 자신의 미래를 겹쳐 보기는 싫었지만, 그런 희망이라도 가지고 싶었으니까.

그러던 중 집을 몇 번이나 보러 오는 사람이 생겼다. 성아보다 조금 어린 학생이었고 삼수 끝에 막 상경을 했다고 했다. 부동산에서는 곧 집이 나갈 것 같다며 고생했다는 듯이 성아를 향해 웃어 보였다. 집주인에게 보증금을 돌려받을 확률이 높아졌음에도 기분이 좋지만은 않았다. 학생은 매번 해가 지고 난 직후에 집을 보러 왔고, 부동산 중개인이 '낮에 해가 들지 않는다'는 것을 '창이 남쪽으로 나 있지 않아서 해가 덜 든다'고 돌려 말했기에 이 집의 열악함에 대해 온전히 알지 못할 터였다. 하지만 학생의 계약을 말릴 만큼 성아는 여유롭지 않았다. 학생이 가계약까지 걸어두었다는 소식을 듣고, 이도 저도 아닌 찝찝한 기분에 사로잡힌 채 며칠을 보냈다. 그 불편함을 성아는 곧 입주하게 될 새집의 쾌적함으로 대체하고자 했다. 틈틈이 시간이 날 때마다 방 꾸미기 앱에 들어가 원룸 인테리어 사진을 찾아보았다. 실용적이고 무난한 소품들을 장바구니에 넣어놓기도 했다.

이사를 가면 작은 식물을 키울 것이다. 침대는 창이 있는 벽에 붙여서 두고, 암막 커튼 대신 부드러운 리넨 커튼을 달 것이다. 그리고 매일 아침 햇살과 함께 눈을 떠야지.

앞으로 일주일. 일주일 후면 그 모든 게 현실이 될 수 있다. 성아는 용달차를 미리 알아봐야겠다고 생각하며 눈을 감았다.

다행히도 그날 이후로 꿈에서든, 현실에서든 단발머리 여자와 그 희한한 무리하고는 마주치지 않았다. 하지만 가끔 집주인과 통화를 하고 난 날이면 눈꺼풀 안쪽에 그날의 잔상이 선명히 펼쳐지곤 했다. 몸통으로부터 분리되어 피를 뚝뚝 흘리는 자신의 머리. 살점을 뜯어먹는 인간들. 그리고 왁자지껄한 웃음소리와 악취.

계약금까지 지불한 학생이 계약을 무른 건, 이사를 사흘 앞둔 시점이었다.

* * *

부동산 중개인이 말했다.

"그 학생네 엄마가 엄청 깐깐하더라고. 학생은 어려서 뭘 모르고 말이야. 아무리 뭘 몰라도 그렇지, 이제 와서 파투를 놓을 줄은 나도 몰랐다니까. 맹해 보이기는 했지만 계약금까지 선뜻 걸길래 우리도 다 된 줄 알았지. 그런데 엄마가 지방에서 서울까지 갑자기 올라와서는, 건물 외관 딱 보더니 계약 안 하겠다는데 어떻게 해? 뭐, 옆에서 들어보니까 동네가 어지간히 마음에 안 들었나봐. 계약금이고 뭐고 돈 더 지원해줄 테니까 다른 곳으로 알아보라고 소리를 빽 지르더라고. 그렇게 못 미더우면 처음부터 같이 집을 보러 다녔어야지, 사람 번

거롭게 이게 뭐야?"

 중개인의 전화를 끊자마자 엄마에게서 메시지가 도착했다. 동생의 학원비 납부를 더이상 미룰 수 없다며, 돈을 당장 보내달라는 독촉 문자였다. 성아는 내일모레 보내겠다고 답했다. 현재 시간은 오후 한시. 오전에 중개인으로부터 소식을 들은 이후로 아무것도 먹지 못했고, 학원조차 가지 못했다. 대낮임에도 퍼렇게 빛나는 백열등을 켜두고 있으니 꼭 상자 안에 갇힌 것 같은 기분이 들었다. 너무 답답해서 스스로 목이라도 조르고 싶었지만 기껏해야 손톱만 딱딱 소리 나게 물어뜯을 뿐이었다. 사흘 안에 기적적으로 집이 나갈 리는 없을 것이다. 집주인과 담판을 지어야 했다. 하지만 어떤 식으로? 그 뻔뻔하고 영악하며 능구렁이 같은 노인네를 어떻게 구워삶지? 성아는 용기 내어 집주인에게 먼저 전화를 걸었다. 어떻게든 돈을 받아내야만 했다. 한참이 지나서야 집주인은 전화를 받았다. 스피커 너머로 왁자지껄한 소리가 들려왔다. 성아가 뭐라 입을 떼기도 전에 집주인이 귀찮다는 듯이 외쳤다.

 "또 아가씨야? 계약 찌그러진 거 다 들었어. 어쩔 수 없지. 그러니까 좀더 깨끗하게 청소도 해놓고, 살 만한 데처럼 아기자기하게 좀 꾸며놨어야지. 이거야 뭐 사람 사는 곳인가 싶게 황량하니까 나갈 집도 나가지를 않는 거야."

 그 말에 순간 눈앞이 희게 물들었고, 어디선가 딱, 소리가 났다. 너덜너덜했던 엄지손톱이 부러져 있었다. 피가 맺히는 속살을 잘근잘근 씹으며 성아는 말했다.

"아니, 사장님. 그게 왜 제 탓이에요. 다 됐고 보증금 제때 안 주시면 저도 짐 안 뺄 거예요. 앞으로 집 보러 와도 보증금 받을 때까지 문 안 열어줄 테니까 그렇게 아세요. 저도 이렇게까지 하기 싫어요."

"참 나, 내가 언제 안 준다고 했어? 나가면 준다고 했잖아, 나가면! 지금 당장 현금이 없는 걸 나보고 어떡하라고?"

"그거야말로 제 알 바 아니죠. 사장님 건물 몇 채나 더 있다면서요. 가진 것도 많은 분이 삼천만원 가지고 왜 그러시는데요."

"누가 그런 소리를 해? 부동산이야?"

원래 있던 장소에서 빠져나온 듯, 휴대폰 너머 소음이 단숨에 사라졌다. 집주인은 한참 동안 전화로 화를 냈다. 자신이 집주인, 사장님 소리 듣고 살지만 사실 망할 자식놈 도박 빚 때문에 알거지나 다름없다는 알기 싫은 가정사부터 시작해서, 한참 어른에게 그런 식으로 말하면 안 된다느니, 사람을 함부로 사기꾼 취급하면 안 된다느니 하는 훈수질까지. 그렇게 온갖 성질을 다 낸 뒤 결국 한다는 말이 이랬다.

"그럼 딱 천오백. 천오백 먼저 줄게. 나머지는 한 달 안에 줄 테니까 그만 좀 귀찮게 굴어. 나도 이 이상은 못 해."

성아에게 필요한 건 천오백만원이 아닌 삼천만원이었다. 원래 받아야 할 돈, 삼천만원. 가슴께에 뻐근하게 통증이 느껴지고 손끝이 잘게 떨렸다. 성아가 따질 수 있는 데까지 따지자, 집주인은 지금 급한 일이 있으니 저녁에 만나서 이야기하자며 일방적으로 전화를 끊었다. 성아는 오후 두시지만 새벽 두시나 다름없는 방안에 누워 굳게 닫힌 암막 커튼을 노려보았다. 저 커튼 너머에 있는 것은 살풍경하고 지저분한 골목과 담장처럼 앞을 막아선 맞은편 빌라 벽뿐이었다. 그리고 피곤에 찌든 채 오가는 취객들. 취객과 취객과 취객들. 그런 취객의 머리통을 노리는 무리들. 어쩌면 도시의 괴물들. 아무것도 하고 싶지 않았다. 보증금을 돌려받고, 무사히 이사를 마칠 때까지 아무것도 할 수 없을 터였다.

눈을 감았다. 그러자 취향대로 소박하게 꾸민 새 방이 보였고, 창밖으로는 회색 벽이 아닌 하늘이 펼쳐졌다. 햇살이 침대와 카펫을 지나 방안 전체를 따뜻하게 비췄다.

그 한가운데에 놓인 이질적인 물체까지도.

모든 게 적절하게 꾸며진 방안에 적절치 못하게 놓인 집주인의 머리. 환영처럼 보이는, 시뻘건 단면을 훤히 드러낸 머리가 이빨을 딱딱 부딪치며 폭소했다. 닥치게 하고 싶었다. 저 소음의 원인을 죽여버리고 싶었다. 성아는 그 머리를 발로 밟아 터뜨리고, 내려치고, 으깨다못해 살점을 물어뜯어 꼭꼭 씹어 삼키는 자신을 상상했다. 기분 나쁘기만 한 상상은 아니었다. 바싹 마른 입안에 피맛이 고였다.

*　*　*

 잠에서 깨어났을 땐 오후 아홉시였다. 잠들기 전과 마찬가지로 방안이 어두웠다. 남아 있던 컵라면 하나로 배를 채웠다. 집주인에게서 지금 가고 있다는 메시지가 왔다. 적어도 한 시간 이내에는 도착할 것이었다. 제대로 된 글자가 없는 걸로 보아 또 술을 마신 듯했다. 낮에 전화를 걸었을 때 주변이 소란스러운 걸 듣고 이미 예상한 일이었다. 취했으면 오지 말고 다음에 만나자고 굳이 이야기하지 않은 것은, 당장 뭔가를 담판 짓지 않으면 답답해서 견딜 수 없을 것 같을뿐더러 집주인이 술에 취해 정신이 없을 때 어떻게든 구슬리면 보증금을 받을 수 있지 않을까 하는 일말의 희망 때문이었다. 성아는 저도 모르게 부엌의 식칼을 쥐었다 내려놓기를 반복했다. 이 칼을 들이민다면, 가능할까? 집주인의 체격과 만취 상태인 사람의 분별력을 구체적으로 상상하며 확률을 점쳐보았다. 밧줄이나 케이블 타이는 없지만 오래된 콘센트 줄이라면…… 곧 헛웃음이 비어져 나왔다. 이렇게까지 매달려야 하는 자신이 한심하고 무력하게만 느껴졌다.

집주인은 만나서 무슨 이야기를 더 하려는 걸까? 성아가 원하는 것은 이야기가 아니라 보증금이었다. 지금까지 무수한 통화와 대화를 했지만 결론은 항상 같았다.

 삼십 분 정도의 시간이 흘렀고, 성아는 잘 갈린 식칼 한 자루를 등뒤에 숨기고 커튼 앞에 섰다. 암막 커튼을 걷자 평소와 같은 골목의 풍경이 보였다. 그리고 저 멀리서 비척거리며 걸어오는 인영도.

 택시에서 내려 이쪽으로 휘청이며 걸어오는 사람은 분명 집주인이었다. 저래서는 오늘 대화를 나눠봤자 기억이나 할까 싶을 지경이었다. 대화가 가능하긴 하려나? 또 뒤치다꺼리나 하게 되는 건 아닐까? 쏟아지는 잡념에도 불구하고 성아의 눈은 어떤 동요도 없이 깊게 가라앉아 있었다. 아직 안전한 커튼 뒤에서, 집주인을 어떻게 맞이할지 고민하는 사이 슬며시 칼을 쥔 손에 힘이 들어갔다. 내내 반복해온 상상 속 장면이 머릿속에 재생되었다. 그 장면은 갈수록 정교해져서, 짧은 시간이 흐르는 동안 머릿속에 꼭 진짜 있었던 일처럼 자리잡았다. 입안에서 또다시 진한 피맛이 났다. 성아는 입맛을 다셨다.

 집주인이 공동 현관 근처에 다다랐을 때였다. 불현듯 목덜미에 한기가 느껴졌고, 귓가에서 낯선 목소리가 속삭였다.

 지금이야!

 성아는 목소리에 홀린 듯이 창에 코를 박았다. 소음이 다가

왔다. 너무도 익숙한 소음이었다. 동네를 누비는 배기음. 새벽마다 자신의 잠을 깨우던 바로 그 소리. 어디선가 불쑥 나타난 오토바이가 집주인의 지척을 빠르게 스쳐지나갔고, 그와 동시에 퍽 하는 소리가 났다. 집주인은 바람 빠진 풍선 인형처럼 쓰러졌다. 성아의 목구멍까지 차올랐던 열기가 순식간에 저 밑으로 꺼졌다. 칼을 쥔 손에서 힘이 빠져나갔다. 멀지 않은 곳에 멈춘 오토바이 운전자가 헬멧을 쓴 채로 집주인에게 다가가 몸 여기저기를 뒤졌다. 그는 집주인의 휴대폰을 들어 확인하더니, 별 돈이 되지 않겠다고 판단했는지 다시 던져두고는 이번엔 지갑을 열었다. 집주인은 늘 현금을 다발로 가지고 다녔다. 남자는 지갑 안의 노란 뭉텅이들을 그대로 자신의 주머니에 쑤셔넣고는 집주인의 손에서 시계와 금반지 등등을 챙긴 후 다시 오토바이에 올라탔다. 성아는 그 모든 장면을 암막 커튼 뒤에 숨어 바라봤다. 심장이 요동쳤다. 처음 단발머리 여자를 목격했을 때와는 다른 두근거림이었다. 이건 공포보다는 설렘에 가까웠다. 머릿속이 안개가 걷힌 것처럼 맑아졌다. 그렇다. 기회, 기회였다!

성아는 오토바이가 완전히 멀어진 것을 확인한 뒤, 휴대폰을 챙겨 밖으로 나갔다. 계단을 두 칸씩 뛰어내려가는 발걸음이 날아갈 듯이 가벼웠다. 현관을 나서자마자 머리에서 피를 흘리며 쓰러져 있는 집주인이 보였다. 정신을 완전히 잃지 않은 그가 성아를 알아보고는 손끝을 파들거리며 눈을 깜빡였다. 그 모습을 보자 크게 소리 내어 웃고 싶어졌지만, 애써 참아내며 태연히 그 앞으로 다가가 쪼그려앉았다. 바닥에 떨어진 집주인의 휴대폰을 주워 은행 앱을 켰다. 의식을 잃어가는 그의 힘없는 팔을 들어올려 그 손끝에 지문 인식 버튼을 갖다 댔다. 앱이 열렸다. 계좌 잔액 56,782,930원. 입금 내역을 보니 일주일 전부터 돈이 들어와 있었다. 천오백밖에 없다면서. 배를 잡고 깔깔 웃고 싶었다. 집주인이 입을 뻐끔거렸다. 119, 119, 뭐 그런 말인 것 같았다. 성아는 작게 좆까, 내뱉고는 집주인의 귓가에 입을 들이민 채 속삭였다.

"지금 당장 보증금 보내주면 구급차 불러드릴게요."

집주인이 핏발 선 눈으로 괴물을 보듯 경악스러운 표정으로 성아를 노려보았고, 성아는 입꼬리를 길게 올려 씨익 웃었다. 그리고 차분히 이체하기 버튼을 누르고 계좌를 적은 후, 119를 입력한 자신의 휴대폰과 함께 나란히 집주인의 눈앞에 가져다 대며 물었다.

"어떻게 하실래요? 난 그대로 집에 들어가 잠들면 끝이야. CCTV가 가짜라 이거 찍히지도 않았을 텐데. 찬 곳에서 피 많이 흘리면 죽을지도 몰라요."

제대로 눈을 뜨지도 못하고 떨리는 손으로 계좌 비밀번호를 입력하는 집주인을 바라보며, 성아는 혼잣말을 중얼거렸다.

저도 이렇게까지 하고 싶지는 않았다고요…… 제가 눌러드려요?

문득 가까운 곳에서 인기척이 느껴졌다. 성아는 고개를 들어 어두운 골목을 내다보았다. 발랄한 걸음으로 다가오는 단발머리 여자가 보였다. 그 커다란 눈으로 죽어가는 노인, 혹은 무표정의 성아를 바라보며 여자는 입이 찢어지게 웃고 있었다. 얼마 지나지 않아 집주인의 휴대폰 화면에 메시지가 떴다.

〔송금이 완료되었습니다.〕

아, 지금 이 순간 세상에서 제일 완벽하고 사랑스러운 문장이다. 성아는 119가 찍힌 화면의 통화 버튼을 느긋하게 누르며 정신을 완전히 잃은 집주인의 손등을 살짝 지르밟았다.

* * *

무사히 이사를 마치고 새 동네에 익숙해지는 동안 시간이 흘렀다. 그날의 기억은, 질 나쁜 악몽을 꾸고 일어난 것처럼 붉고 모호한 장면과 찝찝한 기분으로 남았다. 간략한 목격자 진술을 끝으로 집주인의 안부에 대해서는 굳이 알아보지 않았다. 중요한 것은 보증금을 돌려받았고, 새 보금자리에 무사히 안착했다는 사실이었다.

성아는 새집을 정성스레 가꿨다. 물을 자주 주지 않아도 되는 식물을 놓고, 이리저리 가구를 배치해보고, 비좁은 공간에 잡다한 생필품들을 깔끔히 수납하기 위해 애썼다. 하지만 보증금 삼천과 이천팔백은 다를 수밖에 없었다. 이사온 새집은 막상 살아보니 불편한 점이 많았다. 생각보다 좁았고, 생각보다 낡았으며 기대만큼 조용하지도 않았다. 건물 바깥이 아니라 안쪽이 문제였다. 층간 소음이라는 게 이렇게 사람 신경을 긁을 수 있다는 것을 성아는 처음 알았다. 그럼에도 낮에 햇살이 든다는 사실 하나에 만족하며 살았다. 매일 아침, 리넨 커튼 너머로 비쳐오는 햇살과 함께 눈뜰 때면 예전 집에서 살았던 이 년이 꿈처럼 아득하게 느껴졌다.

그 집에서 막 육 개월을 살았을 때였다. 서류 합격을 한 작은 회사에서의 면접이 예정된 날이었다. 성아는 평소와 다른 소란스러움에 일찍 눈을 떴다. 공사를 하는지 바깥이 요란했다. 커튼을 걷고 창밖을 내다보았다. 분명 얼마 전까지 멀쩡했던 맞은편 주택가 주위로 온통 드높은 회색 슬레이트가 쳐져 있었다.

그리고 그 위에서 펄럭이는 현수막. 성아는 창백하게 굳은 얼굴로 현수막에 적힌 내용을 몇 번이나 반복해서 읽었다.

"○○구 최초의 초고층 주상복합 오피스텔. 분양 문의 대환영."

입안에서 피맛이 났다.

수선화에 스치는 바람

1

 엄마는 우리가 쌍둥이로 태어난 게 우리 잘못이라고 했다. 눈치 없이 들어선 걸 지우지 않고 내버려뒀더니 입이 두 개더라고. 둘 중 하나를 버리지 않은 것만도 고마운 줄 알라며 자주 역정을 냈다. 내가 기억하기론, 초등학교 저학년 때부터 그 역정은 부쩍 잦아졌다. 아마 그즈음 아빠가 교통사고를 당했기 때문이었을 것이다. 밤새 이어진 회식을 마치고 걸어서 귀가중이던 아빠를 음주운전 차량이 치었다. 운전자는 함께 술을 마시고 헤어진 동료였다. 아빠는 중환자실에서 석 달을 채우고 갔다.

사망 보험금은 남은 세 가족의 생계를 꾸리기엔 턱없이 부족했다. 엄마는 병원에서도 장례식장에서도 계산기를 두드렸다. 그러다 슬쩍 우리를 흘겨보며 중얼거리는 것이었다. 애초에 낳질 말았어야 했어. 둘이란 걸 알았을 때 지웠어야 했는데. 한번은 이런 적도 있었다. 아빠가 다시는 깨어나지 못할 거라는 통보를 받은 날이었다. 엄마는 병원 유리 너머의 미라 같은 아빠를 바라보며 말했다. 당신이 이렇게 가버리면 나는 어떻게 하라고? 나 혼자 하나도 아니고 둘을 어떻게 하라고? 그러니까 내가 낳기 싫다고 했잖아. 당신이 책임질 테니 낳으라며. 개자식아.

슬픔보다는 분노에 잠긴 목소리였다.

그래도 엄마는 실제로 우리를 버리지는 않았다. 그 점은 정말이지 고맙게 생각한다. 버려졌다면 우리는 아마 함께 자랄 수 없었을 테고, 끝내 서로의 존재를 잊은 채 오래된 낙엽처럼 말라 바스라졌을 테니까. 지금의 우리가 '우리'로 자란 데에는 엄마의 영향이 적지 않다. 아니, 적지 않은 정도가 아니다. 이 모든 건 엄마로부터 시작되었다. 내가 기억하는 바로는 그렇다.

엄마는 우리가 고등학생이 될 때까지는 나름대로 책임을 다했다. 홀몸으로 낮밤을 가리지 않고 일하느라 집에서는 쓰러지듯 잠들기 일쑤였다. 갑작스레 남편을 잃은 이십대 중반의 여자가 감당하기에는 벅찬 상황이었음이 분명했다. 그 쌓이고 쌓인 스트레스는 결국 가출이라는 형태로 폭발했지만 그전까지는 할 수 있는 만큼의 노력을 했다는 말이다.

덕분에 십 년이 흐른 지금 엄마는 한 달에 삼백만원이 넘게 드는 고급 호스피스에서 여생을 즐기고 있다. 엄마를 간병하는 건 나고 돈을 부치는 건 동생 선희다. 엄마는 이제 한결 온화해진 얼굴로 말한다. 너희를 버리지 않은 건 늘 최악에 가까웠던 내 선택들 중 유일하게 잘한 선택이야. 나는 엄마의 침대 옆에 앉아 사과를 깎으며 속으로 대꾸한다.

'그러시겠지. 우리가 아니면 당신이 이런 곳에서 눈감을 수 있겠어?'

곱게 자른 사과를 흰 접시 위에 올려놓으면 엄마의 눈은 어딘가 불안한 빛을 띤다. 아마 묵은 기억 중 하나가 떠오른 탓일 테다. 췌장암 중기 판정을 받은 엄마는 어째서인지 날이 갈수록 정신이 또렷해졌다. 엄마의 몸 곳곳에 퍼진 암세포가 망각의 샘을 말라붙게 만든 걸까? 그래서 그 아래 잠든 과오들이 하나둘 징그러운 표면을 드러내고 있는 것은 아닐까?

나는 엄마의 불안을 모르는 척하고 그의 입에 사과 한 조각을 밀어넣었다. 그 순간 휴대폰 알람이 울리고, 병실의 전자시계가 오후 아홉시 삼십분을 가리켰다. 엄마가 사과를 씹으며 말했다.

"선희 볼 시간이네."

나는 말없이 텔레비전을 켰다. 케이블 채널로 맞추자 프로그램 오프닝이 흘러나왔다. 리얼 버라이어티 러브 쇼 〈러브 펜션〉. 선희가 출연중인 방송이었다. 포맷은 여타 짝짓기 프로그램과 다르지 않았다. 젊고 아름다운 출연자들은 자기소개 후 투표에 부쳐지고, 여러 미션을 통해 데이트 기회를 얻어낸 뒤 카메라 렌즈 너머의 시청자들에게 각자의 매력이 닿을 수 있도록 노력한다. 최종 선택은 생방송으로 진행되며, 성사된 커플에게는 거액의 상금이 주어진다. 평범하다못해 식상한 이 프로그램이 가진 유일한 차별점이라면 참가자들이 전부 일정량 이상의 팔로어를 가진 인플루언서라는 사실이다. 그 덕분인지 쇼는 수요일 밤이라는 불리한 시간대와 진부함에도 불구하고 어느 정도의 시청률을 유지하는 중이었다. 참가자들 개개인의 캐릭터가 확실한 것도 이유일 것이다. 이런 리얼리티 쇼에서는 가장 화제성이 좋은 참가자가 주인공을 맡는다. 팔로어 이백만 명을 거느린 나의 쌍둥이 동생, 선희가 바로 이 쇼의 주인공이었다.

선희는 고등학생 때부터 운영한 유튜브 채널명인 '서난'으로 쇼에 참가했다. 섭외가 확정되자마자 선희의 얼굴을 앞세운 보도 자료가 뿌려졌다. 선희가 첫 방송에 착용한 토트백은 일주일 만에 품절되었으며, 각종 뷰티 채널에서는 선희의 스타일을 분석하고 따라 했다. 프로그램의 화제성이 저조한 데

비해 선희 개인의 화제성은 남은 참가자들을 전부 합친 것보다 높았다. 당연한 결과였다. 렌즈로 바라보는 선희에게는 뭐랄까, 단순히 매력적인 외모를 넘어선 특유의 분위기가 있었다. 엊그제 SNS 팬 계정에 누군가 남긴 말을 빌리자면, 선희는 늪지대에 피어난 한 떨기 수선화를 떠오르게 했다. 일개 팬의 과한 주접 혹은 호들갑이라고 치부할 수도 있겠지만 나는 그 비유에 무척 공감했다.

선희는 가득 채워져 있는 동시에 텅 비어 있었다. 좋은 물건을 고르는 안목과 스스로에게 가장 어울리는 스타일을 알아보는 센스, 수년 동안 꾸준히 콘텐츠를 만들어 올리는 성실함과 유머 감각을 가졌지만 바로 그 과한 성실함이 뭔가를 애써 숨기려는 듯한 인상을 주었다. 영상 속 선희가 내보이는 어느 한 면은 완전히 불모지였다. 한마디로 비밀을 숨긴 듯 위태로워 보였고 사람을 불안하게 만들었다. 그 간극을 알아보는 이들의 반응은 두 가지로 나뉘었다. 선희가 가식적이라고 욕하거나, 자신의 모든 걸 바쳐 그 빈틈을 엿보고 채워주고 싶어하거나.

나는 그 두 반응 모두를 이해할 수 있었다. 선희를 그렇게 만든 게 바로 나이기 때문이다. 음, 정확히 말하자면 시작은 엄마였으나 내가 선희를 완성했다. 나 아니었으면 지금의 선희는 없다. 그 사실을 선희도 알고 있었다. 프로그램이 시작되기 전, 선희는 사전 인터뷰에서 이렇게 말했다.

―간단한 자기소개 부탁드려요.

"안녕하세요. 패션, 일상 유튜버 서난입니다."

―서난님은 팔로어가 무려 이백만이세요. 계정 홍보 목적으로 참가하시는 분들도 있는데, 서난님이 〈러브 펜션〉 참가를 결정한 특별한 이유가 있을까요?

"저도 별다를 건 없어요. 휴학을 해서 시간이 비는 차에 재밌어 보이는 제안이 들어왔고, 마침 사귀는 사람도 없었거든요, 하하. 사실 광고 외에 방송 출연은 처음이라 고민을 많이 했는데, 언니가 그냥 한번 나가보라고 하더라고요."

―언니가 있으셨군요? 어, 서난님 채널에서는 한 번도 보지 못한 거 같아요. 외동이신 줄 알았어요.

"네. 언니가 영상에 나오는 걸 싫어해요. 지금은 따로 살고 있어서 자주 보지는 못하지만, 각별해요. 언니가 아니었다면 지금의 전 없었을 거예요."

―언니분을 향한 애정이 느껴지네요.

"네. 전 언니를 무척 사랑하거든요. (렌즈를 향해 손을 흔들며) 언니도 보고 있지?"

언니가 아니었다면 지금의 전 없었을 거예요. 그 말은 있는 그대로의 진실이다. 사람들이 선희에게 느끼는 모든 종류의 매력은 다름 아닌 내 오랜 노력과 양보와 희생의 결과라고 나는 자부한다. 꽃이 피기 위해서는 뿌리가 양분을 잘 흡수해야 하는 것이다. 선희가 싱그럽게 피어난 꽃이라면 나는 줄기를 단단히 지탱하는 땅 밑의 뿌리였다.

십여 분간의 광고 후 본 방송이 시작되었다. 나도, 엄마도 입을 다물고서 화면을 응시했다. 첫인상 투표를 진행한 지난주의 마지막 장면에 이어, 새벽의 해변가에 선희가 비키니를 입고 등장했다. 모래사장 한복판에 놓인 우편함. 선희는 사뭇 떨리는 표정으로 그 안에 손을 집어넣는다. 자신에게 호감을 표하는 익명의 메시지를 발견한 선희가 기쁨을 감추지 못하고 싱그럽게 웃는다. 그 얼굴을 보는 나 역시 미소를 감추지 못했다. 꼭 내가 쪽지를 받은 것처럼 환하게 웃고 말았다. 엄마는 그런 나를 이해가 되지 않는다는 듯 바라보며 사과를 씹었다. 방송은 시작한 지 십 분 만에 광고를 내보내고, 사과를 꼭꼭 씹어 삼킨 엄마는 실없는 말을 내뱉었다.

"너도 저런 거 나가보지?"

"선희가 나갔잖아."

"네가 선희인 것도 아닌데 무슨 상관이야?"

엄마는 매번 내가 제일 싫어하는 말을 빠뜨리지 않고 지껄인다. 심기가 불편해진 나는 아직 사과가 남아 있는 그릇을 화장실 앞의 간이 싱크대로 치워버렸다. 엄마는 굳이 일어나서 그릇을 되찾아오진 않았다. 왜 또 심통이 나서 지랄이야, 하고 중얼거릴 뿐. 그사이 광고가 지나가고, 우리는 다시 텔레비전에 집중했다. 어떤 소리도 없이, 오직 선희가 존재하는 화면 너머의 세상만이 진짜인 것마냥 눈과 귀를 사로잡힌 채 몰입했다.

쇼는 지난 내용을 간략히 요약해 보여준 후 곧바로 모든 참가자들의 첫인상 투표 결과를 공개했다. 출연자는 총 여덟 명으로, 성비는 반반이다. 선희가 그중 무려 세 표를 얻었다. 카메라 앞에서 선희는 믿을 수 없다는 듯 입을 가리고 눈을 동그랗게 떴지만, 아마 충분히 예상했을 거라고 나는 확신했다. 오히려 저 놀라움은 남은 한 명이 자신이 아닌 다른 사람을 택했다는 데서 오는 것일 테다. 화면이 전환되고, 남성 출연자들의 개인 인터뷰가 짧게 이어졌다. 준수한 외모의 스물여덟 살 여행 유튜버가 양손을 가슴에 대고 비장하게 외쳤다.

"첫눈에 반했어요! 전 서난님께 직진하겠습니다."

대본이라면 너무 조악하게 짰다 싶었다. 아무리 거짓이라는 걸 알고도 속아주는 게 리얼리티 쇼라지만, 출연자들 대부분이 스스로를 브랜딩하는 데 도가 튼 인플루언서인 이런 프로그램에서 첫눈에 반했다는 말을 하면 도대체 누가 믿겠는가.

아니나 다를까 실시간 댓글 창은 남자의 반응이 작위적이라는 말로 가득했다. 선희에게 첫눈에 반했다는 남자의 이름은 성운. 어린 나이에 지구를 반 바퀴 돌았다는 오지 여행 유튜버로, 팔로어는 오만 명밖에 되지 않았다. 이어지는 여자 출연자들의 첫인상 투표에서 선희는 성운이 아닌 쿠즈라는 이름의 뮤지션을 골랐다. 하필 유일하게 선희를 택하지 않은 남자 출연자였다. 팔로어는 구만 명. 지저분하게 수염을 기른 꼴이 마음에 들지 않았다. 인터뷰 내용 역시 재수없었다.

"사실 처음부터 끌린 건 서난님이었어요. 팬이기도 했고요. 하지만 뭐랄까, 저 말고도 다른 분들이 다 서난님을 택할 거 같더라고요? 일종의 차별화 전략이 필요하다 싶었죠. 아직 첫날이니까 임팩트를 남기는 게 중요하잖아요. 서난님이 처음부터 절 택할 줄은 예상 못 했지만."

하루종일 날이 흐리다 싶더니, 기어코 비가 내리기 시작했다. 어두운 병실 창을 빗줄기가 거세게 두들겨댔다. 나는 자리에서 일어나 블라인드를 내리기 위해 창 앞으로 다가갔다. 유리에 얼핏 내 얼굴이 비쳤다. 선희와 완전히 같은 이목구비지만, 가까운 사람들 중 내가 인플루언서 서난의 쌍둥이 언니라는 걸 아는 이는 없었다. 오랜 공장 일로 피부는 사포처럼 거칠어졌으며, 안색도 병상의 엄마 못지않게 어둡다. 불규칙한 간병 생활로 인해 표정에는 오로지 피곤만이 묻어나며 어깨는 노인처럼 굽어 또래보다 훨씬 나이들어 보인다. 하지만 그 사실이 씁쓸하다거나 하지는 않았다. 나는 선희를 질투하지 않는다. 질투할 필요가 없다. 우리는 같은 씨앗에서 시작해 다른 방향으로 뻗어갔을 뿐 결국 한몸이므로.

출연자가 여덟이나 되는 만큼, 선희는 화면에 나왔다가도 금방 사라졌다. 엄마는 금세 방송에 흥미를 잃고 졸기 시작했다. 나는 자리로 돌아와 그런 엄마를 빤히 응시했다. 화가 난 것처럼 굳게 다물린 입매. 아래로 처진 볼살. 불쑥 오래전에 마지막으로 본 아빠의 얼굴 역시 이와 비슷했던 것 같다는 생각이 들었다. 나는 손을 뻗어 엄마의 코를 쥐었다. 세게 꼬집듯이 움켜잡자 엄마가 화들짝 놀라며 깨어나 내 손을 쳐냈다. 무슨 짓이냐 외치는 엄마에게 내가 물었다.

"엄마, 이거 기억 안 나?"

엄마는 영문을 모르겠다는 표정이었다. 진짜 잊어버린 건지 아니면 잊어버린 척하는 건지 짐작할 수 없었다. 허무해진 나는 손을 내려놓고 다시 텔레비전을 바라봤다. 화면 안의 선희가 선베드에서 낮잠을 자는 남자 출연자의 코를 가볍게 건드렸다. 선희와 눈이 마주친 것 같은 느낌은 착각일까? 창밖이 새하얗게 밝아진다 싶더니 무지막지한 천둥소리가 울려퍼졌다. 세상이 둘로 쪼개지는 듯한 소리였다. 다음 순간, 눈앞에 텔레비전 화면이 아닌 다른 장면이 펼쳐졌다. 아무리 외면해도 절대 사라지지 않는 어느 기억이었다.

아마 아빠가 사고를 당하기 한 달쯤 전이었을 것이다. 단축 수업을 하는 날이라 평소보다 학교가 이르게 끝났다. 친구들이 놀이터에서 놀자고 했지만 배가 아파 선희를 두고 먼저 집에 올 수밖에 없었다. 엘리베이터에서 내리자 막 집을 나서는 중년 남자가 보였다. 아빠의 회사 동료인 김씨 아저씨였다. 아저씨는 문 안쪽의 엄마에게 뭐라고 속삭인 뒤 빠르게 계단을 내려갔다. 우리집은 삼층이었고, 급할 땐 계단을 이용하는 게 더 빨랐다. 아저씨가 사라지자 조금 벌어져 있던 문이 완전히 닫혔다.

아빠가 지방으로 출장을 간 날이었다. 나는 집으로 들어가 엄마에게 그의 방문에 대해 물었다. 엄마는 내가 꿈을 꿨다며 시치미를 뗐다. 나는 화장실에서 그 장면이 정말 꿈이었는지 계속 고민했지만 아니라는 결론에 이르렀다. 잠이 든 적이 없는데 꿈일 리가 없었다. 그게 꿈이라면 볼일을 보는 지금도 꿈이어야 했다. 허벅지를 세게 꼬집자 아픔이 몰려왔다. 그러자 의문은 더욱 짙어졌다.

김씨 아저씨는 집을 나서며 엄마에게 사랑한다고 말했다.

사랑, 사랑이란 무엇인가? 사탕이나 사람을 잘못 들은 건가?

화장실에서 나오니 엄마가 마트에 갈 채비를 하고 있었다. 같이 가겠냐기에 그러겠다 답했다. 마트에서 엄마는 웬일인지 내가 먹고 싶다고 하는 것들을 군말 없이 장바구니에 담았다. 미니 돈가스와 핫도그, 젤리와 오렌지맛 탄산음료를 전부. 그 역시 이상했다. 꿈처럼 이상했다. 결국 해산물 코너 앞에서 엄마를 향해 묻고 말았다. 나는 그때까지만 해도 눈치라고는 없는 어린애였다.

"엄마, 김씨 아저씨가 왜 엄마를 사랑해?"

엄마는 한동안 아무 말 없이 나를 내려다보았다. 분주하게 오가는 사람들이 어깨를 치고 지나가도 꼼짝하지 않았다. 그러길 한참, 엄마가 갑자기 수조를 가리켰다. 죽음을 앞둔 우럭 한 마리가 가라앉아 있었다. 엄마는 낮은 목소리로 말했다.

"엄마는 이 우럭이야."

그리고 사랑이란 이 비좁은 수조를 채운 더러운 물과 같아. 그리 쾌적하지 않음에도, 없으면 살아갈 수가 없거든. 이 우럭을 봐. 불쌍하지 않니? 엄마가 그래. 나는 대꾸했다. 엄마가 왜 물고기야. 그리고 그게 김씨 아저씨가 엄마를 사랑하는 거랑 무슨 상관인데? 그러자 엄마는 화가 난 얼굴로 외쳤다. 내가 우럭이라고! 한참이나 나를 노려보던 엄마가 손을 뻗어 내 코를 꼬집듯 붙잡았다. 내가 입으로 숨을 내쉬자, 엄마는 말했다.

"입 벌리지 마. 숨도 쉬지 마. 숨 쉬면 네 뺨을 때릴 거야."

숨을 참아보았지만, 얼마 가지 못했다. 숨이 막혀 얼굴이 뜨거워진 나는 엄마의 경고에도 불구하고 입을 열어 숨을 들이

마셨다. 그러자 엄마가 내 뺨을 내리쳤다. 세게 치진 않았지만, 그렇다고 아예 아프지 않은 건 아니었다.

"이제 알겠니?"

여전히 이해할 수 없었지만 나는 고개를 끄덕였다. 알겠다고 답하기 전까지 계속 뺨을 때릴 것 같았기 때문이었다. 그제야 엄마는 다리를 굽혀 눈을 마주쳐왔다. 그러고는 속삭이듯이 말했다.

"네 꿈은 아무한테도 말하지 마. 안 그러면 네 동생을 개 패듯이 팰 거야."

그날로부터 한 달 뒤, 아빠는 교통사고를 당했다. 운전자는 김씨 아저씨였다. 아빠가 석 달 동안 일어나지 못하는 동안 병원비가 쌓여갔다. 그리고 그 사고가 일어났던 것과 마찬가지로, 어느 날 갑자기 숨을 거뒀다.

아빠가 죽기 직전에 나는 또 꿈을 꿨다. 그 꿈에서 엄마는 내게 했던 것처럼 아빠의 코와 입을 막고 있었다. 아빠가 엄마의 말을 잘 들었는지, 뺨 때리는 소리는 나지 않았다.

2

 엄마는 홀몸으로 쌍둥이인 나와 선희를 키웠다. 대신 둘을 하나처럼 키웠다. 엄마에게는 딱 한 명분의 사랑만이 준비되어 있었다. 그러니까, 이런 계산이다. 엄마와 아빠는 애초에 각각 일 인분의 사랑을 준비했다. 한 명의 아이가 태어나면 이 인분의 사랑을 줄 수 있었다. 그런데 우리가 눈치 없이 둘로 태어나는 바람에 각각 일 인분의 사랑을 나눠 받게 되었고, 엎친 데 덮친 격으로 아빠가 사고를 당하면서 우리에게는 엄마에게 있는 일 인분의 사랑밖에 남지 않았다. 그걸 둘이서 나눠 가져야 했다. 부족했지만, 엄마는 그 이상을 준비할 여유는 없다고 했다. 충분히 이해할 수 있었다. 이해해야만 했다.

 여름의 끝자락인 8월 31일이 우리의 생일이었다. 선물 상자는 늘 단 한 개만 준비되어 있었다. 더 저렴한 선물로 두 개를 준비할 수도 있었을 텐데 엄마는 그러지 않았다. 엄마는 우리에게 누가 이 선물을 가질 것이냐고 물었다. 내가 기억하는 첫 번째 선물은 샌들이었다. 만화 속 캐릭터가 신고 다닐 듯한 붉은색 에나멜 샌들. 발등에는 앙증맞은 벨벳 리본이 달려 있어, 흰 양말에 아주 잘 어울릴 것 같았다. 우리는 발 사이즈도 같았지만 엄마는 둘 중 한 명만이 이 샌들을 신을 수 있다고 했다.

 "그러니 너희들이 고르렴. 누가 이 신발을 양보할래?"

사실 고백하자면, 나는 붉은 신발을 좋아하지 않았다. 대단한 이유는 아니었다. 그로부터 며칠 전에 학급문고에서 읽은 동화가 하필 『빨간 구두』였던 것이다. 책을 주문할 때 제대로 알아보지 않은 건지 동화책에는 '어른들을 위한'이라는 수식어가 붙어 있었고, 내용은 각색과 순화가 전혀 되어 있지 않아 애들이 보기엔 잔인했다. 찰나의 욕심으로 잘못된 선택을 한 어린 주인공이 빨간 구두의 저주에 사로잡혀 끊임없이 춤을 추게 되었다는 이야기. 결국 발목이 잘렸으며 잘린 채로도 발목은 계속 춤을 추었다는. 어린 나는 그 책을 읽고 꽤 오래 악몽에 시달렸으므로, 엄마가 가져온 샌들의 붉은색 광택이 불길해 보이기만 했다. 그에 비해 선희는 샌들을 바라는 눈치였다. 우리는 한여름에도 밑창이 다 낡아 떨어지기 직전인 스니커즈만 신었으니까. 나는 선뜻 양보하겠다고 말했다.

"그래, 원래 언니가 동생에게 양보하는 거야. 기특하다, 우리 수미."

선의나 책임감 때문이었다기보다는 나름대로 머리를 굴린 결과였다. 그다지 탐이 나지 않는 올해의 선물을 양보하면 내년에 더 마음에 드는 선물이 나타났을 때 내 것이라고 주장할 수 있을 테니까. 그런 심리를 엄마가 알아챘는지는 모르겠지만, 어쨌든 엄마는 내 앞으로 다가와 나를 다정하게 안았다. 아빠가 사고를 당한 이후로 그만큼 따뜻한 포옹은 받아본 적이 없었다. 그간 차곡차곡 쌓였던 혼란과 분노가 온기에 사르르 녹아내리는 기분이었다.

그건 엄마가 우리를 위해 준비한 그날분의 사랑을 모조리 쏟아 넣은 포옹이었다. 엄마는 나를 안은 채로 내가 얼마나 배려 넘치고 의젓한 아이인지, 십여 분간 온갖 칭찬을 늘어놓았다. 그런 나를 낳아서 행복하다며 내 양 뺨에 번갈아 입을 맞추고 머리를 쓰다듬고 온화한 미소를 보냈다. 나는 생일 선물을 받지 못한 대신 충분한 만족감을 얻었다. 그 시간 동안 선희는 물끄러미 샌들의 리본만 바라보고 있었다.

칭찬의 시간이 끝나자 엄마는 이번엔 선희 앞으로 다가갔다. 그리고 장승처럼 우뚝 선 채 우리 둘을 번갈아 보며 말했다.

"엄마는 너희를 공평하게 키울 거야."

그러고는 샌들이 든 상자를 선희에게 건넸다. 선희는 환히 웃으며 받아들었다. 엄마의 얼굴에는 미소가 없었다. 조금 전까지 내게 보였던 온정은 완전히 자취를 감추었다. 선희는 선물을 받고서 뭔가 이상하다는 생각이 들었는지 눈치를 보았다. 엄마가 선희의 보드라운 뺨을 세게 갈긴 건 바로 그때였다. 오른쪽과 왼쪽, 양 뺨에서 정확히 두 번 짝 소리가 났다.

당황한 선희는 눈물조차 흘리지 못했다. 샌들 상자를 꽉 끌어안았을 뿐이었다. 엄마는 허리를 굽혀 선희와 눈을 맞추며 말했다. 나에게 했던 것과는 정반대로, 어떤 애정도 담지 않은 엄중한 목소리로 그애에게 양보도 배려도 모르는 나쁜 아이라고 훈계했다.

"울지 마. 넌 선물을 받았잖니? 이 욕심쟁이, 뭘 잘했다고 울어?"

그렇다. 선희는 샌들을 얻었지만 생일날 마땅히 받아야 할 사랑과 축하는 조금도 얻지 못했다. 엄마의 '공평함'이란 물질적 축하와 정신적 축하를 완전히 구별해 중복되지 않게 부여하는 걸 뜻했다. 둘 모두를 받을 수는 없었다. 하나를 얻으면 하나는 포기해야 했다. 그날의 경험으로 나는 깨달았다. 누군가 선점한 것을 다른 한 명은 영영 가질 수 없다는 걸.

그 깨우침은 미처 말라붙지 않은 시멘트에 찍힌 발자국처럼 내 안에 선명히 남아 단단히 굳었다. 내가 언젠가 선희의 샌들을 몰래, 아니 허락을 맡고 신는다 하더라도 그건 어쨌든 선희의 물건이었다. 대신 나는 엄마의 사랑을 독차지할 수 있었다. 그런 일이 반복되었다. 매년 돌아오는 생일, 어린이날이나 크리스마스, 졸업식과 입학식 때마저도, 우리 앞에는 늘 단 하나의 꽃다발과 선물이 놓였다. 선택은 항상 우리 몫이었다.

나는 매번 양보했다. 동생이 먼저 양보할까 벌벌 떨면서 서둘러 양보했다. 엄마는 좋은 언니라면 동생에게 양보를 잘해야 하는 법이라고 말했다. 나는 좋은 언니였고, 동생은 욕심에 눈이 먼 나쁜 동생이 되었다. 나는 칭찬과 포옹을 받았고, 선희는 선물을 안고서 뺨을 맞았다.

　나는 내 역할에 만족했다. 엄마는 언제 어디서나 나를 착하고 어른스러운 언니로 소개했고, 동생 선희는 욕심 많고 철이 없어 언니보다 못한 동생으로 대했다. 그럴수록 선희는 선물에 집착하기 시작했다. 어차피 남는 게 그것뿐이라면 더, 더 좋은 선물을 받겠다는 심산인 듯했다. 우리는 아직 자라는 중이었다. 주무르는 대로 뇌가 모양을 바꾸는 어린애였다는 말이다. 언제부턴가 나는 진짜 좋은 언니가 되어야 한다는 압박에 시달렸고, 엄마에게 제대로 된 생일 축하 한 번을 받지 못한 선희는 선물을 향해 손을 뻗으면서도 자신이 끔찍하게 나쁜, 구제 불능의 아이라는 죄책감을 쌓아갔다. 선희는 늘 나에게 미안해했다. 자신이 언니의 것을 빼앗았으며, 그렇기 때문에 언니의 말을 잘 들어야 한다는 강박에 사로잡혔다.

　여기까지가 우리끼리의 속사정이라면, 겉으로 보이는 모습은 조금 달랐다. 내가 학교생활의 대부분을 소매가 닳은 생활복 차림으로 후줄근하게 보낸 것에 비해 선희는 유행하는 아이템들을 빠뜨리지 않고 착용했다. 최신 폰과 메이커 운동화, 유명 브랜드의 카디건과 바람막이, 명품 펜던트 목걸이를 착용하고서 그에 어울리게 스스로를 가꿨다. 선희는 엄마로부터 받지 못한 애정을 언니인 나와 친구들, 또 얼굴조차 알지 못하는 익명의 이들로부터 채우고자 했다.

전교생 모두가 선희를 좋아했다. 선희는 자랄수록 아름다워지고 빛이 났다. 빰을 대가로 얻은 아이템이 많아질수록 자신에게 무엇이 잘 어울리는지, 어떻게 해야 더 매력적으로 보이는지를 알아갔다. 그런 감각을 일찍 깨우친 데에는 선희가 가진 게 오로지 그뿐이었던 탓도 있었다. 선희가 없는 곳에서도 선희의 이름을 말하면 누군가는 아, 그 예쁜 애? 그 잘 꾸미는 애? 했다. 그에 비해 나는 분명 선희와 같은 얼굴을 가졌음에도 교실 한구석의 빛바랜 커튼처럼 눈에 띄지 않았다. 한참 외모에 관심이 많을 나이였다. 당시에 질투하지 않았다면 거짓말이다. 하지만 나는 나만의 방법으로 열등감을 해소했다.

선희는 매번 보란듯이 쉬는 시간이나 점심시간마다 자신을 따르는 친구들을 내팽개쳐놓고 굳이 나를 찾아와 시간을 보내곤 했다. 단둘이 매점에 가거나, 도서관에 책을 빌리러 가는 식이었다. 그런 행동에는 엄마가 심어놓은 어떤 부채감이 담겨 있을 터였다. 뒤늦게 나와 선희가 쌍둥이 자매라는 소문이 퍼지자 선희와 친해지기 위해 나에게 접근하는 아이들이 생겨났다. 자질구레한 선물부터 시작해, 현금을 주면서 부탁하는 아이들도 있었다. 선희는 내 말이라면 껌뻑 죽었다. 나는 그중 정말로 괜찮아 보이는 아이와 다리를 놔주었다.

나는 뭐랄까, 선희가 빛이 날수록 함께 빛나는 기분이었다. 그 무렵에 처음 느낀 기분이었다. 몸은 분리되어 있지만 나와

수선화에 스치는 바람

선희는 결국 하나라는 감각 말이다. 선희가 모두에게 주목을 받음으로써, 그런 선희와 누구보다 밀접한 나는 나대로 영향력을 행사할 수 있었다. 선희가 화면 속 캐릭터라면 나는 조이스틱을 쥔 플레이어였다.

선희는 언제나 내 말을 귀담아들었다. 언니는 늘 나를 위해 양보하잖아. 언니 말은 늘 다 맞지. 그러면서 내가 싫어하는 아이들과 멀어지고 내가 좋게 보는 아이들과 가깝게 지냈다. 학창시절부터 이어진 이 기묘한 균형은 엄마의 가출 이후 아이러니하게도 더 견고해졌고, 성인이 된 지금까지도 이어져왔다.

좁은 수조 속 우럭과 같았던 엄마는 우리가 열일곱 살이 되는 해에 집을 나갔다. 스크린 골프장을 하는 남자와 어딘가에 새살림을 차렸다고 했다. 대신 노쇠한 외할머니가 우리집에 살면서 우리를 돌봤다. 초반에 꼬박꼬박 들어오던 양육비가 끊기자 생활고에 시달릴 수밖에 없었다.

나는 그 지경이 되어서도 빛나는 선희를 포기할 수 없었다. 오히려 선희를 누구보다 돋보이게 하는 데 더욱 집착했다. 어느 정도였느냐면, 학교를 다니면서도 선희에게 외모를 가꾸는 데 필요한 용돈을 주려고 알바를 뛰었다. 교과서나 문제집에 나오는, 동생들을 부양하기 위해 스스로의 미래를 포기하고 일찍이 돈을 버는 장녀가 되었다. 불과 몇 초 일찍 태어난 언니이지만 그게 당연하다고 생각했다. 내가 좋은 언니여야……그래야 선희에게 죄책감을 심어줄 수 있으니까.

선희는 그 돈을 당연하게 받아 필요한 데 썼다. 한번은 용돈을 한푼도 쓰지 않고 모으기에 무엇을 사려고 그러느냐 물었더니, 노트북을 사고 싶다고 했다. 당시 선희는 SNS로 꽤 많은 팔로어를 모았는데, 아예 동영상 채널을 만들어 일상 브이로그를 직접 편집해 올리고 싶다는 것이었다. #여고생 #수험생일상 #공스타그램 등등의 해시태그를 내건 선희의 채널은 꽤 잘되었다. 연예인 기획사에서 DM으로 연락을 해올 정도였다. 실제로 학교 앞까지 찾아온 캐스팅 매니저도 있었다.

나는 아이돌이 된 선희를 자주 상상했다. 지금보다 더 반짝일 게 분명한데도 마음에 들지 않았다. 이유는 단순했다. 선희가 아이돌이 되면 내 손을 벗어나기 때문이었다. 선희의 곁에는 선희만큼, 어쩌면 선희보다 더 빛나는 다른 아이들이 함께 설 테고 그들은 한데 묶여 소속사의 관리 아래 대중들에게 내보여지겠지. 그건 선희가 아무리 빛나든 나와는 상관없는 일이 된다는 말이었다. 나는 데뷔라는 말에 혹하는 선희에게 연예계의 병폐와 해당 소속사의 안 좋은 지라시들을 들이밀었다. 선희는 이번에도 내 말을 잘 들었다. 언니는 양보를 하고, 동생은 언니의 말에 따른다. 바람직한 그림이었다. 나는 더불어 조언했다.

"일단 대학에 가. 아주 좋은 곳에 갈 필요는 없어. 하지만 네가 갈 수 있는 가장 좋은 곳에 가. 선생님들이 자주 말하잖아. 사회에서는 대학이 일종의 기준이 되기도 한다고. 하지만 알다시피 우리 둘 다 가기는 힘들어. 선택과 집중을 하는 게 나아. 학비와 생활비 모두 내가 벌어서 지원해줄게. 일단 네가 먼저 들어가고 좀 안정되면 난 나중에 들어가지 뭐."

그때, 선희가 나를 껴안았다. 그리고 계속 미안하다고 했다. 나는 미안해하는 선희를 보며 오히려 미안해졌다. 아마 선희는 내가 다른 누구도 아닌 나 자신을 위해 이런 선택을 했다는 걸, 그애의 다른 선택지를 막고 의사를 조종하며 삶의 의미와 즐거움을 얻는다는 건 모를 터였다. 나는 오래전에 엄마가 나에게 해준 것처럼 그날 내가 가진 모든 애정을 담아 선희를 안아주었다. 우리는 달빛이 비치는 좁은 방안에서 바짝 달라붙어 있었다. 이러다 한몸이 될 수도 있겠다는 생각이 들 때쯤, 내 어깨에 이마를 대고서 울던 선희가 불쑥 고개를 들어 나를 마주보았다. 그리고 길쭉한 손을 뻗어 내 양볼을 단단히 붙잡았다. 그때 마주한 선희의 얼굴은 나로선 아주 낯선, 분명 내 얼굴이기도 한데 태어나서 처음 보는 사람의 것처럼 생소한, 믿을 수 없을 만큼 울분에 찬…… 그런 얼굴이었다. 한참 후 선희는 말했다.

"언니는 아무것도 몰라."

그건 내가 하고 싶은 말이었는데.

어둠 속에서 무언가가 반짝였다. 내가 '그것'을 손에 쥔 순간이었다.

선희의 채널은 계속 유명해졌다. 공부에 집중하느라 흘러내린 머리카락 너머로 보이는 선희의 옆태가 완벽했기 때문이다. 그사이 나는 시간을 분 단위로 쪼개 돈을 벌었다. 막창집에서도 일하고 돼지 창자 빼는 공장에서도 일하고 닭털 뽑는 납품 업체에서도 일했다. 그리하여 선희는 명문대 경영학부에 입학했다. 여러 크고 작은 공장을 옮겨 다니는 사이 나의 얼굴은 선희와 점점 달라졌다. 내가 축축한 땅 밑으로 파고들어갈수록 선희는 만개했다. 여전히 아무도 나와 선희가 쌍둥이라는 걸 전혀 알아보지 못했다.

선희는 학교 홍보 모델로 선정되면서 소위 말하는 인플루언서의 반열에 올랐다. 유튜브 채널 구독자는 수십만이었다. 언젠가는 영상에 달린 인기 댓글을 보는데, 선희를 향해 '좋은 가정에서 사랑받으며 자란 티가 난다'고 했다. 부티, 귀티, 그런 단어들을 보며 나는 크게 웃었다. 뿌듯했다. 도대체 그런 티를 어디서 읽어내는 건지는 알 수 없었지만, 적어도 하나는 확실했다. 사람들이 선희로부터 어떤 윤택함과 사랑스러움을

수선화에 스치는 바람 97

발견한다면, 그건 전부 내가 양보하고 희생해서 만든 것이라는 사실. 그러므로 선희는, 나의 철없는 동생은 내 또다른 삶 그 자체. 나는 스스로를 사랑하듯이 선희를 사랑했다.

선희가 대학생이 되고부터는 이전처럼 자주 연락을 주고받을 수 없었다. 나는 그래도 언제 어디서든지 선희를 볼 수 있었다. 선희가 올리는 영상과 사진들, 불시에 켜는 라이브 방송, 광고를 맡은 쇼핑몰 홈페이지에서. 선희는 자신이 보고 먹고 느낀 모든 것을 성실하게 공유하는 업로더였다. 꼭 누군가에게 보고라도 하는 것처럼 세세한 것까지 전부 찍어 올렸다. 선희의 팬 계정을 보면 그들이 십 분짜리 영상에서 얼마나 디테일한 진실들을 찾아내는지 알 수 있었다. 예를 들면, 선희가 최근에 베개 커버를 바꿨다는 것과 싱크대에 설거짓거리가 쌓여 있다는 사실까지 말이다. 무엇보다, 영상 안에서 내 흔적을 발견할 때가 제일 즐거웠다. 일해서 모은 돈으로 선희에게 어울릴 옷과 액세서리를 사서 보낼 때마다 선희는 매번 고맙다는 메시지를 보내왔고, 선물을 착용하고 찍은 영상을 업로드했다. 놀라울 만큼 잘 어울렸다. 선희는 물건들을 제값보다 비싸 보이게 만드는 모델이었다. 내가 선물한 아이템들은 곧 품절되었고 선희의 팬들은 선희의 스타일을 따라 했다. 그들이 믿는 선희의 좋은 안목이란 결국 내 안목이기도 했다.

이렇게 말하니 꼭 선희를 향한 내 사랑이 일방적인 것 같지만, 그렇지 않다. 내가 선희를 귀하게 여기는 것 못지않게 선희는 나에게 의지했다. 지금의 자신을 만든 게 나라는 걸 선희 역시 알기 때문이었다. 중요한 선택의 순간마다 선희는 나에게 전화를 걸어 어떻게 하면 좋겠냐고 물었다. 내가 의견을 이야기하면 선희는 곧장 따랐다. 선희의 전공을 결정한 것도, 성인이 되고 사귄 첫번째 남자친구를 골라준 것도, 이별을 결심하게 한 것도, 두번째와 세번째 남자친구를 골라준 것도, 수강할 과목과 방학 동안 딸 자격증, 아르바이트 직종을 정해준 것도 전부 나였다. 선희는 반발하지 않았다. 내가 누군가와 사귀어보라고 하면 사귀었고 이제 그만 헤어지라고 하면 헤어졌다. 그리고 연인과 찍은 사진들은 매번 함께 지웠다. 그러고 나면 내가 선희의 모든 연애와 이별을 같이 겪는 듯한 기분이 들었다. 딱히 틀린 말은 아니었다. 우리는 원래 하나였고, 이어져 있으니까. 한 송이의 수선화를 이루는 꽃과 뿌리이니까. 선희는 나에게 반발할 수 없다. 뿌리가 없으면 꽃은 죽는다.

  무엇보다 나에게는 '그것'이 있었다. 그것이 있는 한 선희는 절대로 내 말을 어길 수 없었다.

3

〈러브 펜션〉 2화가 끝나자마자 선희에게서 전화가 걸려왔다. 나는 병실을 나와 로비에서 전화를 받았다. 방송을 보았냐고 묻는 선희의 목소리가 피곤에 잠겨 있었다. 아마 아직 촬영장인 펜션에서 지내고 있을 터였다. 선희가 대뜸 물었다.

"어때, 좀 괜찮아 보이는 사람 있어?"

"나보다는 네 마음에 들어야지."

"나야 뭐, 매번 그렇듯 미적지근하지. 언니 눈에 괜찮아 보이는 사람 있으면 좀 유심히 봐볼게. 아직 마지막 선택은 남아 있으니까."

2화 끝자락에서 누군가 선희에게 비밀 데이트를 신청했다. 그게 누구인지는 아직 밝혀지지 않았지만, 직진하겠다는 여행 유튜버일 것이 분명했다. 방송 내내 그는 부담스러울 만큼 저돌적으로 행동했다. 오로지 선희만을 바라보는 개새끼처럼 뒤를 졸졸 쫓아다녔다. 그를 대하는 선희의 태도에는 불쾌함과 귀찮음밖에 없었다. 시청자 반응도 좋지 않았다. 방송에서는 그를 사랑에 눈먼 순수한 남자로 열심히 포장했지만 자신의 감정에 사로잡힌 그는 시종일관 무례했다. 만난 지 고작 하루 만에 십 년은 매달린 짝사랑을 대하듯 애절하게 임하는 모습이 오히려 작위적으로 보였다.

하나 그 모든 평가는 당사자가 아닌 그를 바라보는 타인이 만들어낸 것에 불과하다. 진심어린 행동이 늘 좋은 결과를 이끌어내는 것은 아니지만 나는 그 한 시간 삼십 분짜리 쇼 안에서 남자의 눈빛에 담긴 순백의 결정체를 발견했다. 누가 뭐래도, 내가 보기에 그는 진심이었다. 통하든 통하지 않든 사력을 다해 자신의 모든 것을 내보이며 부딪치고 있었다.

한번 진심을 읽어내자 그의 행동 하나하나가 다르게 다가왔다. 나는 궁금해졌다. 첫눈에 반한다니, 그런 게 과연 가능한가? 그 남자는 선희의 무엇을 보고 첫눈에 반했나? 선희가 아닌 나를 만나도 마찬가지였을까?

아니, 아니다. 이런 질문은 의미가 없다. 그는 잘 가꾸진 상태의 선희를 마주했고, 그래서 반한 것이다. 첫 만남의 마법이란 운을 포함한 여러 가지 조건이 복합적으로 맞아떨어졌을 때 힘을 발휘한다. 그렇다면 질문을 약간 바꿔보자. 남자의 마음이 진심이라는 가정하에 선희가 어느 날 갑자기 폐인이 되어 모든 빛을 잃는다면, 그리하여 마치 지금의 나와 같은 모습이 된다면 그래도 남자는 선희를 사랑할 것인가?

궁금했다. 나는 그동안 선희의 남자친구를 골라줄 때 두 가지 기준을 적용했다. 첫번째, 위험 요소가 적어야 했다. 조금이라도 폭력적이거나 안 좋은 소문이 있는 남자를 먼저 소거법으로 걸러냈다. 두번째, 내 호기심을 자극해야 했다. 직업이

든 성격이든 뭐라도 하나쯤은 궁금하게 만드는 면이 있어야 했다. 지루한 것은 참을 수 없었다. 왜냐하면 선희의 연애는 곧 나의 연애이자, 방청객이면서 동시에 감독인 내가 들여다보는 일종의 콘텐츠였으니까. 내 머릿속에는 작은 무대가 하나 있고, 그 안에서 시시때때로 인형극이 벌어진다. 주인공은 바뀌지 않는다. 모든 콘텐츠는 옴니버스식이며, 상대 배역만이 교체된다.

〈러브 펜션〉의 출연 제의를 승낙하라고 부추긴 것도 나였다. 그동안 선희의 연애를 컨트롤하면서 딱 한 가지 불만족스러웠던 건 그들의 일거수일투족을 들여다볼 수 없다는 점이었다. 선희가 사진과 영상을 자주 올리고, 있었던 일을 이야기해주었지만 그것만으로는 부족했다. 나는 더 생생한 공유를 원했으므로 점점 더 애가 탔다. 그런 와중에 한정된 공간에서 일어나는 거의 모든 일들을 고스란히 비춰주는 리얼리티 쇼의 제안은, 거부할 수 없는 종류의 것이었다.

성운이라는 남자는 확실히 내 호기심을 자극했다. 맹목적인 마음을 거침없이 드러내는 이를 보면 꼭 꺾어주고 싶어지는 법이다. 적어도 선희를 둘러싼 모든 상황을 콘텐츠로 즐기는 나는 그랬다. 대화 한번 제대로 나눠보지 않은 상대를 향해 당당히 첫눈에 반했다는 말을 내뱉는 사람은 용감한 것인가, 경솔한 것인가? 그 둘을 완전히 구분할 필요는 없지만, 그래도 한번 더 시험해보고 싶었다. 나는 숙소에 들어가봐야 한다며 전화를 끊으려는 선희를 향해 말했다.

"첫번째 비밀 데이트 신청한 거 누구야?"

"뻔하지. 그 여행 유튜버. 걔 때문에 귀찮아 죽겠어."

"걔. 걔랑 잘해봐."

걸음을 멈춘 듯 스피커 너머 주변 소음이 사라졌다. 잠시의 침묵 후에 선희가 물었다.

"걔가 마음에 들어?"

"난 방송밖에 안 봤으니까. 네가 보기엔 어때?"

"별로야. 내 스타일이 아니야."

"최종화까지는 좀 남았지? 다른 사람한테 끌리는 거야?"

선희가 작게 한숨을 내쉬더니 어차피 방송 보면 알 테니까, 하고 중얼거린 뒤 말했다.

"너무 집요해. 내가 싫다는데도 눈치 없이 계속 들이댄다고."

"잘됐네. 한번 잘해봐. 사귀어보고 별로면 차면 되지."

"어차피 여기 나오는 애들 다 자기 채널 홍보하러 나오는 거야. 첫눈에 반했다 어쨌다는 건 다 대본이라고."

"진심일 수도 있잖아."

"갑자기 애처럼 왜 그래?"

"너야말로 왜 갑자기 까탈을 부려?"

"까탈?"

"그동안은 내 말에 싫다고 한 적 없었잖아."

"없었지. 난 언니 말 잘 듣는 동생이고 싶었고, 언니가 딱히 나한테 안 좋은 선택지를 내민 적도 없었으니까. 하지만 단 한 번이라도 내 진짜 마음이 궁금했던 적 있어? 이번엔 싫어. 언니 말 안 들을래."

순간 귀를 의심했다. 내가 뭐라고 되물을 틈도 없이 선희는 전화를 끊었다. 언니는 아무것도 몰라. 불쑥 오래전 선희의 중얼거림이 스쳤다. 내가 모르는 게 있다고? 진짜 마음이 궁금하지 않느냐고? 그렇다. 궁금하지 않다. 왜냐하면 다 보이니까. 뻔히 보이는 걸 누가 궁금해하겠는가? 선희는 그저 짜증을 부리고 있는 거다. 그다지 마음에 들지 않는 상대를 내가 마음에 들어서 신경질이 난 것이다. 하지만 이렇게 대놓고 내 의사를 무시하겠다고 하는 건 처음이었다.

나는 홈 화면으로 돌아온 휴대폰 액정을 망연히 응시했다. 머리끝까지 치솟는 분노를 억누르고 곰곰이 생각했다. 갑작스레 벌어진 다툼의 원인에 대해. 그래, 이해 가능한 영역으로 가져오고 싶었다는 말이다. 나에게 선희의 반발은 그만큼 충격적인 것이었다. 선희가 이러는 이유를 알아야 했다. 그래야 앞으로도 선희를 내 머릿속 무대 위에 세울 수 있었다.

떠올려보면, 그동안 내가 고른 건 선희가 내민 선택지들 중 하나였다. 미디어학과와 경영학과 중 어디를 갈까? 김준석과 박창윤 중 누구를 사귈까? 휴학을 할까, 말까? 이런 식이었다. 그렇다는 건, 선택지를 내밀기 전에 선희 안에서 이미 선별 작업이 이루어졌다는 뜻이기도 했다. 아마 내가 뜬금없이 예술학부를 지원하라고 했다면 선희는 무시했을 것이다. 김준석과 박창윤 외에도 선희 주변을 맴돈 다른 이들이 있었을 것이고, 난 그들의 존재를 알 수 없었다. 하지만 이번엔 다르다. 선희가 먼저 선택지 일부를 내밀기 전에 내 앞에 쇼의 출연자들이라는 전체 선택지가 놓였다. 그러니까, 지금으로 치면 성운은 선희가 사전에 거른 탈락자에 속하는데 내가 하필 그를 고른 것이다.

  나는 은은한 낭패감과 강렬한 배신감에 휩싸였다. 태어나서 난생처음 느껴보는 기분이었다. 나는 지금껏 내가 선희의 모든 선택지를 쥐고 있다고 생각했다. 선희가 나에게 자신의 모든 것을 맡겼다고도 생각했다. 그런데 그게 아니었다. 선희가 먼저 선택했다. 자의를 가지고. 그 점이 중요했다…… 선희는 어쩌면 단 한 번도, 내게 전부를 내보인 적이 없었던 것 아닐까? 내 피와 땀과 노력으로 일군 그 싱그러운 얼굴로 뻔뻔스레 나를 관찰하며 비웃었던 건 아닐까? 그런 줄도 모르고 살았다니 어리석었다. 당장에라도 스스로의 코를 붙잡고 뺨을 갈기고 싶을 지경이었다. 내 그간의 희생이 고작 그따위에 그쳐서는 안 되었다. 내게는 선희가 치워버린 수준 미달의 선택지까지도 알 권리가 있었다. 그것이 미달이라고 판단하는 것 역시 내 몫으로 주어져야 할 일이었다.

그러므로 선희에게 다시 한번 제대로 보여줄 필요가 있었다. 꽃은 뿌리 없이는 필 수도 유지될 수도 없다는 걸, 제 삶을 만든 게 바로 나라는 걸 말이다.

성운의 유튜브 채널과 SNS 계정은 어렵지 않게 찾을 수 있었다. 2화가 방영된 후 팔로어가 조금 더 늘어 총 육만 명이었다. 가장 최근 올라온 셀카 밑에는 질투와 응원의 댓글이 오묘한 조화를 이루고 있었다. 나는 그의 피드를 쭉 훑었다. 조회 수가 높은 동영상도 몇 개 보았다. 얼굴이 익숙해질수록 내 눈에는 그의 진실함이 보였다. 남아메리카의 거대한 폭포를 바라보는 눈빛에서, 네팔의 산을 하이킹할 때의 표정에서, 갱단을 만나 죽을 뻔했다가 간신히 도망쳐 돌아온 숙소에서 조촐한 식사를 하는 옆모습에서. 그는 매 순간순간에 진심이었다. 선희가 집요하다고 판단한 바로 그 순도 높은 열정이, 그의 모든 콘텐츠에 고스란히 드러나 있었다.

병실로 돌아와 엄마를 재우고 나서도 두 시간이 넘도록 액정 안의 그를 쫓았다. 그에 대해 알아갈수록 내 확신은 점점 더 짙어졌다. 다음 무대에 상대역으로 오를 이는 바로 이 남자다. 더군다나, 그는 선희에게 첫눈에 반했다고 하지 않는가? 선희는 역시 고생을 하지 않아 뭘 모른다. 적임자를 가릴 판단

력도 뭣도 없다. 지금까지 얼마나 많이 더 좋은 선택지들을 흘려보냈을지 생각하면 아쉬웠으나, 괜찮았다. 뭐든 앞으로가 중요한 거니까. 이제부터 더 잘하면 되는 일이었다.

새벽 두시가 가까워지고 있었다. 프로그램 규정상 방영이 끝날 때까지는 개인 SNS 업로드에 제약이 있다고 들었다. 진행 내용이나 결과를 알리지 않는 선에서만 올릴 수 있다고 했다. 선희의 계정에 들어갔더니 새 게시물이 올라와 있었다. 신생 스킨케어 브랜드의 협찬 광고인 듯, 마스크 팩을 한 선희가 여러 각도로 제품 사진을 들고 찍은 사진들이었다. 배경은 〈러브 펜션〉 숙소였다. 별 특이점 없는 사진이라 이전으로 돌아가 팬 계정을 클릭했다. 아니나다를까 그 새벽에도 올라온 지 일분도 되지 않은 사진을 가지고 팬들이 이야기를 나누고 있었다. 누군가 제품과 함께 놓인 꽃을 지목하며 말했다.

〔그런데 이거 오늘 예고편에서 쿠즈가 산 꽃 같은데. 둘이 잘되고 있나?〕

쿠즈는 첫인상 투표에서 선희가 골랐던 뮤지션이었다. 그는 선희에게 투표를 하지는 않았지만, 인터뷰에서 관심 상대로 선희를 꼽았다. 그제야 선희가 내 말에 반발한 진짜 이유를 알 것 같았다. 이미 잘되어가는 다른 사람이 있었던 것이다.

다시 한번 분노가 치밀었다. 난데없이 만난 괴한에게 머리를 가격당한 수준의 충격이었다. 왜 나에게 먼저 말하지 않았지? 아니, 중요한 건 그게 아니다. 지금껏 선희가 내 허락 없이 사람을 사귄 적이 있었나? 원래 같았으면 방송엔 아직 안 나왔더라도 사진과 함께 구체적인 상황을 전했을 것이다. 하지만 선희는 수차례의 촬영이 이어질 때까지 내게 어떤 조짐도 보이지 않았다.

불쑥 걷잡을 수 없는 불안이 밀려들었다. 선희에게 내가 모르는 무언가가 있다. 그런 건 있을 수 없는 일인데, 바로 그 일이 벌어졌다. 내가 가장 잘 알고 있어야 하는 대상이, 매일 잎을 닦아주고 물과 영양제를 주는 화초가 멋대로 화분을 기어나와 바깥세상을 거닌 것이다.

선희가 나에게서 분리되려 한다. 내 젊음과 노동력과 시간을 잡아먹어 홀로 빛나게 된 꽃이 뿌리로부터 도망치려 한다. 꽃은 뿌리 없이는 오래 유지될 수 없다. 자유를 느낄지언정 곧 말라 죽어버릴 텐데. 그건 나에게도 선희에게도 있어서는 안 될 일이었다.

시곗바늘이 어느덧 새벽 세시를 가리켰다. 내일은 아침 일찍부터 연어를 손질해야 한다. 전국으로 배송 나갈 도시락 작업이 끝나면 손끝은 물론 머리카락 한 올 한 올에까지 비린내가 밸 것이다. 그 상태로 횟집 저녁 서빙도 해야 했다. 지금 잠든다 해도 네 시간밖에 자지 못한다. 나는 피로한 눈을 부릅뜬 채로 클라우드 앱을 켰다. 파일 정렬 순서를 오래된 순으로 설정하니 제일 상단에 '그것'이 나타났다. 나는 평소에 그것을 잘 떠올리지 않는다. 선희에게 위협이 되는 만큼 그것은 나에게도 역시 위협적이다. 다만, 이렇게 써야만 할 때가 오고야 말았다. 나는 그것을 재생시켰다. 오 분이 채 되지 않는 짧은 영상. 내 손으로 이걸 틀어보는 것은 처음이었다.

언니는 아무것도 몰라.

어둠 속의 선희가 말한다. 지금보다 앳된 목소리. 영상의 첫 장면은 어둠이다. 오로지 어둠뿐이다. 화면이 점점 밝아지지만 나는 재생을 멈추고 더이상 나아가지 못한다. 결국 영상을 끝까지 보는 데 실패하고, 창을 닫고 파일명을 캡처하는 데 그쳤다. 파일의 이름은 0927. 영상이 찍힌 날짜였다.

그날 선희는 나에게 절대 해서는 안 될 짓을 했고, 나는 그 사실을 지금까지 인질로 잡아놓고 있었다. 그것이 있는 한 선희는 내 말을 따를 수밖에 없었다. 그건 오랜 시간 변하지 않는, 지금의 우리를 유지시켜온 불문율이었다.

나는 캡처한 사진을 선희에게 보냈다. 메시지 옆의 1이 거의 바로 사라졌다. 역시 선희도 잠들지 못하고 있구나. 아무 말도 없는 선희에게 나는 한마디만을 더 보내고 대화창에서 나왔다.

〔이날 기억하지?〕

다음날, 선희에게선 단 세 글자만이 도착해 있었다.

〔기억해.〕

그렇다면 됐다. 나는 가벼운 마음으로 출근해 수십 개의 연어 도시락을 포장했다. 점심시간에는 선희가 엄마의 호스피스 입원비를 보내왔다. 장문의 메시지와 함께였다.

〔어제 언니랑 싸우고 오래 생각해봤어. 마침 데이트 촬영이 있었는데 언니 때문에 하나도 집중 못 한 거 알아? 어쨌든, 중요한 건 이게 아니니까. 애초에 이 프로그램에 출연한 것도 언니 때문이었어. 언니가 나가보라고 해서 나간 거야. 우리에게는 분명 남들이 쉽게 이해하지 못할 균형이 있지. 언니는 나를 위해 희생하고, 나는 언니의 만족을 위해 움직여. 나는 이걸 어길 생각이 없어. 언니가 나를 위해 어렸을 때부터 많은 걸 포기했다는 걸 알아. 그리고 그게 아무리 유별난 엄마의 정서적 학대였다 한들 지금 와서 딱히 그 균형을 깨뜨릴 필요성을 느끼지 못해. 나는 언니와 이어져 있고, 늘 언니의 편이야. 우리는 애초에 하나였잖아.

하지만 한마디만 할게. 언니가 고른 개하고는 사귀기 싫어. 불쾌한 사건이 있었던 건 아냐. 그냥 싫어. 친구로서는 괜찮지만, 그 이상의 관계를 맺긴 싫다고. 난 이번 프로그램에서 아무도 사귀지 않을 거야. 방송엔 다른 누군가랑 뭔가 진행되는 것처럼 나갈 수는 있는데, 생방 날 최종 선택에서는 아무도 고르지 않을 거야. 사실 그다지 내키지 않는데 언니가 나가보라고 해서 나온 거니까 언니도 이 정도는 이해해. 쇼가 끝나면, 다시 원래대로 돌아가는 거야. 알겠지?〕

입에 밀어넣은 김밥 꽁다리를 겨우 씹어 삼켰다. 아무 맛도 느껴지지 않았다. 결국은 성운과 사귀지 않겠다는 말이었다. 밤사이 간신히 잠들었던 분노와 배신감이 다시 고개를 들었다. 스스로도 왜 이렇게까지 화가 치미는지 이해할 수 없었지만, 의문은 저 뒤로 밀려났다. 보이지 않는 어떤 힘에 사로잡힌 나는 곧장 선희에게 전화를 걸었다. 촬영중인지 휴대폰은 그새 꺼져 있었다. 초조해져서 비린내가 밴 엄지손톱을 물어뜯었다. 투명한 젤 네일이 올라간 선희의 손톱은 물어뜯는다고 뜯기지 않겠지. 나는 크게 심호흡을 한 뒤 다시 휴대폰을 들었다. 그리고 짧게 답장했다.

〔시끄럽고 하라는 대로 해. 안 그러면 그 영상을 인터넷에 퍼뜨릴 거야. 나와는 달리 넌 팔로어도 많은 유명인이고 지금 한창 화제의 중심에 있잖아. 타격이 없을 것 같아? 지금까지의 이미지는 박살나고 온갖 더러운 이야기가 따라다니게 될 걸.〕

선희는 점심시간이 끝나도록 응답이 없었다. 내내 휴대폰을 노려보았지만 전화는커녕 말풍선 옆의 1도 사라지지 않았다.

수선화에 스치는 바람

이후에는 도통 일에 집중할 수가 없었다. 사소한 실수가 이어지자 사장은 조퇴 명령을 내렸다. 나는 그 말만을 기다렸다는 듯이 짐을 챙겨 차에 올랐다. 일당을 깐다는 엄포가 뒤따랐지만 귀에 들어오지 않았다. 시동을 건 뒤 확인한 메시지 창에는 1이 사라져 있었다. 잠시 심호흡과 함께 답장을 기다렸지만, 선희에게서는 여전히 응답이 없었다. 내 인내심은 곧 바닥을 드러냈다. 주차장을 빠져나와 급히 차를 몰았다. 서울로 갈 생각이었다. 촬영장의 카메라들 앞에서 본때를 보여줄 테다. 고속도로에 막 올랐을 때였다. 선희에게서 메시지가 도착했다.
〔나 지금 엄마 병원이야. 퇴근하면 얘기 좀 해.〕

4

결국 휴게소에서 차를 돌려 병원에 들어서니 저녁에 가까운 시간이었다. 선희는 통증으로 고통스러워하는 엄마 옆에 인형처럼 무심히 앉아 있었다. 엄마가 시트를 부여잡으며 몸부림쳤지만 손을 잡아주지도 안쓰러워하는 표정을 짓지도 않았다. 대신 간호사를 호출한 뒤, 들어서는 나를 향해 말했다. 병실 좋네. 역시 비싼 곳이 좋아. 그치?

엄마가 진통제를 투약받고 잠들기까지는 한 시간이 넘게 걸렸다. 그동안 선희는 물끄러미 엄마를, 그리고 나를 바라보고만 있었다. 팔짱을 낀 채 화장실 문에 등을 기대고 선 모습이 딸이라기보다는 엄마의 죽음을 기다리는 사신 같았다. 한바탕 소란이 지나간 후에야 나는 선희를 따라 병실을 나왔다. 선희는 우리를 기다리는 사람이 있다며 병원 건너편의 프랜차이즈 카페로 향했다.

"이렇게 오래 걸릴 줄 모르고 기다리라고 했지 뭐야."

이해가 가지 않았다. 우리 둘의 대화에 도대체 누가 필요하단 말인가? 문득 내 앞에서 걷는 선희가 무척 낯선 사람처럼 느껴졌다. 태어나서 처음 느껴보는 이질감이었다. 선희가 걸을 때마다 결 고운 머리카락이 찰랑거렸다. 나는 불쑥 그것을 매만지고 싶다고 생각했으나, 애써 참았다.

한발 먼저 카페에 들어선 선희는 거침없이 어디론가 향했다. 가로등 불빛이 새어 들어오는 창가 자리였다. 선희를 따라 향한 그곳에는…… 그가 있었다. 액정 화면 안에만 존재하던 그. 무례하고 대담하며 진실한 구애자. 성운이었다.

"최종 선택 직전의 비공식 데이트야. 엄마가 아파서 보러 가야 한다고 했더니 따라오고 싶다기에. 카메라 감독은 안 왔어. 간단히 브이로그 형식으로 영상만 남기면 돼."

당연한 소리지만, 화면 밖의 그는 지금까지 보아온 모습보다 훨씬 생동감이 넘쳤다. 그래, 살아 있는 것 같았다. 그 당연

수선화에 스치는 바람

한 사실이 나에게는 그렇지가 않았다. 그러니까 마치, 그림인 줄 알았던 것에 손을 뻗자 낯선 세계로 빨려 들어온 듯한 기분. 빈맥 환자처럼 심장이 빠르게 뛰었다. 선희가 그의 옆에 앉고, 나는 떨리는 손으로 의자를 빼내 둘의 맞은편에 앉았다. 선희가 나를 쌍둥이 언니라고 소개한 뒤 성운이 고개 숙여 인사하자 어째선지 도망치고 싶은 기분이 들었다. 두 사람은 다정하게 서로를 보며 이야기를 나누었다.

"나 병원 다녀올 동안 영상은 잘 찍었어?"

"응. 네가 알려준 칼국숫집 가서 밥 먹고 나와서 주변 풍경 위주로 찍었어. 고요하고 좋더라. 데이트 영상은 오전에 함께한 걸로 충분히 분량 나올 것 같아."

성운이 고개를 돌려 나를 바라봤다. 손에는 작은 고프로 카메라가 들려 있었다.

"선희에게 쌍둥이 언니가 있는 줄 몰랐어요. 그러고 보니 정말 닮았네요. 이쪽 보고 한 번만 인사해주실래요? 얼굴 공개하기 싫으시면 블러 처리 해달라고 할게요."

카메라 렌즈가 내 쪽을 향했다. 늘 선희를 비추던 작은 눈. 나는 햇빛을 쐰 흡혈귀처럼 양팔로 얼굴을 가리고 고개를 숙였다. 분위기가 서늘하게 가라앉는 게 느껴졌다. 성운이 죄송하다며 카메라를 내렸고, 나는 뒤늦게 다시 고개를 들었다. 비참했다. 전부 선희 때문이었다. 우리 둘 사이의 규칙을 어기고 내 말을 무시하고 이런 상황을 만들어낸 선희를 꺾고 싶었다. 나는 테이블 아래에서 세게 주먹을 쥐었다. 선희가 성운을 향해 뭐라고 속삭이자 그가 자리에서 일어섰다. 나는 멋쩍게 인사하고서 가게를 나가는 그의 뒷모습을 황망히 좇았다.

"차에서 기다리라고 했어. 언니가 낯을 많이 가린다고."

선희의 말이 끝남과 동시에, 나는 자리에서 일어나 굳은살 박인 오른손을 휘둘렀다. 오래전에 엄마가 그랬던 것처럼. 타격음은 작지 않았다. 다행히 카페에는 우리 말고는 아무도 없었다.

"왜 굳이 같이 왔어?"

선희가 나를, 내 눈을 빤히 응시했다. 단서를 포착하기 위해 애쓰는 탐정처럼. 나는 흡사 범죄 사실을 숨긴 범인이 된 기분으로 시선을 피했다. 선희가 덤덤히 말했다.

"언니 반응 보려고. 이제 알겠네."

"무슨 소리야?"

"언니 저 사람 마음에 드는구나. 반한 거야?"

목구멍에 솜뭉치를 쑤셔넣은 것처럼 아무 소리도 나오지 않았다. 나는 가까스로 대꾸했다.

"마음에 들지 않으면 너한테 사귀라고 했겠어?"

"지금까지와는 반응이 달라."

선희가 벌게진 뺨을 일그러뜨리고 입꼬리를 올려 웃었다.

수선화에 스치는 바람　115

"언니가 나를 가지고 인형 놀이를 한다는 거 알아. 하지만 그건 어디까지나 내가 언니의 뜻에 따라주니까 가능한 거잖아? 그래, 나도 사실 즐겼어. 편했거든. 최악의 선택지만 소거하고서 언니에게 맡기면 알아서 머리 아픈 문제들의 답을 골라줬으니까."

"날 이용한 거니?"

"왜, 언니는 날 이용하는데 난 그러면 안 돼?"

선희의 단정한 입매가 파르르 떨렸다. 공들여 올린 속눈썹 밑으로 지금껏 본 적 없는 서늘한 기운이 감돌았다.

"지금 언니 표정, 목소리, 억양, 그 모든 게 이제까지와는 다르다고. 그동안은 내가 만나도 그만, 만나지 않아도 그만인 듯 굴었다면 이번에는 아주 절절하잖아? 언니는 참 사람이 투명해. 웬만해서는 그냥 하라는 대로 하고 싶었는데, 언니가 그렇게 구니까 나도 들어주기 싫은 거 있지? 재랑 사귄다고 딱히 내가 얻을 이득도 없고, 외적으로도 취향이 아니야. 그러니까 억지 그만 부려."

억지를 부리는 건 바로 선희였다.

"내가 너에게 희생하듯 너도 희생하는 부분이 있어야지. 마음에 들지 않아도 언니 말 들어. 그게 네 역할 아니었어? 그동안 너도 나를 이용했다는 거에 대해선 뭐라고 하지 않을게. 하지만 나도 뭔가 얻는 게 있어야 하지 않겠어?"

"언니가 얻는 게 뭔데? 아니, 질문을 바꿀게. 언니는 뭘 얻고 싶은데?"

순간, 머릿속이 새하얗게 물들었다. 내가 얻고 싶은 것. 나는 이렇게까지 해서…… 뭘 하려는 거지? 억만년 같은 찰나가 흐른 뒤, 나는 가까스로 머릿속에 떠오른 어렴풋한 욕망 하나를 골라 입 밖으로 꺼냈다.

"이상적인 너."

선희가 얼굴을 일그러뜨리고 중얼거렸다. 이상적인 '너'라고? 웃기시네. 모음이 하나 틀렸어. 이상적인 '나'겠지. 나는 반박하지 못했다. 내 깊은 곳에 묻어둔 진심이 선희의 입을 통해 흘러나오고 있었다. 이것 보시라. 역시 우리는 이어져 있다.

"나도 알아. 안다고…… 다 알고 있었다고. 언니가 희생한 건 사실 전부 언니 자신을 위해서였잖아? 언니는 스스로를 너무 사랑하는 나머지 부딪히고 깨지고 실패하는 걸 못 견뎌해. 그래서 어렸을 때부터 얄밉게 순종적이고 착한 아이를 연기했지. 물질적인 욕망은 전부 나한테 전가했잖아. 언니는 나를 아바타처럼 꾸미고 조종하고 싶어했어. 자기가 현실이라는 무대에서 도망친 거면서 날 위해 희생했다고, 모든 걸 양보했다고 합리화했어. 나도 다 알아. 알면서도 언니의 뜻에 따라주고 싶었어. 왜인지 알아?"

나는 손을 들어 귀를 막았다.

수선화에 스치는 바람

"언니를 사랑하니까."

심장이 멎을 것 같았다. 선희의 입에서 흘러나오는 건 저주였다. 선희는 내 눈을 똑바로 바라보며 한동안 주문을 외듯 되뇌었다. 언니를 사랑하니까. 제대로 들어. 모른 척하지 마.

"그런데 언니는 저 새끼가 좋다네?"

도망치고 싶었지만 주술에 걸린 듯 꼼짝도 할 수 없었다. 선희는 계속 쏘아댔다. 늘 한 떨기 꽃처럼 아름다운 선희의 안에 저런 지독한 말들이, 냄새를 풍기는 지저분한 말들이 숨어 있을 거라고는 생각지 못했다. 눈앞에 있는 게 정말 내가 아는 선희가, 내 순종적이고 사랑스러운 동생 선희가 맞나? 선희는 악독한 말을 내뱉는 사람치곤 무덤덤한 표정이었다. 그 태연하기만 한 얼굴이 공포를 더욱 극대화시켰다.

"언니는 스스로밖에 사랑할 줄 모르는 인간이야. 누군가를 마음에 들였다 한들, 아마 지금 이 꼴에서 벗어나기 어려울걸? 지금 우리 모습 말이야. 언니는 도망치면서 나에게 죄책감을 덧씌우고 나는 그 알량한 심리를 다 알면서 언니의 뜻에 따라 움직이는, 서로 알고도 모른 척하는 주제에 전부 진심이라고 믿는 그런 우스꽝스러운 모습. 있잖아, 그거 알아? 언니는 진짜 비겁하고 유치해. 늘 모든 걸 알고 있는 척 뻗대지만 사실은 무엇 하나 제대로 아는 게 없지. 언니 고등학생 때 시험 성적 기억 안 나? 한 번이라도 나보다 높았던 적 있었어?"

"그건 너를 뒷바라지하느라 제대로 공부할 시간이 없었으니까……"

"아! 그래, 그놈의 뒷바라지. 또 내 탓이지. 하지만 더 중요한 건, 언니가 아무것도 알려고 하지 않는다는 거야. 그럴 의지조차 없다는 거야. 머릿속에 언니만의 성을 만들어놓고 왕으로 군림하지. 하지만 그 공간에는 아무도 없어. 성이 아니라 움막에 불과해. 내가 그 안에서 수행하는 역할은 전부 가짜인데, 언니는 자기가 진짜를 만들어낸 줄 알고 박수를 쳐대."

"그만해."

나는 참다못해 외쳤다. 선희가 나를 지그시 노려보더니 가방을 챙기며 말했다.

"언니가 원한다면 재랑 다리 놔줄게. 직접 만나봐. 나를 이용해서 말고, 직접 관계를 맺어보는 거야. 어때, 할 수 있겠어? 언니는 나라는 인간을 마구 조종할 수 있을 만큼 잘났잖아. 해봐."

"도대체 갑자기 왜 이러는 거야? 애초에 네가 내 뜻대로 움직여줬잖아. 네 삶을, 네 몫의 선택을 내게 맡겼잖아. 그건 전부 네가 묵묵히 따라줬기에 가능한 거였어. 나 혼자 호소하고 우긴다고 되는 게 아니라. 우리는 결국 공범이야. 왜 이제 와서 균형을 무너뜨리려는 건데?"

"내가 말했잖아. 언니를 사랑해서라고."

수선화에 스치는 바람

선희가 자리에서 우뚝 일어섰다. 바닥에 끌리는 의자 소리에 선희의 목소리가 겹쳐 들렸다. 나는 언니를, 언니만을 사랑하는데 언니는 저 새끼가 마음에 든다잖아. 나는 내가 제대로 들은 게 맞는지 확신할 수 없었다. 선희가 테이블에서 점점 멀어지고, 나는 멍하니 홀로 남았다. 어디서부터 잘못된 것일까? 본래 하나여야 할 우리가 둘로 갈라지면서부터? 아니면 엄마가 아빠의 코를 막았던 날? 김씨 아저씨가 우리집에 찾아온 날? 아니면 내가 '그것'을 손에 쥔 순간에? 우스운 건 이 와중에도 내가 스스로를 변호하고 있다는 점이었다. 나는 매번 내가 할 수 있는 최선의 선택을 했다고. 우리를 그런 극단적인 상황으로 내몬 건 다름 아닌 엄마라고.

그때였다. 저멀리 카페 문밖으로 사라졌던 선희가 다시 들어와 나에게로 다가왔다. 짧은 순간 '그럼 그렇지' 하고 안심하면서, 나는 근거 없는 희망을 감지했다. 선희는 사과할 것이다. 좀전에 내뱉은 모든 독한 말들을 취소할 것이다. 그럼 난 자비롭게 용서할 테다. 순식간에 다가온 선희가 씩씩대며 앉아 있는 나를 내려다보았다. 가까이서 보니 선희의 눈가가 젖어 있었다.

"난 이제 어떤 마음이 진짜인지 모르겠어. 나는 언니를 사랑하는 걸까, 언니라고 불리는 나를 사랑하는 걸까? 왜 우리는 하필 이렇게 한날한시에 같은 얼굴로 태어났지? 어쩌면 지금과 다른 나를 멋대로 상상하고 그걸 언니에게 대입하고 있는 건 아닐까? 헷갈려. 헷갈려서 머리가 터질 것만 같아. 하지만 확실한 건 난 지금껏 누구도 언니만큼 사랑하지는 않았다는 거야. 언니가 말한 그 모두와 사귈 수 있었던 건 누구보다 언니를 사랑하기 때문이었어. 오로지 언니의 뜻에 따라주고 싶은 마음뿐이었다고. 그러니까, 집에 가서 그 영상을 다시 봐. 한 번도 제대로 본 적 없는 거 알아. 그때 내가 한 말을 제대로 다시 들어. 내가 왜 언니를 사랑하는지를. 그러면……"

그러면.

"언니가 하라는 대로 해줄게. 원래대로 돌아가는 거야."

선희는 다시 한번 뒤돌아 멀어졌다. 이번에는 진짜였다. 성운의 차에 올라 내리지 않았다. 두 사람이 탄 차가 점점 작아졌다. 카페의 주차장 부지를 빠져나가 더 멀리, 멀리…… 내 무대로부터 멀어져갔다. 나는 주변을 둘러보았다. 카페는 여전히 고요했다. 손님은커녕 직원도 보이지 않았고 카운터에는 필요 시 연락하라는 안내판만이 놓여 있었다. 나는 배우들이 퇴장한 텅 빈 무대를 바라보는 관객이 되어 홀로 박수를 쳤다. 내 손과 손을 맞부딪쳐 소리를 냈다. 거울 너머 대칭을 이루는 손과 하이파이브를 하는 것만 같은 이질감에 몸서리가 쳐졌다.

얼마 지나지 않아 카운터로 돌아온 직원이 홀로 자리를 지키고 있는 나를 이상하게 쳐다보는 것이 느껴졌다. 곧 어떤 마법이 풀린 것처럼 다른 손님들이 하나둘 들어서기 시작했다. 단순히 사람이 붐비는 시간이 된 탓이겠지만. 텅 비었던 카페는 상대의 안부를 묻는 사람, 노트북을 두드리는 사람, 일기를 적는 사람으로 순식간에 가득찼다. 나는 차를 한 잔 더 시킨 뒤 자리로 돌아와 앉았다. 휴대폰을 꺼내 들고 다시 클라우드에 접속했다. '그것'은 여전히 그 안에 있었다. 내가 선희를 쥐고 흔들 수 있다고 생각한 무기. 단 한 번도 우리를 떠난 적 없는 과거. 나는 혀가 델 듯 뜨거운 차를 한 모금 입에 머금고, 재생 버튼을 눌렀다.

보름달이 뜬 날이었다. 떠올려보니 이날 카메라가 돌아가고 있던 건 선희가 어느 소속사의 아이돌 안무를 따라 추던 중이기 때문이었다. 오디션에 제출할 거라고 했다. 나는 그날 선희에게 눈앞의 기회를 포기하라고 말했다. 순전히 나만을 위해서 그랬다. 그 대신 내가 희생할게. 대학에 가. 그렇게 말했다. 선희는 어둠 속에 한참을 멈춰 서 있다가 중얼거렸다. 그럴 줄 알았어. 언니라면, 그렇게 말할 줄 알았어.

언니는 아무것도 몰라.

어둠 속의 선희가 말한다. 지금보다 앳된 목소리. 영상의 첫 장면은 어둠이다. 오로지 어둠뿐이다. 화면은 점점 밝아진다. 우리는 어둠 속에서 마주보고 있다. 나는 엄마가 나에게 그랬듯 온 애정과 미안함을 담아 선희를 안아준다. 선희의 몸이 잘게 떨린다. 우는 것처럼. 하지만 선희는 울지 않는다. 나는 단한 번도 선희가 우는 걸 본 적이 없다. 이때만 해도 우리는 생김새가 크게 다르지 않았다. 선희가 몸을 떼고서 나를 바라본다. 양손으로 내 뺨을 쥔다. 그러자 꼭 거울 속의 내가 나를 보고 있는 듯한 모습이 된다. 선희는 흰 이를 드러내며 웃고는, 얼굴을 바짝 들이밀며 중얼거린다.

이러고 있으니 꼭 내가 나를 보는 듯한 기분이 들어. 거울이나 한낮의 연못을 바라보고 있는 것처럼. 하지만 서로에게 직접 닿을 수는 없어. 둘 중 하나는 반사된 형체일 뿐이니까. 신의 미움을 산 나르키소스는 연못 속의 스스로와 사랑에 빠져 자살했대. 입맞춤을 하고 싶었는데, 그건 수면 위에 반사된 모습이라 할 수 없었거든. 그런데 만약 그 너머에 정말로 다른 세계가 있다면? 우리는 신화 속 주인공이 아니잖아. 거울이나 연못 너머에서 손이 뻗어 나온다면? 살과 살을 맞댈 수 있다면?

다음 순간, 선희가 내 뺨에 입술을 붙였다. 따뜻하고 부드러운 감촉. 영상을 보던 나는 손가락으로 선희의 입술이 스친 곳을 더듬었다. 화면 안의 내가 화들짝 놀라 선희를 밀친다. 선희는 장난이라며 배를 잡고 웃는다. 부끄러운가봐? 그러고는 계속 말한다.

수선화에 스치는 바람

언니, 나는 스스로를 사랑하듯 언니를 사랑해.

나도 널 사랑해. 그래서 이렇게 희생하는 거잖아.

언니, 모르겠어? 희생이나 책임, 그런 건 우리 사이에선 아무 의미가 없는 거야. 언니가 언니를 위해 행동하면 그건 동시에 나를 위하는 거야. 내가 나를 사랑할수록 언니도 함께 사랑하는 거야. 우리는 결국 각자를 제일 사랑하는데, 그 각자가 이어져 있어서 서로를 사랑하는 게 되는 거야. 물가에 피어난 한 송이의 수선화를 상상해봐. 언니가 뿌리이고, 내가 꽃이라고. 둘은 분리될 수 없어. 그 모두가 합쳐져 하나가 되는 거야.

나는 충격에 빠졌다. 꽃과 뿌리의 비유가 내 머릿속에서 나온 줄로만 알고 살았다. 그런데 그와 똑같은 말이 영상 속 선희의 입에서 흘러나오고 있었다. 이 역시 우리가 이어져 있다는 증거이려나?

어둠 속의 선희가 내게 다시 손을 뻗는다. 나는 움츠러든다. 잠깐의 침묵 후에 선희는 다시 입을 연다. "그런데 아무리 생각해도, 나에겐 있고 언니에겐 없는 게 하나 있어. 그건 공평하지 않잖아."

다음 순간, 마치 전원이 나가듯 영상은 갑작스레 끝났다. 나는 허무하게 액정을 노려보았다. 이어지는 다른 영상은 없었다. 정말로 그게 끝이었다. 엄마처럼 양 뺨을 번갈아 때리는 선희도, 이마에 핏줄이 튀어나오도록 내 목을 조르는 선희도 없었다. 그 어떤 신음도, 젖고 구겨진 종이 같은 얼굴도 없었다. 이 안에 담긴 건 기껏해야 장난스런 입맞춤이 다였던 것이다. 사춘기 여고생들이라면 짓궂은 장난으로 치부할 수 있는 정도의 일이었다. 나는 당황했다. 도대체 안에 무엇이 담겨 있다고 착각한 걸까? 그 일들이, 내가 기억하는 축축한 마찰의 감촉이 실재했던 게 맞나? 그때 분명 선희는 내게 위협을 가했다. 내 숨통을 쥐고서 아름답고 가증스러운 얼굴로 끔찍한 말을 몇 번이나 외쳤다. 그러나 몇 년 만에 확인한 '그것' 안에는, 아무것도 없었다. 낯간지러운 접촉이 전부였다.

이제는 스스로도 헷갈렸다. 왜 이걸로 선희를 위협할 수 있을 거라 생각한 거지?

휴대폰을 엎어두고 창밖을 바라봤다. 맞은편 병원 주변이 한낮처럼, 아니 한낮보다 화려하게 빛을 발했다. 나는 지금 기억의 밖에서 안쪽을 바라보고 있고, 저 안의 엄마는 삶의 안쪽에 아슬아슬하게 걸쳐진 채 저편의 죽음을 가늠하고 있을 테다. 분명 이 다음이 있었는데…… 나는 지그시 눈을 감고, 왼쪽 뺨에 닿았던 선희 입술의 감촉만큼이나 선명한 어떤 감각을 떠올리며 메마른 입술을 만지작거렸다. 순간, 각질이 손톱에 걸려 뜯어지며 따끔한 고통이 느껴짐과 동시에 그날 밤 선희가 나에게 했던 말들이 반짝하고 떠올라 주변을 감쌌다. 수선화가 핀 어느 물가에 불어오는 바람처럼. 신화 속 비정한 남자에게 내려진 신의 저주처럼. 신은 피가 묻은 칼을 건넨다. 남자를 사랑한 이의 피가 묻은 칼이다.

 있잖아, 언니를 보고 있으면 나를 보는 것 같아. 이번 생이 아닌 다른 생의 나. 차원의 틈새에서 길을 잃고 자기만의 세계에 빠져버린, 저주 같은 강박에 사로잡혀 누구보다 희생적인 척하지만 지독하게 이기적인, 버려진 어린애처럼 겁에 질려 스스로를 똑바로 바라볼 줄 모르는 어리석은 나. 우리는 다른 듯 닮았고 닮은 듯 다르지. 하지만 확실한 건 우리는 분명 이어져 있다는 거야. 그러니까, 내가 언니에게 입을 맞추고 싶은 건 당연한 거야. 인간은 스스로를 제일 사랑하기 마련이니까.
 오늘이 지나면 언니가 원하는 대로 다 해줄게. 언니만을 위한 무대의 배우가 되어줄게. 그러니 언니는 계속 나를 위해 희생해줘.
 언제까지나.

반쪽 머리의 천사

내가 기주영을 처음 만난 건 새벽 한시의 영화관에서였다. 기주영은 후두부가 완전히 뭉개진 채로 3번 상영관 F열 10번에 앉아 있었다. 산산조각난 두개골 사이로 찌그러진 뇌가 고스란히 보였지만 죽은 것은 아니었다. 아닌가? 죽은 건가? 사실 아직까지도 잘 모르겠다. 확실한 건 어쨌든 기주영과 내가 멀쩡히 대화를 나눴고, 내 손끝에 그애의 서늘한 피부가 닿았다는 사실이다. 만질 수 있는 유령 같은 건 없으니, 기주영은 살아 있는 거다. 그렇게 생각하기로 했다. 안타깝게도 당사자는 생각이 다른 것 같았지만.

"내가 고민을 좀 해봤는데, 이 영화관은 사후 세계로 가기 전에 들르는 중간 단계 같아. 그러니까, 간이 정류장 같은 거?"

기주영이 그렇게 말하며 스크린을 향해 눈짓했다. 습하고 어두컴컴한 상영관에는 나와 기주영 둘뿐이었고, 그리 크지 않은 스크린에는 한창 인기를 끌던 범죄 스릴러 영화가 상영 중이었다. 기주영은 그 안에서 딱 삼십 분 전에 죽었다. 사이코패스인 범인의 손도끼에 맞아서. 그리고 영화 밖 세상인 이 폐업 직전의 영화관에서 깨어난 것이다.

* * *

남주극장. 무려 개관 칠십 주년에 접어든 남주시 최초의 영화관이다. 할아버지는 이 영화관을 운영하며 남씨 집안 삼 남매를 먹여 살렸다. 삼 년 전에 심근경색으로 돌아가신 후로는 막내 삼촌이 물려받아 운영했다. 근처에 하나둘 멀티플렉스가 생겨나면서 관객 수는 반의반의 반으로 줄었지만 삼촌은 꿋꿋이 영화관을 유지중이었다. (엄마 말에 의하면 부동산 호재를 기다리는 거라고 했다.) 시의 지원과 정든 동네 주민들, 일부러 오래된 건물을 찾아다니는 기이한 취향의 사람들 덕분에 적자를 간신히, 아주 간신히 면하는 수준이었다.

요즘 삼촌의 영화관을 소소하게 먹여 살리는 영화는 〈천사는 없어〉다. 동생을 잃은 형사가 정체불명의 연쇄 살인마를 쫓는 추리 복수극인데, 짜임새 있는 각본과 세련된 연출, 통쾌한 액션 신으로 흥행에 성공했다. 연기력 논란이 있던 젊은 배우는 형사 역을 맡아 재평가됨과 동시에 인기 스타 반열에 올랐고, 살인마 역을 맡은 중년의 배우는 이미지 변신에 성공했다.

나도 그 영화를 봤다. 아주 질리게 봤다. 남주극장의 상영관은 총 세 개인데, 상영중인 영화는 흥행작 〈천사는 없어〉와 어린이용 애니메이션 〈극장판 다람쥐의 역습: 도토리 소용돌이〉 딱 두 편뿐이었다. 관객 수에 비해 관리비와 직원 인건비가 많이 든다는 이유로 가장 큰 상영관은 폐쇄되었다. 평상시 관람하기 힘든 저예산 영화들을 걸어서 멀티플렉스 극장들과 차별화를 두는 건 어떠냐고 제안해보았지만 삼촌은 듣는 둥 마는 둥이었다. 매일 꾀죄죄한 차림으로 느지막이 출근해 노트북으로 부동산 카페만 들락거릴 뿐이었다.

여름방학을 맞아 이곳에서 착취에 가까운 무급 노동을 하게 된 나는 그런 삼촌을 대신해 표도 팔고 검표도 하고 영화도 틀고 청소도 했다. 사람은 없는데 일은 왜 이렇게 많은지. 그래도 멍하니 앉아 초침을 쫓는 것보다는 차라리 바쁜 게 나았다.

유난히 관객이 없는 날이나 휴일에는 아무 상영관에 들어가 시간을 보냈다. 〈다람쥐의 역습〉은 한 여섯 번, 〈천사는 없어〉는 열 번은 족히 봤을 것이다.

〈천사는 없어〉를 처음 보았을 땐 각각 관련이 없어 보이던 단서들이 하나로 이어지는 순간에 희열을 느꼈다. 대단한 반전이 없어도 정교한 플롯은 그 자체로 쾌감을 줄 수 있다는 걸 알게 되었다. 두번째엔 형사의 캐릭터성이 드러나는 액션 신을 즐겼고, 세번째부터는 마음에 안 드는 점들이 눈에 띄었다. 그리고 네번째부턴 아무 생각도 없어졌다.

나는 공들여 찍은 게 분명한 장면과 대사에 담긴 감독의 의도 따위와는 하등 관계없는 점들에만 주목하며 영화를 보았다. 스쳐지나가는 장면에서 발견한 옥에 티라거나, 엑스트라가 몇 명 나오는지, 살인마의 마지막 피해자 역할인 조연이 총 몇 분 등장하는지…… 같은 거. 시뻘게진 눈으로 내 또래 학생 역을 맡은 스물세 살 배우의 분량을 세었다. 십칠 분. 기주영이 영화에 출연한 시간이었다.

극중 고등학생인 기주영은 연쇄 살인마에게 가장 마지막으로 살해당하는 피해자다. 주인공 형사로 하여금 죽은 동생을 떠올리게 하는 각성제 역할로, 그가 최후의 순간에 남긴 다잉 메시지 덕에 형사는 범인의 아지트를 찾아낸다. 분량은 많지 않지만 안타깝게 퇴장해 강렬한 인상을 남기는 역할이었다. 원래 사람들은 아름다운 사람이 죽으면 진심으로 슬퍼하곤 한다.

기주영을 연기한 배우의 이름은 정하준. 오 년 전 단막극 조연으로 데뷔해 라이징 스타 반열에 올라 있는 배우였다. 라이징. 곧 뜰 것 같지만 어쨌든 지금은 완전히 뜨지 않은 상태. 인터넷에 이름을 검색해 필모그래피를 훑는데 〈천사는 없어〉 말고는 아는 작품이 하나도 없었다. 연기도 잘하고 얼굴도 잘생겼는데 왜 무명일까. 역시 운 때문이라는 생각밖에 들지 않았다. 살아가는 데 있어서 실력이나 열정은 결과와 비례하지 않을뿐더러 운은 짐작보다 큰 비중을 차지한다. 때로는 운이 전부인 것처럼 느껴지기도 한다.

 나는 혼자 묘한 동질감을 느끼며 그의 팬이 되기로 결심했다. 그리고 그런 결심을 한 게 나뿐만은 아닌 듯했다. 그동안과 달리 운이 따라준 덕분에 영화가 흥행하고 나니, 젊고 호감형인 뉴페이스에게 팬이 붙는 건 당연한 수순이었다. 일주일 전에 개설된 배우 정하준 팬 카페는 일일 가입 인원이 만 명을 넘어 오늘의 인기 카페에 올랐다. SNS 계정 팔로어도 실시간으로 늘어갔다. 그 과정을 보며 나는 종종 헷갈렸다. 내가 그를 응원하는지 아니면 질투하는지. 그에게 찾아온 한 방. 과연 나에게도 그런 게 올까? 어쩌면 나도 모르는 새에 이미 지나가버린 건 아닐까?

 셀카가 올라온 그의 SNS에 처음으로 '하트'를 누른 지 사흘째 되는 날이었다. 내일은 한 달에 한 번 있는 남주극장의 휴관일이었고, 나는 귀중한 하루를 어떻게 낭비할지 고민하며 뒷정리를 하고 있었다. 원칙적으로 미성년자는 오후 열시부터 오전 여섯시까지는 일을 할 수 없다. 퇴근 후에도 영화관에 있게 해달라고 떼쓴 건 나였다. 어차피 내가 방학 동안 머무는 삼촌네 집은 영화관에서 걸어서 일 분도 채 걸리지 않는 바로 옆 건물이었고, 난 끔찍하게도 할일이 없었다. 무엇을 해야 할지조차 몰랐다. 완전히 길을 잃은 상태였다. 길만 잃었게. 새 길을 찾으려는 의욕도 없었다. 아마 전국의 열아홉 살 중 가장 여유롭고 한심한 방학을 보내는 한 명이 아닐까? 작년 이맘때만 해도 이 시기를 누구보다 바쁘고 보람차게 보내고 있을 줄 알았는데.

마감 담당인 리라 언니가 팝콘 기계를 청소하는 사이, 나는 마지막 점검을 위해 상영관으로 향했다. 1관부터 돌아보는데 별안간 이상한 소리가 났다. 흑, 흐으윽, 흐윽. 누군가 흐느끼는 소리 같았다. 지은 지 칠십 년이 된 이 낡은 건물은 구닥다리 에어컨과 낡은 배관이 수시로 문제를 일으켜 각종 괴담의 원흉이 되곤 했기에, 나는 별생각 없이 소리가 난 3관으로 향했다. 마지막 상영이 한 시간 전에 끝난 곳이라 관객이 남아 있을 리는 없었다. 천장에서 물이 새는지만 확인할 요량으로 문을 열었는데, 거기에 기주영이 있었다.

어둠 속에 홀로 우두커니 앉아 있는 기주영. 그러니까…… 영화에서 죽었을 때의 모습 그대로 피를 뚝뚝 흘리는 중인 기주영이.

"천사?"

기주영이 나를 보고 맨 처음 내뱉은 말이었다. 나는 거기에 멍청하게도 "제가요?" 하고 답했다. 기주영은 사방을 두리번거리며 울먹이는 목소리로 물었다.

"혹시 여기는 사후 세계인가요? 꼭 영화관 같네요. 저는 이제 어떻게 되는 거예요? 천국으로 가나요, 지옥에 떨어지나요?"

그렇게 묻는 와중에도 기주영의 뭉개진 왼쪽 머리에서는 핏물과 뇌수가 질질 흘러나왔다. 지금 생각하면 그 자리에서 바로 도망치지 않은 게 용하다. 나는 긴 속눈썹을 눈물로 적시며 간절한 표정을 짓는 기주영과 눈을 맞추면서, 침착하게 뒷걸음질쳤다. 그리고 상영관을 나와 문을 꽉 닫았다.

"내가 뭘 본 거지."

마음을 가다듬고 마른세수와 심호흡을 한 후 다시 문을 열었다. 기주영은 F열 10번에 그대로 앉아 있었다. 그가 다시 문이 열린 걸 보더니 일어서서 내 쪽으로 다가왔다. 걸음마다 핏방울이 떨어져 붉은 카펫에 스몄다. 나는 반사적으로 문 옆에 세워둔 빗자루를 꽉 쥐었다. 기주영이 가까워질수록 그의 반쯤 뭉개진 머리와 상처가 정교한 분장이 아닌 진짜라는 게 와 닿았다. 이 말도 안 되는 상황이 현실이라는 실감이 덮쳐와, 나는 좀비 영화의 전형적인 첫번째 피해자처럼 손가락 끝으로 그를 가리키며 비명을 질렀다.

"머리! 머리가……!"

그 소리에 팝콘 기계를 닦던 리라 언니가 헐레벌떡 달려왔다. 기주영을 발견한 언니 역시 비명을 질렀다. 언니와 내가 함께 쌍욕을 섞어가며 난동을 부리자 기주영도 겁에 질려 소리를 내질렀다. 우리 셋이 목이 쉬도록 비명을 돌림노래로 부르는 동안 술병이 난 삼촌은 숙직실에서 꼼짝도 하지 않았다. 결국 셋 다 지쳐 바닥에 널브러졌을 땐 어느덧 새벽 한시가 훌쩍 넘은 시각이었다. 가장 먼저 정신을 차린 리라 언니가 말했다.

"어떻게 된 건지 일단 대화를 해보자. 사장님 집에는 사모님이 있으니까…… 우리집으로 갈래?"

기주영과 나는 동시에 고개를 끄덕였다.

* * *

기주영은 자신이 영화 속 인물 같은 게 아니라 진짜 인간이라고 말했다. 살인마에게 살해당하고 눈을 떠보니 이곳이었다고.

"전 죽었어요. 그 인간이 살인자라고는 꿈에도 생각 못 했지만…… 아무튼, 눈이 떠지길래 떴더니 스크린에 제가 죽은 이후의 일들이 펼쳐지고 있는 거예요. 형사님이 다잉 메시지를 알아채지 못할 땐 엄청 답답했는데, 결국 범인을 잡긴 잡더라고요? 좀 뿌듯하기도 하고, 서글프기도 하고. 아, 내가 억울하게 죽어서 이렇게 쿠키 영상처럼 뒷일도 보여주는구나, 사후 세계는 친절하네, 생각했죠. 이미 죽어서 그런지 그렇게 막 엄청 슬프거나 괴롭지는 않았어요. 그런데 영화가 끝난 후에도 아무도 나타나지 않으니까…… 점점 외롭고 무서워지더라고요. 어둠 속에서 울고 있는데, 갑자기 문이 열리고 후광을 이고서 그쪽이 들어왔어요. 그래서 전 정말 천사인 줄 알았어요."

후광이 비친 건 삼촌의 영화관이 터널형 입구가 있는 신식 상영관이 아니라, 문을 열면 바로 스크린이 보이는 구식 구조인 탓이다. 나는 내가 이해한 바대로 되물었다.

"넌 저 영화 안에서 튀어나왔다는 거지? 정하준이 아니라?"

"정하준이 대체 누군데요?"

"기주영을 연기한 배우."

기주영의 눈이 커졌다. 나는 곧장 리라 언니에게 추측을 늘어놓았다.

"혹시 이런 건 아닐까? 정하준이 어쩌다 괴랄한 바이러스에 감염돼서 좀비가 되었는데, 뇌 반쪽이 날아가 머리가 이상해지는 바람에 자신을 배우 정하준이 아닌 연기한 캐릭터로 기억하게 된 거지. 좀비면 쟤 몰골이 설명이 된다고. 뇌가 다 드러난 채로 움직인다는 건 불가능하잖아. 어때? 스크린에서 튀

반쪽 머리의 천사 137

어나왔다는 것보다 설득력 있지 않아, 언니?"

"이쪽 세상에는 좀비가 보편적인가보네요."

그러나 언니는 휴대폰을 들이밀며 답했다.

"정하준은 아니야. 열시쯤에 파주에서 라이브 방송 했네. 무려 이십 분이나. 파주에서 여기까지는 네 시간이 넘게 걸리는 거리니까 진짜 정하준일 리는 없어."

그 말이 뜻하는 건 하나였다. 눈앞의 기주영과 정하준은 다른 존재라는 것. 그가 정말로 영화 속 세상에서 튀어나왔다는 것. 기주영이 잔뜩 억울한 표정을 지으며 외쳤다.

"저는 정하준이 누군지도 모른다니까요? 저는 그냥 기주영이에요. 한별고등학교 2학년, 우리 엄마 박복자, 아빠 기립영 사이에서 난 기주영이라고요. 그리고 제가 좀비라면 어떻게 의식이 있는 건데요?"

우리가 아무 답도 하지 못하자 기주영은 엄마를 잃어버린 다섯 살 아이 같은 표정으로 주변을 두리번거렸다. 그가 울먹이며 중얼댔다.

"당신들 말은 그럼, 내가 고작 영화 속 인물이라는 거잖아요. 세상이 그냥…… 러닝타임 두 시간짜리 영화에 불과했고, 나는 그 안에서도 주인공이 아니라 한 시간쯤 있다 퇴장하는 조연에 불과하다는 거잖아요. 심지어 전 끔찍하게 살해당했다고요. 그런 결말마저 전부 짜여져 있는 거였다고요?"

이윽고 잘생긴 눈에서 눈물이 퐁퐁 솟아나기 시작했다.

"그건 너무 싫은데요."

기주영은 자취방이 떠나가라 엉엉 울었다. 나는 그에게 어떤 위로의 말도 건네지 못한 채로, 어정쩡하게 앉아 내 무릎만 내려다보고 있었다. 꼭 그에게 아주 못된 짓을 저지른 듯한 기분이 들었다. 한순간에 내 삶의 주연에서 낯선 삶의 조연으로 전락하는 기분은 나도 잘 안다. 스스로 빛나기 위해서가 아니라 남을 빛내주기 위해 존재한다는 현실을 견딜 수 없어 이곳으로 도망친 거니까.

"울지 마."

우리 중에 그나마 침착한 리라 언니가 휴지를 뽑아 건넸다. 나는 휴지를 받아드는 기주영을 보며 뇌 반쪽이 날아가도 눈물은 나오는군, 따위의 생각밖에 하지 못했다. 언니는 나에게도 휴지를 건넸다. 나도 모르는 새에 눈시울이 뜨거워져 있었다. 팔짱을 낀 채 우리를 번갈아 보던 리라 언니가 입을 열었다.

"운다고 조연에서 주인공으로 바꿔주는 거 아니야."

매정한 말에 나도 모르게 너무해, 하는 대꾸가 튀어나왔다. 언니는 태연히 덧붙였다.

"이쪽 세상에서 네 세상이 영화이듯이, 우리 세상도 네가 살던 세상에서는 고작 영화일 수 있잖아. 그러니까 너무 실망하지 마. 내 생각엔 나도 딱히 주인공은 아닌 거 같거든. 되고 싶지도 않고."

기주영이 코를 팽, 풀며 물었다.

"왜 주인공이 되기 싫은데요?"

"위기가 많잖아."

리라 언니는 잠시 고민하다 덧붙였다.

"저마다의 세계가 전부 한 편의 영화라고 쳐. 분명 주인공이 있겠지. 하지만 본인이 주인공이라는 건 어차피 영화 바깥의 사람들 말고는 몰라. 네가 스스로 조연인 줄 몰랐던 것처럼 주인공도 자기가 주인공인지 모른다고. 그리고 대부분의 주인공들은 영문도 모른 채 무지막지한 일에 휘말리잖아. 난 싫어. 그럴 바엔 그냥 대사 한두 마디 던지고 퇴장하는 조연, 엑스트라가 좋아."

고개를 끄덕이던 기주영이 이내 표정을 굳히며 꼬투리를 잡았다.

"하지만 그렇다기엔 전 너무 끔찍하게 퇴장했는데요……"

붉어진 눈시울에서 다시 주룩 눈물이 흘렀다. 그리고 침묵이 찾아왔다. 언니가 무슨 뜻으로 말했는지는 알 것 같았지만 기주영의 마음 역시 이해할 수 있었다. 반쯤 열어놓은 창문 너머로 습한 한여름의 바람이 불어왔다. 시간은 새벽 세시를 향해 달려가고 있었다. 너무 말도 안 되는 일을 겪은 탓인지 갑작스레 피로가 몰려왔다. 어느새 눈물을 그친 기주영이 우리를 향해 이름이 뭐냐고 물었다.

"권리라."

"난 우승하."

"전 기주영이에요. 두번째 말하지만, 배우 정하준이 아니라 기주영이요."

쭈뼛거리는 기주영에게 나는 말을 편하게 놓자고 제안했다. 뒤늦은 통성명 이후 가장 먼저 자리에서 일어난 사람은 리라 언니였다. 대학생인 언니는 내일 계절학기 강의가 있어서 이제 자야 한다고 말했다. 피곤한 건 나도 마찬가지였다. 우리는 언니의 좁은 원룸 방을 비집고 누웠다. 휴대폰을 보니 숙모로부터 메시지가 도착해 있었다. 숙직실에 널브러진 삼촌을 막 픽업했으며, 용돈을 두고 갈 테니 점심에 리라 언니와 함께 밥을 사 먹으라는 내용이었다. 나는 알겠다고 답하려다 지금이 새벽이라는 사실을 떠올리고 그만두었다.

내가 리라 언니의 싱글 침대를 차지하고 누워 뒹굴거리는 사이 기주영은 언니가 지난달 월급으로 큰맘먹고 장만한 접이식 소파형 매트리스를 차지했다. 씻고 나온 언니가 내 옆에 눕더니, 정말 피곤했는지 거의 머리를 대자마자 잠들었다. 나 역시 수면등 빛에 취해 잠들려는 찰나, 홀로 쌩쌩한 기주영의 목소리가 들려왔다.

"그런데, 제 삶이 한낱 영화 속 일부였다고 친다면 왜 죽은 후에 이곳에서 깨어난 걸까요? 무슨 이유가 있지 않을까요?"

확실히 그랬다. 〈천사는 없어〉 속 다른 피해자들은 남주극장에 나타나지 않았다. 아마 길을 잃지 않고 다음 세상으로 잘 떠난 것일 테다. 그러지 못한 기주영이 중얼거렸다.

"저만의 이유 같은 게 있으면 좋겠어요."

이유? 그런 게 있을까? 나도 한때는 세상 모든 일엔 이유가 있다고 생각했다. 내 이름이 우승하인 것도, 이름처럼 전국의 각종 육상 대회에서 상을 휩쓴 것도, 하다못해 출전을 앞두고 발목을 접질렸을 때도 전부 이유가 있을 거라고 생각했다. 이건 주인공의 극적인 성공을 위한 일시적인 시련에 불과해, 다 이유가 있을 거야, 하고 말이다. 하지만 이제는 그런 건 없다는 걸 안다. 있다고 하더라도, 꼭 모든 사건에 대단한 의미가 있지는 않다는 걸 안다. 세상은 마구잡이로 흘러간다. 그러니 기주영이 스크린 속 세계에서 튕겨져 나온 것도, 아무 이유 없는 일일 수 있다. 그냥 사후 세계의 어떤 행정 체계가 오류를 일으켰을 뿐일지도. 하지만 그런 말을 기주영에게 할 수는 없었다. 그는 꼭 길 잃은 미운 오리 새끼처럼 안쓰러웠고, 내 눈꺼풀은 추를 매단 듯 무거웠으므로. 옆에서 리라 언니의 코고는 소리가 들려왔다. 나는 반쯤 잠에 빠진 채로 답했다.

"이유가 있긴 하겠지⋯⋯ 아무리 사소하더라도."

다음날, 가장 먼저 눈뜬 건 나였다. 나는 가만히 누워 있는 기주영을 한번 본 뒤, 늘 그랬듯 휴대폰을 확인했다. 밤새 쌓인 광고 메시지들을 훑고 포털 사이트에 들어가자 어떤 기사가 눈에 띄었다.

배우 정하준이 어젯밤, 교통사고로 사망했다는 소식이었다.

* * *

아빠는 승부욕이 강한 사람이었다. 도박을 안 하는 게 천만다행이다 싶을 정도로 이기고 지는 게임에 사족을 못 썼다. 안타까운 사실은 승부욕만 강할 뿐, 이기는 사람은 아니었다는 것이다. 오히려 매번 지는 쪽이었다. 늘 이기길 원했던 그는 개인적인 염원을 담아 딸아이의 이름을 '우승하'라고 지었다.

나는 어렸을 때부터 뛰는 걸 좋아했다. 너무 잘 뛰어서 공원에 데려가면 부모님이 감당하기 힘들 정도였고, 혼자 앞서나가 잃어버릴 뻔한 적도 수차례였다고. 그렇게 달리기를 좋아하던 내가 육상을 시작한 건 딱히 감성적인 이유를 대지 않아도 될 만큼 당연한 일이었다. 빠른 속도로 달릴 때 얼굴을 할퀴는 바람이 좋았다. 목표 지점에 먼저 도착해 숨을 몰아쉬며, 내 다음으로 들어오는 이들을 반기는 게 좋았다. 진부한 표현이지만 두 다리만 있다면 세상 어디든 갈 수 있다고 믿었다.

그 믿음은 속도로 증명되었다.

　교내 대회든 전국 대회든 출전해서 입상하지 않은 적이 없었다. 아빠가 지어준 이름대로 나는 늘 우승했고, 그래서 주인공일 수 있었다. 아무리 공평한 척해봤자 결국은 제일 빠른 사람만 기억하는 세상이니까. 그렇게 평생 달릴 수 있을 줄 알았다. 단 한 번도 달릴 수 없는 미래에 대해서는 상상해본 적이 없었다.

　대학은 체육 특기자로 진학할 계획이었다. 안정적인 직장으론 체육 교사나 연구직에도 관심이 있었지만 일단은 더 넓은 필드에서 선수 생활을 해보고 싶었다. 그러기 위해서는 무엇보다 많은 훈련과 대회 경험이 중요했다.

　큰 선수권 대회를 앞둔 날이었다. 자고 일어나 섰는데 무릎이 약간 시큰거렸다. 컨디션이 나쁘거나 뛰는 자세가 삐딱했을 때 종종 생기는 통증이었다. 보통은 스트레칭을 하고, 훈련 강도를 조금 낮추면 하루이틀 안에 나았다. 크게 신경쓰지 않고 마사지와 스트레칭을 한 후 집을 나서 등교 버스를 기다렸다. 비가 오는 날이라 사람이 많았다. 도착한 버스에 급히 오르려는 찰나, 무릎에 아침과는 강도가 다른 뾰족한 통증이 번져 발이 미끄러졌고 순식간에 발목을 접질렸다.

　다리를 절뚝거릴 정도였으므로 대회는 출전할 수 없었다. 처음에는 괜찮다고 생각했다. 고작 한 번이니까. 많은 선수들이 부상을 경험하고, 극복해서 잘 뛰니까. 발목 접질림 정도는 큰 사고도 아니니까. 내가 놓친 기회는 딱 한 번뿐이라고, 그 정도야 얼마든지 따라잡을 수 있다고 믿었다. 하지만 한평생 유명 선수들을 전담했다는 스포츠 부상 전문의는 꽤나 심각한 표정을 지었다.

"큰 병원에 가봐야겠습니다. 무릎 뒤쪽에 작은 혹이 보입니다."

그 말에 잔뜩 겁을 먹은 엄마는 적지 않은 돈을 들여 아예 건강검진을 패키지로 예약했다. 할아버지가 갑작스레 심근경색으로 돌아가신 이후 건강염려증이 극에 달한 상태였다. 이후 의사가 써준 소견서를 들고 부모님과 함께 대학병원을 찾았다. 다행스럽게도 골육종은 아니었다. 무릎 뒤쪽에 생긴 건 물혹인 베이커 낭종이었다. 암이 아니라는 사실에 부모님은 안도했고, 소염제와 주사로 치료할 수 있다는 말에 나 역시 긴장을 내려놓았다. 그러나 일주일의 시간차를 두고 도착한 건강검진 결과지가 모든 걸 바꿔놓았다.

〔좌측 내경동맥-후교통 동맥 분지 부위에 직경 약 3~4밀리미터 크기의 낭성 병변이 관찰되므로 뇌동맥류 의증. 파열 소견은 없으나 정밀 검사 및 신경외과 진료를 권유드림.〕

나는 그때 뇌동맥류라는 병명을 처음 들었다. 유튜브에서 관련 동영상 여러 개를 시청해 알아본 결과, 그건 내 뇌혈관에 작은 폭탄이 자라는 중이라는 말이었다.

다시 대학병원에 갔다. 방송에도 나왔다는 이 분야 명의에게 진단받기 위해 꼼짝도 않고 무려 세 시간을 기다렸다. 엄마는 내가 곧 죽을 사람이라도 되는 것처럼 하나님 마리아님 부처님을 찾으며 기도를 해댔다. 행운은 두 번 찾아오지 않았다. 백발의 노의사는 내 뇌혈관 영상 파일을 확인한 지 일 분 만에 뇌동맥류가 맞다는 진단을 내렸다.

"환자분이 육상 선수라고요?"

이후로는 모든 말들이 휘몰아치듯이 지나갔다. 노의사는 내 나이가 어린데다, 가족력이 없으며 위치도 위험한 지점이 아니니 당장 수술을 할 필요는 없다고 했다. 하지만 육상 선수 생활을 계속하려면 철저한 혈압 관리와 주기적 검사가 필수인데, 웬만해서는 추천하지 않는다고 덧붙였다. 격한 운동이 뇌혈관의 압력에 영향을 주고, 뇌출혈을 일으킬 가능성을 높이기 때문이랬다.

자세히 들어보니 뇌동맥류 수술이란 무시무시했다. 다리 혈관을 통해 기다란 관 같은 걸 삽입하는 방법이 있는가 하면 운이 좋지 않은 경우엔 아예 두개골을 열어야 한다고 했다. 내 머리 뚜껑이 열린다고 생각하니 속이 메슥거렸다. 결과적으로 당장 수술을 진행하진 않는 것으로 결론이 났지만 이전과 같이 생활할 수는 없었다. 그러니까, 이전처럼 뛸 수 없었다. 나는 겁을 먹었다. 뇌혈관에 솟은 3.5밀리미터의 혹이 나에게 지금껏 가져본 적 없는 두려움과 망설임을 선사했다.

낭종 염증 치료를 끝내자마자 부모님의 만류를 무시하고 참여한 선수권 대회에서, 나는 메달을 따지 못했다. 스퍼트를 내야 할 때마다 작은 지뢰를 품은 뇌혈관이 떠올라 집중력이 흐트러졌고, 호흡과 리듬이 무너졌다. 심장박동이 빨라지는 게 전만큼 기쁘지 않고 초조했다. 더이상의 러너스 하이는 없었다. 금메달은 이제껏 나보다 늦게 들어오던 친구가 탔다. 진심으로 축하하지 못하고 집에서 밤새워 울었다.

늘 응원해주던 부모님은 내가 육상을 아예 그만두길 바랐다. 예방 차원에서 수술을 진행할 수도 있지만, 회복 기간을 거쳐 다시 전속력으로 달리려면 어차피 한참이 걸렸다. 엄마는 하루종일 뇌동맥류 재발, 뇌출혈 골든 타임 등을 검색하며 전전긍긍했다. 거기에 너무 사로잡혀 있어서 꼭 언젠가 터지기를 기대하는 사람처럼 보였다. 나는 뻔뻔하게 멀쩡해진 무릎을 원망스레 노려볼 뿐이었다. 그때 발목을 접질리지만 않았어도 병원에 가지 않았을 테고, 건강검진도 하지 않았을 텐데. 그랬다면 뇌동맥류의 존재도 몰랐을 거고, 언젠가 뇌혈관이 터져 쓰러질망정 행복하게 달렸을 텐데.

스트레스 때문인지 낭종까지 재발해 한동안 병원 신세를 져야 했다. 부모님은 이제 내 얼굴만 보면 가만히 있으라는 말밖에는 하지 않았다. 그러는 사이에 시간이 훌쩍 흘렀고, 두어 번의 대회가 더 지나갔다. 친구들이 스스로의 기록을 갈아치울 동안 나는 계속 통원 치료에 전념했다. 이윽고 더이상 병원에 오지 않아도 된다는 의사의 말을 들었을 땐 기쁘다기보단 허망했고, 이미 동력을 잃은 뒤였다.

한두 번 훈련에 참가해보았지만 이전의 기록이 나올 리 없었다. 역시나 망설임이 문제였다. 혈압에 무리가 가지 않게 몸이 알아서 조절을 하는 것 같았다. 더이상 달리는 것으로 부모님의 자랑이 될 수도, 달릴 때의 감각을 온전히 즐길 수도 없었다. 늘 가장 빨랐던 나는 그만큼 세게, 우스꽝스럽게 넘어졌다. 고작 겁에 질려 스스로를 옭아매는 방식으로. 내 뒤에 있던 친구들은 이미 저 앞으로 나아가 멀어져 있었다. 사실, 가장 견딜 수 없던 것은 바로 그 점이었다. 내가 더이상 트랙 위의 주인공이 아니라는 사실.

학교에 가면 하루종일 잤다. 그때 난 온통 도망치고 싶다는 생각뿐이었다. 달리는 아이들이 보이지 않는 곳으로.

여름방학을 앞둔 어느 날이었다. 막내 삼촌에게서 연락이 왔다. 영화관에서 함께 일하던 숙모가 재정난으로 결국 이전 직장에 돌아가게 되었다며, 일손이 부족하다고 한참 동안 엄마에게 하소연을 했다. 일손이 부족하지만 일손을 구할 자금은 없는 상태였다. 엄마는 영화관을 폐업하거나, 그 건물을 팔아 다른 사업을 해보라고 조언했지만 삼촌은 귓등으로 흘려보내며 제 할말만 되풀이했다. 그냥 하소연할 사람이 필요한 것 같았다. 그리고 그때 옆에서 손톱을 깎으며 대화를 엿듣던 나는 별안간 홀로 조용히 낡아가는 영화관에 스스로를 대입하는 구질구질한 자기 연민의 늪에 빠졌고…… 불쑥 가고 싶다고 말했다. 삼촌의 영화관에. 꿋꿋이 매일 조촐한 두 개의 상영관을 여는 남주극장에.

엄마는 어째선지 그걸 '삼촌의 일을 돕겠다'는 뜻으로 알아들었다. 뭐, 상관없었다. 부모님은 병을 알게 된 이후 내가 처음으로 육상이 아닌 뭔가를 하고 싶다고 표현했다는 사실에 엄청난 감동을 받은 듯했다. 엄마는 물론 아빠까지도 선뜻 내가 여름방학을 삼촌과 보내는 걸 허락했다. 주의 사항은 무리해서 일하지 말라는 것, 뛰지 말라는 것. 두 개 같은 한 가지였다. 어째서 충동적으로 남주극장에 가고 싶어졌는지 모르겠지만, 나쁘지 않을 것 같았다. 상영관에는 뛰는 사람이 없으니까. 모두가 같은 화면을 보며 가만히 앉아만 있는 곳이니, 달리기로부터 도망가고 싶은 나에겐 아주 제격 아닐까?

원래 세계에서 떨어져 나왔다는 점에서, 그리고 뒤늦게 스스로가 조연임을 깨달았다는 점에서 나와 기주영은 꽤 닮았다. 적어도 나는 그렇게 생각했다. 그래서, 그애가 주연이든 조연이든 엑스트라든 간에 편안해졌으면 좋겠다고 생각했다.

* * *

아침의 리라 언니는 예민하다. 아니, 단순히 예민한 수준을 넘어 성격이 더러워진다. 아침에는 절대 먼저 말을 걸지 말 것. 리라 언니 집에서 몇 번 자게 되면서 깨달은 불문율이었다. 언니가 좀비처럼 비척거리며 일어나 학교에 갈 채비를 하는 동안 나는 속으로 정하준의 죽음과 기주영의 등장 사이의 연관점을 고민했다. 고작 스크린 너머로 만난 게 다지만…… 그가 죽었다는 사실이 쉽사리 믿기지 않았다. 기사는 불과 한 시간 전에 떴고 아직 자세한 내용은 보도되지 않은 상황이었다.

"나 학교 다녀올 테니까 라면 끓여먹고 있어."

언니가 나간 후 나는 이불을 걷고 일어나 앉았다. 그리고 기주영에게 말했다.

"어제 자기 전에 그랬지. 네가 여기서 눈뜬 이유가 있을지 모른다고. 진짜 그럴지도 몰라."

기주영이 눈을 맞춰왔다. 나는 휴대폰에 뜬 기사를 보여주었다.

"정하준이 죽었대."

"이쪽 세상에서 내 얼굴을 가진 사람 말이야?"

"응. 딱 네가 영화관에 나타난 그 새벽에. 뭔가 관련이 있지 않을까?"

문득 도플갱어가 나타나면 둘 중 하나가 죽는다는 괴담이 떠올랐지만 획획 고개를 흔들어 털어냈다. 기주영과 정하준은 만난 적이 없으니 경우가 다르다. 정확한 건 아니지만, 정하준이 사망한 즈음에 기주영이 나타났다. 죽은 정하준이 그를 불러낸 것이 아니고서야……까지 생각했을 때, 배에서 요란한 소리가 울렸다.

"라면 끓여줄까? 나 잘 끓여."

기주영이 말했다. 어제완 달리 반말이었다. 그보다도…… 정하준과 똑같이 잘생긴 얼굴로 그렇게 말하는데 거절할 사람은 없을 것이다. 물론 뒤통수엔 피랑 살점이 덕지덕지했지만 뭐, 얼굴만 보면 된다. 나는 속절없이 넘어갔다. 무언가에 홀린 듯이 고개를 끄덕이자 기주영이 찬장에서 라면과 냄비를 꺼냈다. 그러고 보니 영화 안에서 기주영이 마지막으로 먹은 음식도 라면이었는데. 탐문 조사를 하러 온 형사에게 자리를 비운 부모님을 대신해 라면을 끓여줬었다. 순식간에 매콤한 냄새가 퍼졌다. 기주영은 자신만만하게 파를 송송 썰어 넣고 고춧가루와 후추를 치더니 완성된 라면을 대령했다. 영화에서 보았던 바로 그 라면이었다. 나는 꼭 영화 속 주인공이 된 듯한 기분으로 젓가락을 들었다. 맛은 환상적이었다.

리라 언니에게 영화관에서 보자는 메시지를 남긴 후 우리는 방을 나섰다. 오늘은 한 달에 한 번뿐인 휴관일이었으나, 혼자서 삼 인분의 노동을 하는 나에게는 열쇠가 있었다. 텅 빈 영화관은 사실 그리 낯설지 않다. 휴관일이나 영업일이나 사람이 없는 건 마찬가지이기 때문이다. 기주영이 영화를 처음부터 끝까지 보고 싶다고 해서, 우리는 그가 나타난 3관에 들어가 다시 〈천사는 없어〉를 틀어놓고 앉았다. 그새 정하준의 SNS에는 그의 가족이 대신 적은 글이 올라왔고, 젊은 라이징 스타의 죽음에 안타까움을 표하는 댓글이 쏟아졌다.

나는 멍하니 화면을 응시하는 기주영의 옆모습을 훔쳐봤다. 이쪽의 정하준이 죽자 저쪽의 기주영이 나타났다. 겉보기에 완전히 일치하는 둘. 하지만 가지고 있는 기억은 전혀 다른 둘. 둘은 그럼 같은 사람일까, 다른 사람일까? 만약 기주영의 추측대로 정말 그가 이쪽 세상으로 넘어오게 된 이유가 있다면, 그것은 분명 정하준의 죽음과 연관이 있을 터였다. 그러자 다른 의문이 뒤따랐다. 이유를 찾아서 그것을 해결했다고 쳐. 그럼 눈앞의 기주영은 어떻게 되는 거지? 사라지는 걸까? 영영?

그러자 문득 슬퍼졌다.

상영관은 고요했고, 영화는 어느덧 중반부에 도달했다. 살해당한 기주영이 발견되고, 충격에 빠진 형사가 소리 없이 우는 장면이었다. 처음 봤을 땐 나도 코끝이 찡해질 만큼 안타까웠는데, 막상 기주영은 당사자임에도 뚱한 표정으로 중얼거리기만 했다.

"어쩐지 너무 잘해준다 싶더라. 이제 보니 형사님, 나한테 자기 동생을 투영한 거였잖아."

"안 슬퍼?"

"슬프다기보다는 짜증나는데. 죽은 동생까지 겹쳐 보았으면 살려야지, 결국 난 죽었잖아. 모르는 편이 나은 걸 알게 된 거 같아."

"흠, 그렇구나."

넓은 영화관에서 소리 내어 대화를 나누고 있자니 기분이 묘했다. 멋쩍어진 나는 가만히 스크린만 보았다. 이후 형사는 복수심을 원동력으로 살인마를 쫓는다. 그는 시종일관 악에 받친 표정이다. 영화의 결말을 알고 있는 지금, 내게는 한 가지 궁금증이 생겼다. 고등학생의 죽음으로 주인공 서사를 완성한 영화 속 형사는 과연 행복할까? 저 잔뜩 구겨진 미간이 매끈하게 펴질 날이 올까? 두 시간짜리 세계는 형사의 평생을 보여주지는 않는다. 주인공도 결국은, 여름방학 기간에만 극장 스태프로 일하는 나처럼 단기간 계약직인 셈이다. 기왕 주인공이 될 거면 범죄 스릴러보다는 로맨스나 코미디 장르가 좋았을 텐데. 나는 그가 사건 종결 이후 '주인공 특례'로 그럭저럭 무사한 날들을 보내길 빌었다. 기주영의 감상은 나와는 다른 것 같았지만.

"무능한 형사 같으니라고. 잃고 나서 후회하면 뭐해? 내가 죽으면서 메시지를 남기지 않았으면 영영 못 잡았을 거 아냐? 그리고 범인은 생포할 게 아니라 총으로 쐈어야지."

연신 궁시렁대는 기주영의 목소리를 듣고 있자니 주말 드라마를 보면서 과몰입하는 할머니가 떠올랐다. 그의 말도 일리는 있었다. 기주영의 죽음이 아니었다면 형사는 살인마를 잡지 못했을 것이다. 잡더라도 시간이 한참 더 걸렸을 테고, 그 사이 피해자는 늘었겠지.

정말로, 만약 그가 죽지 않고 극이 전개되었다면? 범인을 검거할 결정적인 단서가 되어줄 다잉 메시지를 얻기 위해서는 누군가 죽긴 해야 한다. 하지만 영화의 내용이 조금이라도 바뀌면 이쪽 세계에서의 흥행은 보장할 수 없다. 영화가 인기를 얻지 않았다면 정하준은 파주에서 축하 파티를 열지 않았을 테고, 교통사고를 당하지도 않았을 것이다. 기주영이 살면 정하준도 살고, 기주영이 죽으면 정하준도 죽는다는 결론이다. 두 세계의 생사가 이어져 있는 걸까? 저쪽의 나는 어떤 장르의 삶을 살고 있으려나? 그때, 기주영이 끝없이 뻗어가는 나의 망상에 브레이크를 걸었다.

"내가 고민을 좀 해봤는데, 이 영화관은 사후 세계로 가기 전에 들르는 중간 단계 같아. 그러니까, 간이 정류장 같은 거? 내가 이 애매한 상태를 벗어나서 다음 단계로 가기 위해서는, 버스를 타거나 티켓을 끊는 것처럼 어떤 미션을 거쳐야 하지 않을까?"

"다음 단계가 뭔데?"

"그야 당연히…… 이쪽 세상에서의 퇴장. 좀더 제대로 된 사후 세계로 가야지. 아니면 환생이라든가."

"결국 죽는다는 거잖아."

기주영이 무슨 그런 당연한 소리를 하느냐는 얼굴로 답했다.

"나는 이미 죽었는걸. 죽은 채로 계속 사는 건 이상하잖아."

할말이 없었다. 나는 뚱한 얼굴로 중얼거렸다. 그렇지. 죽은 채로 사는 건 이상하지. 당연한 말인데 마음에 들지 않았다. 물론 기주영이 다시 부활한다거나 하는 기적을 바라는 것은 아니었다. 하지만 이런 이상한 일이 벌어진 마당에, 더 극적인 일이 벌어질 수도 있는 거 아니야? 어쩌면 나는 아직도 주인공 서사에 대한 미련을 버리지 못한 걸까? 스크린에서는 형사와 살인마가 긴박한 추격전을 벌이고 있었다. 기주영이 갑자기 고개를 돌려 나를 바라봤다.

"그래도, 이쪽 세계에서 처음 만난 사람이 너라 다행이야."

그 순간, 꼭 단거리 경주에서 자체 신기록을 세웠을 때처럼 심장이 뛰었다. 나는 태연한 척 대꾸했다.

"나 아니었으면 외진 연구소에 끌려가거나 죽은 후인데도 또 사살됐을지 모르니까?"

기주영이 씩 웃으며 고개를 끄덕였고, 나도 바람 빠지는 소리를 내며 웃었다. 그리고 다시 정적이 찾아왔다. 나는 새까만 영화관의 천장을 보며 아까부터 하던 생각을 입 밖으로 꺼냈다. 기주영도 예상하고 있었을 그 말을.

"정하준이 사고를 당한 직후에, 네가 나타났어. 네가 여기로 오게 된 이유가 정하준에게 있는 거 같아. 어떤 미련이라든지. 우리가 그걸 풀어주자."

영화는 클라이맥스를 지나 끝을 향해 가고 있었다. 모든 사건이 끝난 후, 형사는 죽은 동생과 기주영이 안치된 봉안당에 찾아와 푸념을 늘어놓고는 짐짓 쾌활하게 말한다.

―이제 편히 떠나도 돼. 다음 세상에서 또 만나자!

물론 우리가 틀렸을 수도 있다. 기주영이 나타난 데에는 사실 별다른 이유가 없고, 그는 어느 날 갑자기 사라지거나 좀비 같은 상태로 영원히 이쪽 세상을 떠돌지도 모른다. 하지만 일단은 할 수 있는 걸 해봐야겠다는 생각이 들었다. 무엇보다, 기주영이 지금 상태에서 벗어나기를 원하고 있기에. 달리기를 그만둔 이후로 오랜만에 가져보는 목표 의식이었다. 무엇보다, 재밌을 것 같았다. 나는 기주영에게 눈을 맞췄다. 기주영도 나를 바라봤다. 그가 고개를 끄덕였다.

우리는 상영관에서 나와 사무실로 자리를 옮겼다. 그곳에서 휴대폰과 노트북을 하나씩 붙들고 정하준에 관한 정보를 샅샅이 모으기 시작했다. 죽 무명이었던 탓에 정보가 많지는 않았다. 처음 뜨는 건 대부분 이번 영화가 흥행하면서 진행한 인터뷰였다. 정하준의 SNS 피드를 모두 훑고 팬 카페 글과 기사를 두 시간 동안 섭렵한 결과, 우리는 그에 관한 몇 가지 특이점을 알아냈다.

1. 정하준의 부모님은 학업 성적이 우수한 정하준이 배우가 되는 걸 결사반대했다.
2. 정하준은 박희진 감독의 열렬한 팬이다. 그는 인터뷰에서 배우를 하고자 마음먹은 이유가 박희진의 작품 〈환생〉 때문이며, 그의 작품에 출연할 수 있다면 죽어도 좋을 것 같다고 말했다.
3. 연애를 안 한 지 삼 년째다(거짓말일 가능성이 크다).

적어놓고 보니 그다지 별 볼 일 없는 정보들이었다. 부모님과 사이가 좋지 않고 애인도 없다면 사람에 미련이 남은 건 아닐 가능성이 컸다. 키우는 반려동물도 없었다. 그렇다면 직업적인 이유일까? 영화 개봉 전에 SNS에 업로드한 일기 비슷한 글을 보면 정하준은 꽤 절박했던 것 같았다.

다음으로 박희진 감독을 검색했다. 작년에 해외 영화제에서 큰 상을 받아 세계적으로 유명해진 감독이었다. 검색 결과, 제일 상단에 신작을 준비한다는 기사가 떴다. 클릭해보니 이미 시나리오 작업이 끝났으며 캐스팅을 앞두고 있다는 내용이 이어졌다. 주연을 전부 공개 오디션으로 뽑겠다는 공고도 함께였다. 배우 생활을 결심한 이유로 꼽을 만큼 감독의 엄청난 팬이었던 정하준. 그가 이 소식을 몰랐을 리 없었다. 같은 기사를 보던 기주영이 손가락으로 공고 속 한 부분을 가리켰다.

—오디션 신청 마감: 7월 10일
 *결과는 한 달 이내 개별 통보 후 본 사이트 공지.

7월 10일. 오늘로부터 딱 한 달 전이었다. 서둘러 박희진 감독의 신작 캐스팅에 대해 검색했지만 아직 결과 공지는 뜨지 않은 듯했다. 개별 통보도 아직인지, 배우 지망생 카페에도 발표가 됐다는 글은 없고 정하준의 죽음에 관한 이야기만 한창이었다. 우리는 동시에 외쳤다.
"오디션 결과를 알아내자!"
정하준이라면 분명 오디션을 봤을 테고, 결과가 궁금해서 견딜 수 없었을 것이다.
호쾌하게 외쳤지만 금방 난관에 부딪쳤다. 박희진 감독의 사무실은 압구정동. 배우 정하준의 빈소를 차렸다는 병원은 동대문구의 한 장례식장이었다. 하지만 우리는 서울에서 삼백이십육 킬로미터 떨어진 남주시의 극장에 있다. 게다가 한 명은 외관상 좀비에, 한 명은 미성년자다. 기동성이 떨어져도 너무 떨어진다. 서둘러 기차표를 끊어야 하나, 고민할 때였다. 사무실 문이 열리더니 검은 봉지를 든 리라 언니가 들어섰다. 아침의 우중충한 기운이라고는 하나도 느껴지지 않는 생기 가득한 상태였다. 나는 봉투에서 아이스크림을 꺼내 건네는 언니를 향해 다짜고짜 물었다.

"언니, 면허 있지?"

* * *

한참을 자고 일어났는데도 창밖은 똑같은 풍경이었다. 아직 서울까지는 두 시간이나 남았다. 신이 나서 운전대를 잡았던 언니도 이제는 지쳐 보였다. 잠을 자지 않는 기주영이 옆에서 말동무를 해줘서 그나마 다행이었다. 출발과 동시에 신생아처럼 잠들었던 나는 멋쩍게 시간을 확인했다. 오후 네시. 그렇다면 어림잡아 여섯시에는 서울에 도착할 것이다. 중요한 건 그다음이었다.

두 가지 경우를 상상해보았다. 먼저, 정하준이 캐스팅된 경우. 한 달 이내 '개별' 통보이니, 아직 정식 발표가 나지는 않았지만 정하준에게는 미리 연락이 갔을 수도 있다. 그의 죽음이 보도되었으니 아마 다른 배우를 다시 구해야 할 것이다. 두 번째는 정하준이 떨어진 경우. 정하준은 배우 지망생 카페의 여느 지원자들과 마찬가지로 휴대폰을 붙들고 있었을 터였다. 전자였다면 애써 얻은 배역을 두고 죽어서 억울할 테고, 후자라면 결과가 궁금해 답답하겠지. 어쨌든 캐스팅 결과를 알아낸다면 한결 갈피가 잡힐 것이었다.

"일단 박희진 감독 사무실 먼저 가보자."

"갔는데 감독이 없으면?"

리라 언니가 되물었다.

"다른 직원들이라도 있겠지."

너무 무책임한 대답인가 싶었지만 인맥 한 줄 없는 사람들끼리 할 수 있는 건 부딪쳐보는 게 전부였다. 가만히 듣고 있던 기주영이 끼어들었다.

"일단 감독만 만나면 돼요. 그뒤는 저한테 맡기세요."

"무슨 계획이라도 있어?"

조수석에 앉은 기주영이 나를 돌아보았다. 엊저녁부터 내내 함께였지만 저 잘생긴 얼굴은 적응이 안 되었다. 후드 집업 모자로 가린 뒤통수에 분홍색 뇌가 드러나 있다는 사실도.

"난 죽은 정하준이랑 똑같이 생겼잖아. 그리고 이 모자를 벗으면…… 보다시피 죽었을 때 모습 그대로고."

무슨 말인지 모르겠다는 표정을 하자 기주영은 후드 모자를 젖히며 친히 덧붙였다.

"너 자는 사이에 박희진 감독에 대해 더 찾아봤어. 영화 개봉 때마다 무당을 찾아갈 정도로 미신을 믿는대. 그런 사람 앞에 내가 나타난다면 어떻게 보이겠어?"

"정하준의 귀신."

"오디션 결과가 궁금해서 죽어서까지 찾아왔다는데 어떻게 외면할 거야? 묻는 말에 답해줄 수밖에 없을걸. 우리는 박희진 감독을 찾기만 하면 돼."

그렇게 말하는 기주영은 어딘가 좀 신나 보였고, 그건 나도 마찬가지였다. 늘 정해진 트랙 위를 달리던 나로서 이 여정은 일탈이나 다름없었다. 우리는 비상시에 대비해 작은 계획 몇 가지를 더 짰다. 우리의 추리가 과연 정답일지, 이 허술한 작전이 성공할 수 있을지는 생각하지 않기로 했다.

톨게이트를 지난 건 퇴근 시간대에 이르렀다. 서울의 고층 건물들 사이로 해가 떨어지기 시작했다. 러시아워를 뚫고 압구정에 도착했을 땐 셋 다 녹초가 된 상태였다. 몸은 피곤했으나 피가 끓는 듯한 느낌이었다. 박희진 감독의 사무실은 육층짜리 건물 삼층에 위치해 있었다. 방문자용 벨을 누르자 인터폰 너머로 무슨 용건이냐는 직원의 목소리가 들려왔다.

"지난달에 강의 오셨던 전산예술고등학교 영상과 학생인데요, 오늘 박희진 감독님이 인터뷰해주신다고 하셔서 찾아왔습니다."

"전산예고요? 오늘 잡힌 인터뷰 일정은 없는데."

"감독님이 늦지 않게 오라고 하셨는데……"

직원은 당황한 목소리로 되물었다.

"그럼 전산시에서 여기까지 오신 거예요?"

"네."

물론 우리는 전산예고 학생도 아니고 전산시 주민도 아니었지만 지난달에 박희진 감독이 모교인 전산예고에서 강연을 한 건 사실이었다. 인터폰 너머가 소란스러워졌다. 잠시 후 다시 돌아온 직원은 잔뜩 미안해하는 목소리로 답했다.

"정말 죄송하지만 박희진 감독님이 조금 전에 급한 일정 때문에 자리를 비우셨어요. 미리 확인 한번 하고 오시지. 연락처 알려주시면 감독님께 전달해드릴 테니까 인터뷰는 다음번에……"

급한 일정? 바로 그걸 알아내는 게 중요했다. 우리는 지금 당장 감독을 만나야만 했다. 그때, 기주영이 태연히 인터폰 앞에 섰다. 얼굴은 가려지고 교복 상의는 드러나는 각도였다. 그러고는 생떼를 부리기 시작했다.

"급한 일정이 뭔데요? 정말 잠깐만 볼 수 없을까요? 저희 오늘 여기 오려고 한 달 치 용돈도 다 썼거든요. 제 꿈이 영화

감독이라 감독님한테 물어보고 싶은 거 진짜 많은데 이렇게 그냥 가야 하나요. 사실 오늘로 날짜를 잡은 이유가 수술 때문이거든요. 저한텐 다음이 없을지도 몰라요……"

마지막에는 약간 울먹거리기까지 하는 게 아닌가. 순간 그가 배우 정하준으로 보였다. 직원은 어쩔 줄 몰라했고, 몇 번의 투닥거림 끝에 우리를 응대하던 직원보다 좀더 연륜이 묻어나는 목소리가 앞으로 나섰다.

"사정은 안타깝지만 감독님이 상가 조문을 가셔서 저희도 어쩔 수가 없어요."

조문이라는 말에 우리는 서로를 마주보았다. 다음 목적지가 정해졌다. 정하준의 장례식에 그와 똑같은 얼굴을 한 기주영이 가도 되는 걸까 싶었지만…… 여기까지 온 이상 어쩔 수 없었다. 나는 인터폰에 대고 그럼 다음에 뵙겠다고 크게 외쳤다. 그리고 기주영의 손을 잡은 채 리라 언니의 차가 있는 곳을 향해 달렸다. 한 달 만에 온 서울의 하늘은 늘 그랬듯이 우중충했다. 친근하기 짝이 없는 매연 냄새. 별도 없고 구름도 없이 온통 전선, 전선들뿐이었다. 그 전선이 꼭 결승선 같았다.

문득 나는 내가 아주 오랜만에 달린다는 사실을 깨달았다. 뇌혈관이 터질까봐 초조하지도, 불안하지도 않았다. 초를 세지도, 기록과 미래를 걱정하지도 않았다. 내 옆에는 비틀거리는 미소년 좀비가 함께였다.

반쪽 머리의 천사

* * *

 장례식장은 조문 온 이들로 붐볐다. 취재진이나 영화 관계자도 보였지만 대개는 가족과 지인들 같았다. 우리 셋은 오는 길에 상가에서 구매한 검은 옷을 걸치고 박희진 감독을 찾아 나섰다. 후드의 끈을 당겨서 기주영의 모자가 벗겨지지 않도록 단단히 조여주었다. 내부로 들어갈 생각까지는 없었다. 분명 차를 타고 올 테니, 주차장과 건물 근처를 배회하다보면 마주칠 수 있을 것 같았다.

 태어나서 두번째로 와보는 장례식장은 기억보다 훨씬 엄숙했다. 짙은 슬픔의 농도에 짓눌리는 것만 같았다. 우리는 처음에는 함께 움직이다가 곧 뿔뿔이 흩어졌다. 셋이 한몸처럼 움직이는 게 수상해 보일뿐더러, 화장실 등을 훑으려면 따로 움직이는 게 나았다.

 시간이 꽤 흘렀지만 박희진 감독은 보이지 않았다. 설마 벌써 돌아간 걸까? 정하준이 아니라 다른 사람의 조문이었나? 그러는 사이, 나와 리라 언니는 악성 팬으로 오해를 받아 경호원에게 붙잡혔다. 이제 믿을 건 다른 층 조문객인 척하며 건물 내부 화장실까지 침입한 기주영뿐이었다.

 우리는 차로 돌아가 초조히 그를 기다렸다. 그리고 얼마 지나지 않아 기주영에게 휴대폰이 없다는 사실을 깨달았다. 어떻게 해야 할지 고민하는데 별안간 주차장 옆 흡연 구역에서 소란이 일었다. 우리는 먹이를 발견한 맹수들처럼 중년 남성의 비명이 들려오는 곳으로 달렸다. 웅성거리는 소리와 함께 모세의 기적처럼 갈라지는 인파 사이로 사색이 된 남자 하나가 뛰쳐나왔다. 박희진 감독이었다.

"정, 정하준! 저기에 죽은 정하준이!"

발이 꼬여 시멘트 바닥에 구르듯 넘어진 그가 떨리는 손가락으로 어딘가를 가리켰다. 마스크를 쓰고 반투명한 흡연 부스 입구에 덩그러니 선 기주영이 보였다. 그에게로 사람들의 시선이 모여들었다. 얼굴을 보이면 안 된다. 그럼 기주영의 존재가 위험해질 뿐 아니라 정하준의 장례식도 난장판이 되어버린다. 멀찍이서 눈이 마주친 기주영을 향해 자리를 옮기라는 뜻으로 손짓했다. 한 번에 알아듣지 못한 그가 답답한 듯 눈썹을 찌푸리며 한 발을 내디뎠고, 그 동작에 겁에 질린 박감독이 엉덩이걸음으로 뒷걸음질치며 중얼거렸다.

"정하준이 왜 날 찾아왔지? 캐스팅 때문인가?"

분명히, 그렇게 말했다.

제대로 찾아왔다는 쾌감도 잠시, 박감독이 벌떡 일어나 내달리기 시작했다. 나는 본능적으로 그를 쫓았다. 혼비백산한 그가 사람들 틈으로 섞여들었다. 계속 따라가려는데 리라 언니가 불쑥 내 어깨를 붙잡았다. 그리고 눈을 크게 뜬 채 기주영의 등뒤를 가리켰다. 누군가 서 있었다. 기주영과, 그리고 정하준과 똑같이 생긴 여자였다. 여자가 손을 들어 기주영의 어깨를 붙잡았다. 기주영이 화들짝 놀라 돌아보았다. 허공에서 둘의 시선이 부딪쳤다. 여자도, 기주영도 놀란 듯했다. 나는 서둘러 기주영 옆으로 다가갔다. 검은 상복을 입고 머리를 높이 올려 묶은 여자가 기주영을 똑바로 보며 말했다.

"하준이 사촌누나예요. 저랑 잠깐 이야기 좀 해요."

* * *

정하준의 사촌누나 정한아가 유족 전용 휴게실에서 우리에게 건넨 것은 액정이 깨진 휴대폰이었다. 우리는 그것을 받아 들고 정한아를 바라보았다. 눈가가 붉게 짓물러 있었다. 정한아는 기주영에게서 시선을 떼지 않은 채로 말했다.

"얼굴 먼저 보여주세요."

우리는 망설였다. 후드 집업 모자 아래에는 상식적인 수준에서 벗어난 상처가 있었다.

"하준이와 정말로 같은 얼굴인지만 확인하면 돼요."

그 말에 기주영은 모자를 두고서 마스크만 벗었다. 정한아는 파리한 얼굴로 짧게 탄식을 뱉더니, 한참 후에 시선을 내리고 휴대폰을 가리키며 말했다.

"어젯밤 꿈에 그애가 나왔어요. 부탁 하나만 들어줄 수 있냐고 하더라고요. 오늘 장례식장에 자신과 똑같은 얼굴을 한 아이가 올 거라면서, 휴대폰을 전해주랬어요. 이게 무슨 괴상한 꿈인가 싶었는데, 정말 똑같은 분이 나타날 줄은 몰랐어요."

정하준의 휴대폰. 휴대폰 안에는 많은 게 있다. 정한아의 꿈 이야기를 들은 순간 다행이라는 생각이 가장 먼저 들었다. 우리의 추리가 어느 정도는 들어맞은 것이다. 저쪽 세계에서 기주영이 튕겨져 나온 이유가 존재한다는 사실에, 우리의 충동적인 여정이 헛되지 않았다는 사실에 나는 안도했다. 정한아는 잠시 망설이다 눈시울을 붉히며 덧붙였다.

"하준이 시신 상태가 좋지 않은 편이었거든요. 사고를 당한 당시 자세가 나빴는지 유독 안면 손상이 심했어요. 꿈에서도 하필 그 모습으로 나타나서 가슴이 아팠는데, 그쪽을 보니 꼭 하준이가 살아 돌아온 것 같네요……"

불쑥 어떤 생각이 떠올랐다. 기주영과 정하준은 죽었다. 기주영은 뒤통수가 너덜너덜하고, 정하준은 얼굴이 훼손되었다. 그리고 손안의 휴대폰은, 사고의 여파로 기능이 고장나 얼굴 인식으로만 열린다. 기주영과 눈이 마주쳤다. 나는 우리가 같은 추측을 했다는 걸 직감했다.

"그 안에 차마 확인하지 못한 게 있는 것 같아요. 열어봐주세요."

울먹이는 정한아의 말에 기주영은 떨리는 손으로 정하준의 휴대폰을 들었다. 기주영이 얼굴을 가져다대자 잠김은 우스울 만큼 쉽게 풀렸다. 다른 차원에서 왔을 뿐, 본인이니 당연했다. 화면을 넘겨보다 빨간 알림 표시가 떠 있는 메일 앱을 발견했다. 이번에도 기주영의 얼굴로 보안은 쉽게 뚫렸다. 죽은 기주영을 여기까지 불러낸 이유가 다름 아닌 얼굴 인식을 위해서였다니. 우스우면서도 서글펐다. 어째선지 왼쪽 어깨가 조금 서늘하고 무거워진 것 같은 기분도 들었다. 정하준이 같이 보고 있는 걸까?

우리는 숨을 참고 액정 화면을 바라봤다. 열어보지 않은 메일 한 통이 굵은 글씨로 존재감을 뽐냈다.

[정하준 배우님, 영화 〈지옥보다 낯선〉 캐스팅 관련하여 말씀드립니다.]

기주영이 그것을 눌렀다. 결과는……

* * *

〈천사는 없어〉가 흥행하기 전, 정하준은 선택의 기로에 놓여 있었다. 기약 없는 배우 생활을 계속할지, 지금이라도 대학에 진학할지, 아니면 군대에 갈지. 스물여섯이면 아직 많은 나이는 아니었지만, 주변 친구들이 하나둘 나름의 삶을 꾸릴 준비를 하는 동안 그는 초조함을 느낄 수밖에 없었다. 수십, 수백 번의 오디션을 보러 다녔으나 삼십 초, 길면 십 분 정도 등장하는 배역이라도 맡으면 다행이었다. 계속해볼지 관둘지는 전부 자신의 선택에 달려 있지만 그만두는 순간 지금까지 해온 것들은 아무 의미도 얻지 못한다. 그건 그 자체로 두렵고, 스스로를 부정하는 일이었다. 애초에 배우를 반대했던 부모님은 끊임없이 정하준의 선택이 틀렸다며 한숨을 쉬었다. 너 나왔다는 영화 봤다. 오 분도 안 나오던데 도대체 주연은 언제 맡는 거니? 그럴 거면 지금이라도 대학에 가. 늘 듣던 소리였다.

〈천사는 없어〉가 입소문을 타 기적적으로 오백만 관객을 넘긴 날, 회식 자리에서 조금 일찍 빠져나온 정하준은 기분좋게 취한 채로 새벽의 횡단보도 앞에 서 있었다. 신호등이 초록불로 바뀌고, 손에 휴대폰을 든 채 길을 건너던 바로 그때 띵동, 한 통의 메일이 도착했다.

도로 CCTV 영상 안에서 정하준은 홀린 듯이 횡단보도 중간에 멈춰 섰다. 그리고 그곳이 도로 한복판이라는 사실도 잊은 채 휴대폰을 들여다보았다. 긴장이 되는지 몇 번의 심호흡 끝에 손을 가져가는 그 순간…… 비틀거리는 음주운전 차량이 시속 팔십 킬로미터의 속도로 돌진했다.

23:02. 메일이 도착한 시간은 기주영이 사고를 당한 바로 그 시각이었다. 마지막 순간까지도 그는 휴대폰을 꼭 쥐고 있었다. 정하준의 누나가 해준 이야기였다.

정하준은 결국 박희진 감독 영화의 남자 주인공 역에 캐스팅 되지 못했다. 메일은 탈락을 알리는 내용이었다. 하지만 본문에는 다른 제안이 함께 적혀 있었다. 이미지가 맞지 않아 안타깝게도 주연배우로는 함께할 수 없지만, 조연이긴 하나 비중이 큰 상대 악역을 맡아보면 어떻겠냐는 제안이었다.

우리는 정한아와 함께 영정 앞에 섰다. 국화꽃 한 송이씩을 놓고서 그가 편안해지길, 더이상 어떤 미련도 가지지 않기를 진심으로 바랐다. 밥을 얻어먹은 후 기주영과 함께 장례식장을 빠져나왔다. 앞서가던 기주영이 불쑥 답답하다며 후드 모자를 벗었다. 나는 기겁하며 무의식적으로 손을 뻗어 그의 뒤통수를 가렸다. 분명 손가락 사이로 물컹하고 축축한 뇌의 감촉이 느껴질 거라고 생각했는데, 단단하고 둥근 머리통이 닿았다. 잔잔한 밤바람이 불어와 그의 머리카락을 내 쪽으로 날렸다. 나는 눈앞의 까만 뒤통수를 빤히 바라보았다. 상처가 사라져 있었다.

"괜찮아졌지? 왠지 그런 기분이었거든."

"너 진짜 동그랗구나."

어째선지 그의 윤곽이 조금 흐려진 것 같기도 했다. 나는 손을 움직여 그의 매끈해진 뒤통수를 만졌다. 다행히 아직은, 분명히 느껴졌다. 드러나 있을 때 뇌혈관이 어떤 감촉인지 확인해볼걸, 하는 후회가 불쑥 일었다. 지금을 영화로 친다면 분명 기승전결의 '결' 중에서도 아주 끝자락일 것이다. 나는 기주영에게 물었다.

"기분이 어때? 무슨 조짐이 느껴져?"

기주영은 고개를 저으며 답했다.

"아무것도. 승천할 것 같은 기분이 들면 말해줄게."

"응. 꼭이야."

건물에서 나온 우리는 다시 리라 언니의 차에 올라탔다. 언니가 말했다. 남주극장으로 돌아가자.

* * *

하루 만에 남주에서 서울을 왕복하는 건 무리한 일정이었다. 우리는 셋 다 너무 지쳐 있었다. 서울을 빠져나와 한 시간 정도 달렸을 때, 리라 언니는 도저히 더이상 운전을 못 하겠다고 선언했다. 새벽 두시가 가까운 시간이었다. 우리는 마감 준비를 하는 휴게소에서 우동으로 배를 채우고 다시 차로 돌아왔다. 지도 앱으로 검색해보니 근처에 폐관이 얼마 남지 않은 자동차 극장이 하나 떴다. 리라 언니가 말했다.

"남주극장은 아니지만 여기도 극장이니까. 영화 상영 끝났어도 상관없지?"

기주영과 나는 고개를 끄덕였다. 눈가가 퀭해진 리라 언니가 마지막 힘을 끌어모아 차를 몰았다. 도착한 자동차 극장은 꼭 바다처럼 보이는 넓고 검은 호수 앞에 있었다. 아무도 없는 그곳에 도착하자 마치 보이지 않는 누군가가 우리를 여기로 인도한 듯한 기분이 들었다. 근방에는 다행히도 편의점이 몇 군데 있었다. 언니가 먹을 것 좀 사오겠다며 내렸다.

뒷좌석에 나란히 어깨를 기대고 앉은 우리는 자동차 극장의 텅 빈 스크린을 응시했다. 피곤해서 눈꺼풀이 막 감겼다. 기주영이 마찬가지로 피곤에 찌든 목소리로 말했다.

"예전에, 꼭 이런 장면으로 끝나는 영화를 본 것 같아."

"나도 그 영화 알아. 떠오르는 해를 보면서 두 사람이 함께 눈을 감는."

"여기에도 그 영화가 있구나. 그들이 현실인 세계도 있겠지?"

나는 기주영의 어깨에 머리를 기댄 채 고개를 끄덕였다. 기주영은 아주 작은 목소리로 덧붙였다.

"두번째 죽을 때 내 옆에 있어줘서 고마워. 덕분에 무섭지 않아."

나는 기주영의 차가운 손을 잡았다. 너무 차가워서 언제 부서져 없어져도 이상하지 않을 것 같은 손을. 그리고 속삭였다.

"엔딩 크레디트 위에서 열다섯번째. 난 절대 안 잊을 거야, 네 이름."

기주영이 잠깐 웃었고, 나는 텅 빈 스크린과 기주영의 따뜻한 눈빛을 마지막으로 간직한 채 순식간에 잠에 빨려들어갔다. 꿈에서 나는 기주영과 함께 동이 트는 걸 보았다. 어떤 영화의 엔딩처럼, 우리는 나란히 눈을 감았다.

다시 눈을 떴을 땐 검은 호수 대신 막 떠오르는 해와 새벽 냄새, 리라 언니의 코고는 소리가 나를 반겼다. 옆자리는 비어 있었다.

소라는 영원히

1. 나쁜 손가락

 안녕하세요? 저는 소라고등학교 3학년 4반에 재학중인 소라입니다. 성이 소, 이름이 라예요. 다니는 학교와 이름이 같다니, 귀여운 우연이죠? 제가 이렇게 신상을 공개하는 것은 지금부터 하는 말이 전부 사실임을 보증하기 위해서입니다. 정체를 숨긴 사람이라면 아무리 진실을 주장해봤자 와닿지 않을 테니까요. 이건 제가 여러분에게 보내는 SOS, 혹은 경고입니다. 음, 공포영화를 잘 못 보시는 분이라면 지금이라도 그만두는 걸 추천드려요. 제 말투가 너무 딱딱해도 이해해주세요. 미리 적어둔 대본을 보고 읽고 있거든요. 이걸 쓰는 데만 열흘 가까이 걸렸어요. 스스로 영상을 준비하는 건 처음이라 사실 많이 떨려요……

혹시 여러분 중 누군가, 저를 알아보시는 분이 있을까요? 아마 이름까진 모르더라도 얼굴은 낯익다고 느끼셨을지 몰라요. 물론 그렇지 않은 분들이 더 많겠지만요.

그래서 준비했답니다! 짧은 자기소개 시간을 가지도록 하겠습니다. 일단 방송에 소개된 내용 먼저 보여드릴게요. 2018년 1월 5일 자 〈궁금한 아이들〉 78회차 방영분입니다. 다들 2020년을 마지막으로 종영한 이 프로그램을 기억하시나요? 처음엔 영재 어린이들을 소개하는 방송이었는데, 점점 눈에 띄는 아이들을 무작위로 보여주는 방향으로 바뀌더니 나중에는 어린이 기인 열전이 되고 말았죠. 고양이와 대화할 수 있는 아이, 머리카락이 엄청 빨리 자라는 아이, 원주율 숫자를 소수점 백 번째까지 외울 수 있는 아이 등이 출연한 가운데, 저는 78회차에 물건의 기억을 읽는 아이로 소개되었습니다.

멋진 소라 핀을 하고 있는 소라 어린이! 물건을 만지면 기억을 읽을 수 있다는 게 사실일까요? (고개를 끄덕인다.) 그럼 한번 보여줄 수 있겠니? (고개를 끄덕인다.) 여기 이 물건들 중에 언니의 할머니가 제일 아끼는 건 뭘까? (노리개, 화분, 손수건. 아이의 손이 물건들을 스친다. 그리고 노리개를 가리킨다.) 할머니의 엄마가 남겨주신 물건이에요. (와! 정답이란다! 대단한걸? 아이는 눈을 깜빡이며 계속 말한다.) 두 분 다 돌아가셨어요. 할머니의 엄마는 전쟁터에서, 할머니는 췌장에 혹이 생기는 병으로요. 돌아가실 때 혼자였어요. 너무 무섭고 외로워서 노리개를 꽉 쥐고 있었어요. 어두운 병실에서 꼼짝도 하지 못한 채 천장을 바라보았어요. 무언가 잘못되었다고 생각했어요. 오지 않는 가족들을 원망했어요. 돌아가신 분 물건을 저에게 가져온 이유가 뭐예요? 언니는 그때 어디에 있었어요? 왜 할머니 옆에 있어주지 않았어요? (불길한 노이즈. 당황하며 수군거리는 목소리.) 다, 다른 물건으로 해볼까? 컵라면을 마지막으로 만진 사람이 누구인지 맞혀보는 건 어때? (아이는 카메라를 노려본다.)

찾아보니 이런 제 능력을 사이코메트리라고 부르더라구요. 영화나 드라마에 자주 쓰이는 진부한 소재이니 한 번쯤은 들어보셨을 겁니다. 예를 들어, 쓰레기장에 버려진 어떤 유리 조각을 떠올려보세요. 단 한 조각뿐이라 본래의 용도나 모습을 상상할 수 없죠. 하지만 저는 파편만으로도 그게 원래 어떤 모양이었는지 알 수 있습니다. 유리창이었는지, 공예품이었는지, 화병이었는지, 화병이었다면 어떤 꽃이 담겨 있었는지, 주인이 누구였는지, 누가 화병을 깨뜨렸는지까지도요.

이 괴상한 능력의 명칭을 처음 만들어낸 사람은 뜬금없게도 미국 남북전쟁 시기의 지질학자였다고 합니다. 화석을 이마에 가져다대면 땅의 기억이 보였다나 뭐라나…… 책까지 냈다는데, 제가 보기엔 좀 수상쩍어요. 물론 읽어보진 않았습니다. 그 시절 학자라는 사람이 쓴 글이라면 뭐가 되었든 재미없을 게 분명하니까요.

방송은 방영 후 대본에 일말의 성의도 없다며 욕을 먹었습니다. 우습게도 저는 연기 실력이 괜찮다며 아역 배우 캐스팅 제의를 받았어요. 실제로 광고도 몇 개 찍었구요. 이쯤에서 여러분이 지루해하실 거 압니다. 뭐 어쩌라는 건가 싶으시죠? 철 지난 방송 이야기를 하다가 갑자기 유치한 능력이 어쩌구 저쩌구. 은근히 자랑을 늘어놓는 것 같기도 하고. 이 영상을 계속 볼지 말지는 여러분의 마음에 달려 있습니다. 하지만 만약 조금이라도 제 이야기에 관심이 생겼다면, 인내심을 가지고 들어주세요. 지금 제가 할 수 있는 말은 딱 하나입니다. 저는 거짓말을 하지 않아요. 지금까지 그래왔고, 앞으로도 그럴 것입니다.

저는 여러분에게 굳이 제 능력의 진위 여부를 증명하려 하지 않을 겁니다. 이 영상은 〈궁금한 아이들〉이 아니니까요. 애초에 저는 이런 걸 과연 능력이라고 부르는 게 맞는지도 의문입니다. 능력이라는 단어는 뭐랄까, 거창한 느낌이잖아요. 제

이야기를 다큐가 아닌 영화, 에세이가 아닌 소설로 만들어버리는 것 같다고요. 만에 하나 제가 정말 어떤 창작물 속의 허구적인 인물이라고 한들, 그 세계에서 느끼는 감각과 감정은 진짜인 거잖아요? 본디 감각이란 철저히 자신의 몫으로 주어지는 것이잖아요? 타인이 무엇을 보고 느끼는지 섣불리 짐작할 수는 없지 않나요? 그게 신이라 할지라도요. 상상과 실제는 다르죠. 공감에는 한계가 있습니다. 그러니 저는, 여러분이 저를 믿지 못한다고 해도 이해해요. 하지만 제가 여러분에게 다가가려는 만큼 여러분 역시 일말의 노력을 해주었으면 좋겠어요.

어쨌든, 계속해보겠습니다. 중요한 건 저는 거짓말을 하지 않는다는 겁니다. 영상을 끝까지 봐주세요. 여러분께 보여주고 싶은 게 있거든요.

다시 원래 이야기로 돌아가죠. 저의 경우 이 능력은 불행하게 발현된 기형적 기질에 가깝지 않나 생각합니다. 조금 특이하고 지독한 알레르기, 의외의 부위에 자라난 암덩어리, 장기에 기생하는 역겨운 테라토마 같달까요.

아마 아홉 살 때였을 겁니다. 아빠는 그때 교외의 판석 공장에 다녔는데, 그곳엔 큼지막한 절단기가 있었어요. 단두대처럼 쾅 하고 칼날이 떨어져 철판을 절단 내는 기계였습니다. 저는 그 기계의 모양이 꼭 피아노를 닮았다고 생각했어요. 건반

대신 칼날이 있는 피아노요. 겁이라곤 없던 저는 종종 몰래 공장에 가서 놀았답니다. 맞벌이인 부모님이 제 일거수일투족을 쫓는 것은 불가능했습니다. 주말에도 피곤하다며 어두운 방안에 누워 계시는 게 전부였거든요. 그때까지만 해도 저에게 세상은 만화에 나오는 모험 지도 같았어요. 매일매일 새로운 경로를 찾아 동네의 깊숙한 곳들을 탐색했지요. 김씨 아저씨네 고물상과 불은 켜져 있지만 출입문은 닫혀 있는 여관, 밤이면 이상한 신음이 흘러나온다던 요양 병원과 마네킹만 남은 채로 방치된 양복점, 희귀한 돌들이 빼곡한 수석집…… 그 모든 곳이 제 놀이터였습니다. 저는 호기심이 많은 아이였거든요. 늘 보이는 것보다 많은 걸 알고 싶었어요. 잠긴 공간의 뒷면을 들여다보고 싶었어요. 어른들이 알려주지 않는 진실을 기어코 찾아내 맛보고 싶었어요.

 진실은 쌉쓰름하고 비릿하면서 동시에 중독적인 맛입니다. 판석 공장의 아저씨들은 중간 관리자였던 아빠를 자주 욕했습니다. 기계가 너무 오래돼서 오락가락하는데 수리하거나 새로 사려면 돈이 많이 들고, 그러면 공장장이 싫어하니 아무런 조치를 취하지 않는다고요. '무능한' '굽실거리는' '비열한' '한심한'. 아빠를 가리키는 수식어였습니다. 제가 쓰레기통 뒤에 숨어 듣고 있는 줄도 모르고요. 아빠는 집에서 늘 당신이 없으면 공장이 돌아가지 않는다고 푸념했는데 말이죠.

당연하게도 사고가 벌어졌습니다. 누구나 예상할 수 있는 사고였어요.

여유로운 토요일 아침, 저는 여느 때처럼 공장에 숨어들어 절단기를 두드리며 놀았습니다. 양손을 차가운 판 위에 올리고 고개를 흔들며 연주에 심취한 피아니스트를 연기하는 중에 발끝에 뭔가가 걸렸고, 무의식적으로 꽉 눌렀던 것 같아요. 페달을 밟듯이요. 그러자 갑자기 쾅, 하는 소리가 울렸습니다. 시간차를 두고 비린내와 고통이 동시에 엄습했어요.

현장이 얼마나 끔찍했는지 최초 발견자인 직원 아저씨는 신고조차 하지 못하고 기절했대요. 덕분에 그사이 제 몸속에서 빠져나온 피는 신나게 자유를 만끽했죠. 몇 날 며칠 지역신문 사건 사고란에 제 소식이 올랐답니다. 오른손의 다섯 손가락이 모두 잘렸다고 했어요. 솔직히 충격을 받아서인지 당시가 잘 기억나지는 않습니다. 그래도 분명히 보긴 봤어요. 본체에서 독립한 다섯 개의 앙증맞은 손가락을요. 떨어져나간 자신의 신체를 목격한 기분이 어땠을 것 같나요? 전…… 꼭 핫소스에 절인 소시지 같다고 생각했네요.

정신을 잃었다가 다시 눈을 떴을 때 사흘이 꼬박 지나 있더군요. 그리고 손가락도 다시 원래 자리에 돌아와 있었습니다. 봉합 부위에는 프랑켄슈타인의 피부처럼 검은 실밥들이 자리하고 있었지만요.

잠깐 휴식. 제 말투가 너무 진지하고 딱딱해서 적응되지 않아요. 하지만 원래 말투는 한없이 가벼워서 어쩔 수가 없음.

다행히 멀지 않은 곳에 소방서와 대형 병원이 있었으므로 수술은 신속하게 진행되었다고 합니다. 의사는 한동안 좀 힘들기는 하겠지만 일상생활에 지장 없을 정도로는 회복할 거라고 했어요. 잘린 부위가 손목이나 팔뚝이 아닌 손가락이라 다행이라는 말도 했습니다. 저도 다행이라고 생각했습니다. 제가 아마 상체를 조금만 더 숙였다면, 손가락이 아니라 머리가 잘렸을 테니까요.

(잠시 흔들리는 화면. 후드 티를 입은 소라가 무표정으로 자신의 오른손을 들어 보인다. 손바닥에서 손가락으로 이어지는 부분의 색이 미묘하게 다르다. 실밥 모양의 흉이 선명하다.)

어른들은 이렇게 말했죠. 네가 이렇게 된 건 전부 네 탓이야. 네가 그곳에 있었던 탓이야. 왜 말을 안 듣니? 한시라도 눈을 팔면 사고를 치고 속을 썩이는 이 구제불능! 맞는 말이에요. 하지만 매번 억울한 생각이 들었던 건 왜일까요? 손가락이 잘리는 사고를 당한 아이에게 필요한 게 질책과 욕설이었을까요? 의사 선생님은 제가 어른들 말을 잘 듣고 재활만

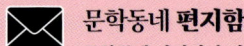

문학동네 편지함

문학동네 편집자가 지금 함께 읽고 싶은 책을 전해드립니다.

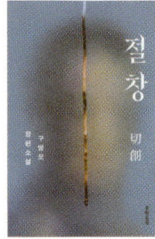

『절창』을 처음 읽었을 때가 떠오릅니다. 긴 휴가의 막바지 시기를 보내고 있을 때, 선물처럼 구병모 작가님으로부터 메일이 한 통 도착해 있었습니다. '원고를 보냅니다'라는 제목의 메일에는 오랫동안 기다려온 작가님의 신작 소설이 첨부되어 있었는데요, 그 자리에서 한달음에 끝까지 다 읽어버린 저는 확신할 수 있었습니다. 앞으로는 이 소설이 구병모 작가님의 대표작이 되리라는 것을…… (꼭 제가 담당한 작품이어서가 아님을 이제 곧 모든 분이 알게 되시리라!) 그래서 하나의 파일이었던 그것을 이렇게 책으로 만들어 여러분께 내보이는 마음이 그 어느 때보다 설렙니다. 『절창』은 미스터리의 외피를 두른 소설입니다. 한마디로 정의 내릴 수 없고, 어떤 면에서는 기이하기까지 하지만 사랑 이야기라고 할 수도 있겠습니다. 상처를 만짐으로써 타인의 마음을 읽는 특별한 능력을 지닌 한 여인, 그리고 그 능력을 이용하기 위해 거대한 저택을 지어 그녀를 가둔 한 남자. 둘 사이에는 점차 미묘한 감정들이 생겨나고 그것은 때로 격렬한 증오가 되기도 합니다. 그러던 어느 날 입주 독서 교사가 등장하며 관계는 변곡점을 맞고, 끝내 파국으로 치달아가며 읽는 이를 이야기 속으로 빨아들이지요. 그러나 어느 순간 정신을 차려보면 이것이 타인을 읽는 행위의 가능성과 불가능성에 대한 깊은 통찰이 담긴 이야기라는 것을 깨닫게 됩니다. 우리가 살아가며 수도 없이 해내고자 시도하지만 오독을 전제하지 않고는 결코 이루어낼 수 없는 그 행위에 대해서 말이지요. 그러니 한 번이라도 누군가를 이해하고자 노력해본, 그러나 타인이라는 영원한 텍스트 앞에서 막막함을 느껴본 적이 있는 분들께 (어쩌면 모두에게) 이 책을 권하고 싶습니다.

_Y (문학동네 국내문학 편집자)

열심히 한다면 다 원래대로 돌아올 거라고 했습니다. 저는 그 말을 믿었어요. 오로지 그 말만 믿었습니다. 치료를 받는 동안 칭얼거리지도, 힘든 티를 내지도 않았습니다. 하지만 수술 후 고작 한 달이 흘렀을 때, 저는 의사 선생님의 말이 틀렸다는 걸 깨달았습니다. 원래대로 돌아올 거라고요? 아니요. 제 손은 바뀌었어요. 절단 부위에 남은 붉그스름한 흉과 수시로 발작하듯 발생하는 떨림이 증명하듯, 돌이킬 수 없는 결함이 생겼습니다.

바로 그 사고 이후 저는 만지는 물건에 깃든 기억을 볼 수 있게 되었습니다. 누가 거짓말을 하는지, 어떤 어른이 나쁜 짓을 했는지, 돈을 빼돌리고 아이들과 동물을 괴롭힌 범인이 누구인지를 뻔히 알 수 있었답니다. 물론 물건에는 감각기관이 없으므로 그 '기억'이 제게 전달되는 과정은 다분히 추상적이었습니다. 소리는 울렁거림으로, 접촉은 쾌감과 고통으로, 상황은 눈꺼풀 안쪽의 잔상으로 다가왔습니다. 얇은 피부에 조각칼로 당시를 판화처럼 아로새기는 것 같았죠. 이집트 무덤에 그려진 벽화처럼요.

문제는 거기서부터 시작되었습니다. 보이지 않지만 보인다고 말해야 하는 것과, 보이지만 보이지 않는 척해야 하는 것의 차이를 저는 알지 못했거든요. 눈치가 없었던 거죠. 숨기고 싶은 진실을 제가 쉽게 입에 담자 사람들은 저를 미쳤다고 매도

했습니다. 목소리를 부정하는 게 그 내용의 시시비비를 따지는 것보다 간편하니까요. 처음에 어른들은 제가 신병에 걸렸다고 했어요. 할머니와 함께 온갖 무당집을 나돌았습니다. 굿을 여러 번 했지만 고쳐질 리 없었습니다. 전 정말이지 답답해서 미칠 것 같았어요. 이게 혼이나 신의 문제가 아니라, 그저 손 때문이라는 걸 아무리 말해도 사람들은 영 이해하지 못했습니다.

방송에 출연한 것 역시 그쯤이었습니다. 한 번에 몇백씩 드는 굿을 하려니 돈이 부족했거든요. 당시 〈궁금한 아이들〉은 어른들 사이에서 꽤 인기를 끄는 프로그램이었고, 나중엔 OTT 플랫폼에서 특집으로 만들어지기도 했죠. 지역 방송치고는 엄청난 성과였습니다. 그건 제가 사는 지역에 매 회마다 출연할 '신기한' 아이들이 많았던 덕분이기도 합니다. 다른 방송사에서도 비슷한 프로그램을 만들었지만, 수학 영재나 암기의 달인은 있을지언정 손끝에서 달콤한 땀이 나오는 아이는 없었거든요.

(잠깐 쉬어가는 타임!)

아, 이건 딴 얘기인데요, 얼마 전에 제가 살던 동네 뒷산에서 오래된 동굴이 발견되었다고 해요. 그리고 동굴 깊숙한 곳에 사람의 내장을 닮은 붉은 광물이 가득했다고…… 주변에 만개한 낯선 꽃들은 혈관처럼 생겼대요. 최소 백 년은 넘은 동굴이라던데, 어쩌면 그 광물이 아이들의 신체에 영향을 끼친 건 아닐까요? 지구 깊숙한 곳에서 나타난 것이든, 우주에서 온 것이든 간에 말이죠. 뭐, 그냥 제 추리예요. 원래 이 나이대에는 망상을 많이 한다잖아요. 그런데 진심으로 궁금하긴 해요. 제가 그 광물을 만지면 무엇을 보게 될까요? 광물의 비밀을 알 수도 있을 텐데요.

(소라가 작게 한숨을 쉬고, 씁쓸하게 웃는다.)

하지만 이것도 결국 잠시 후면 아무 의미 없어질 상상이네요. 헛소리는 그만하고 원래 이야기를 계속할게요. 어디까지 했더라.

저는 방송 이후, 몇 편의 광고를 찍었습니다. 그대로 연예계로 진출할 수도 있었겠지만 아쉽게도 저는 끼가 많은 아이가 아니었습니다. 수줍음이 많고 카메라 앞에서 딱딱하게 굳었죠. 예쁘장하던 얼굴도 커갈수록 점점 평범해졌습니다. 연예인을 하려면 끼와 얼굴, 두 가지 조건 중 하나는 갖추어야 하잖아요. 아무도 평범하고 음울한 아이를 보고 싶어하진 않으니까요.

방송국 대신 저에게 연락해온 건 절박하고 슬픈 사람들이었답니다. 소중한 사람을 갑자기 잃어버린 이들이, 방송을 보았는지 물건을 들고 저를 찾아왔습니다. 더벅머리 아주머니는 초췌한 얼굴로 나비 모양 손톱깎이에 담긴 기억을 읽어주면 사례를 하겠다고 했어요. 딸이 사라진 현장에 유일하게 남아 있던 물건이라더군요. 저는 돕고 싶은 마음으로 그렇게 했습니다. 딸이 손톱을 깎으며 누군가와 나눈 통화 내용을 알려줬어요. 딸은 학교 선배와 함께 가출한 것이었고, 제 덕분에 찾을 수 있었다고 해요.

저는 제 능력이 남에게 도움이 될 수 있다는 사실을 깨달았고, 부모님 역시 깨달음을 얻었습니다. 이 체질이 돈이 될 수 있다는 걸요.

부모님이 임시로 얻은 작은 사무실의 문을 많은 사람들이 두드렸습니다. 구체적으로 말씀드릴 수는 없지만, 그중에는 형사나 사설탐정도 있었네요. 제가 공식적으로 사건 해결을 도운 것은 아닙니다. 그냥 묻는 말에 대답했을 뿐인걸요. 여러분도 신년 운세나 타로 점을 보러 가서, 엄청 진지하게 듣고 있진 않잖아요? 맞으면 좋고 아니면 말고. 딱 그 정도.

하지만 이미 몇 번이나 말했듯이, 제 손은 진실했으므로 꽤 많이…… 정도가 아니라 항상 맞았답니다. 제가 단서를 제공한 사건 중에는 범인의 신상을 공개해야 될 정도로 큰 사건도 있었습니다. 자랑이 아니라 진짜 그랬다니까요. 알음알음 말이 퍼졌고, 점점 더 많은 사람들이 저를 찾아왔습니다. 저는 그만큼 더 많은 물건의 기억을 읽어야 했어요. 대부분은 끔찍한 장면이었습니다. 하루종일 관짝이나 다름없는 독방에 앉아 누군가 자살하고 살해당하고 살인하고 사라지고 죽어가는 순간의 기억들을 더듬었다는 말이에요. 저는 피해자이면서 가해자가, 방관자이면서 흉기가, 애원이면서 욕설이, 배경이면서 피 묻힌 손이 되었어요. 부모님의 계좌에 출처가 불분명한 현금이 쌓여가는 대신 저에게는 낯선 감정이 쌓여갔습니다. 고작 열 살인 아이가 온갖 분노, 슬픔, 증오, 수치심과 고통으로 점철된 기억을 제습제처럼 빨아들였죠.

여러분, 사람에게는 공감 능력이라는 게 있잖아요. 너무 선명하게 느껴지고 실제처럼 감각되는 기억은 거기 담긴 감정까지도 옮겨 온답니다. 두려움 고통 원망 슬픔 회한 무기력 지겨움 분노 흥분…… 상상해보세요. 매일매일 범죄 다큐와 스너프 필름을 관람하는 십대의 정신 건강이 온전하겠어요? 머릿속이 망가지지 않고 버틸 수 있었겠어요? 믿을 수 없다고요? 미쳤다고요? 하지만 사이코패스가 아닌 이상 미치는 건 당연한 일 아닌가요? 그쯤 되니 저는 헷갈렸습니다. 어디까지가 제 경험이고 어디까지가 사물의 것인지. 낯선 기억에 이입해 발생하는 감정이 온전히 그 물건의 것이 맞는지요. 하지만 물건에는 감정이 없으니, 그것은 아무래도 저의 것일 겁니다. 억울할 따름이죠.

그렇게 몇 년이 흘렀는지 모르겠습니다. 제 손은 점점 예민해졌습니다. 찰나의 스침에도 너무 많은 것들이 흘러들어와 머리가 깨질 것 같았어요. 일상에 지장이 갔습니다. 방도를 찾아야 했어요. 처음에 떠올린 건 장갑입니다. 여러분이 생각할 만한 건 저도 다 해봤답니다. 제 손과 물건 사이에 가림막이 있으면 괜찮지 않을까 했고, 당장 안방으로 들어가 엄마가 아끼던 소가죽 장갑에 손을 밀어넣었습니다.

그 순간, 온 세상이 검게 물들었습니다. 저는 사방이 미끄럽고 뜨거운 어떤 살점으로 이루어진 방안에 떨어졌고, 비좁은 그 안에서 시시때때로 가까워지는 불길하고도 날카로운 소음에 발작을 일으켰습니다. 겁에 질려 발악했지만 소리는 저를 잡아먹을 듯, 고막을 찌르고 뇌를 쪼갤 듯이 거대해졌습니다. 그러다 끝내 잡아먹히고 말았습니다. 본능적으로 그것이 도축장의 기계 소리였다는 걸 알 수 있었습니다. 그 보드라운 소가죽 장갑 또한 하나의 사물이라는 걸 간과한 겁니다.

코피를 쏟으며 쓰러진 후 두 시간 만에 눈뜬 저는 엄마의 새하얀 리넨 이불에 피를 묻혀 잔뜩 혼이 났어요. 사흘 동안 밥을 먹지 못했고요. 아, 부모님이 굶긴 게 아니고 그냥 제가 먹지 못한 겁니다. 도축되는 소의 공포와 고통을 체감한 이후

목구멍 너머로 아무것도 넘길 수 없었거든요. 무언가를 씹는 게 역겹게만 느껴졌죠. 수액 덕분에 영양실조는 면할 수 있었어요. 할 수만 있다면 평생을 아무것도 먹지 않고 수액으로 버티고 싶더라니까요. 지금도 고기는 먹지 않습니다. 저보고 유난 떠는 채식주의자라고 말할 생각이라면 그 입을 다물어주세요.

다음에 시도한 것은 아가일 무늬의 아크릴 털장갑입니다. 옆집 아주머니가 직접 떠주신 거예요. 알고 싶지 않은 그 집의 침대 위 추잡한 사정을 알게 된 후로 장갑은 서랍에 처박혔습니다. 그다음엔 시내에 나가 포장되어 있는 싸구려 인조가죽 장갑을 샀습니다. 누구도 만지지 않은 새 물건을 쓰면 된다고 생각했건만 결과는 마찬가지였습니다. 그 장갑이 만들어지기까지 거쳐간 손길들, 기계의 차가운 공정과 아주 찰나의 스침, 먼지, 바람 같은 것들. 그게 전부 전해졌어요. 장갑을 끼었을 뿐인데 무수한 사람이 제 손을 붙잡는 듯한 경험을 했습니다. 불쾌하고 찐득했어요.

물건이 만들어지기까지 누구의 손도 닿지 않을 수는 없잖아요. 하다못해 제가 새 장갑을 직접 뜬다 치더라도, 털실과 뜨개 도구들 또한 어떤 기억을 담고 있기 마련이죠. 그러니까, 그건 뭐랄까…… 살아서 꿈틀거리는 촉수로 또다른 생명을 엮는 느낌인 거예요.

인정해야 했습니다. 제 손이 감당 가능한 범위를 벗어났다는 걸요. 저는 제 손과 세상 간의 접촉을 차단할 수 없고, 이 예민한 기질은 폭주하듯 걷잡을 수 없이 커지고 있다는 사실을요. 이대로 있다간 스스로를 영영 잃어버리게 될 것이 분명했습니다.

사설이 너무 길었네요. 일주일 넘게 대본을 정리했지만 혼자 이런 영상을 준비하는 건 쉽지 않아요. 영상을 찍기 위해 마련한 중고 카메라를 만지며 첫 주인에 관한 기억을 보았습니다. 중원구에 사시는 최영민씨. 길거리 여자들을 몰래 찍던 카메라를 고등학생에게 파는 건 너무하지 않나요? 데이터만 지우면 될 줄 알았나봐요. 아파트 벼룩시장에서 구매한 삼각대는 아이들을 때릴 때 쓰인 것이더군요. 지금 입고 있는 이 촌스러운 후드 티는 염료 배합을 잘못한 탓에 원래 제품보다 색이 옅고 얼룩덜룩해졌어요. 거기 공장장은 툭하면 주급을 떼먹죠. 이 책상, 분명 새 상품이라고 했는데 반품 제품이던데요. 물건 상태는 좋아요. 새 상품이나 마찬가지예요. 하지만 여전히 이해할 수 없어요. 사람들은 왜 굳이 거짓말을 하고 숨길 일을 만들고야 마는 걸까요?

저도 이런 사실을 알기 싫어요. 타인의 말을 곧이곧대로 믿으며 적당히 무관심하게 살고 싶다고요. 저는 왜 그럴 수 없는 거죠? 언제까지 이렇게 살아야 하는 걸까요? 무수하고 끔찍한 진실들에 파묻힌 채로, 진짜 내 기억을 갉아먹으면서요. 아무리 지난 일을 곱씹어보아도 결론은 이것뿐입니다. 제 삶을 관통하는 일련의 흐름에 부자연스러운 부분은 이거 딱 하나예요.

전부 손가락 때문입니다. 한번 떨어져나간 건 그대로 썩어버렸어야 해요.

그래서 저는 지금 이 손가락들을, 손가락이 달린 팔을 잘라버리려 합니다. 온통 기억들이에요. 물건의 기억들이 저를 좀먹고 있습니다. 도저히 견딜 수 없어요.

* * *

녹화 영상이 꺼졌다. 화면이 전환되고 라이브 방송이 시작되었다. 얼룩덜룩한 후드 티를 입은 여자아이가 있는 곳은 어두운 폐공장 안이었다. 거친 기계 작동음이 불길하게 울려퍼졌다. 쾅, 쾅, 단단한 칼날이 무쇠 판을 찍어 내리는 소리였다. 콧노래를 부르며 피아노를 닮은 기계 앞에 앉아서, 아이는 고개를 돌려 화면을 응시했다. 그리고 싱긋 웃었다.

"나쁜 손가락."

오른팔을 내밀었다. 쾅, 직전에 무쇠 판을 한 번 찍고 올라간 칼날이 위로 솟았고 이제 그 밑에는 하얗고 여린 손목이 놓여 있었다.

"이제 안녕."

아이는 춤추는 다섯 개의 소시지를 상상하며 눈을 감았다.

2. 기계 팔

―첫번째 질문입니다. 시간이 많이 흘렀네요. 영상 속에서는 영락없는 고등학생이었는데, 지금은 사뭇 다른 모습이에요. 그동안 어떻게 지내셨나요?

―잘 지냈습니다.

―아, 네…… 그럼 질문을 좀더 구체적으로 해보겠습니다. 충격적인 라이브 방송 이후로 행방이 묘연하셨어요. 어디서 무얼 하며 지내셨나요?

* * *

절단기는 실수하지 않는다. 오른팔이 잘린 소라는 비로소 평안을 되찾았다. 판석 공장 바닥이 흥건해질 정도로 출혈이 컸지만 기적처럼 생명에 지장이 없었으며, 무려 예순여섯 시간의 수술을 거쳐 살아남았다. 의식을 되찾은 소라가 눈뜬 곳은 자기 방 침대 위도, 대학병원 회복실도 아닌 폐쇄 정신병동이었다. 그곳에서 소라는 하루종일 잠을 자도 나쁜 꿈을 꾸지 않았다. 환각을 보지도, 환청을 듣지도 않았고 밥도 잘 먹었다. (오른손잡이였으므로, 한동안은 간호사가 밥을 떠먹여주어야 했다. 간호사는 기이할 만큼 친절했다. 소라가 아무리 반찬 투정을 부리고 진통제를 달라고 징징거려도 미간 한번 찌푸리는 일이 없었다. 나중에야 그들 중 태반이 간호 로봇이라는 걸 알았다.)

아홉 평짜리 독실, 쇠창살과 모기장이 달린 창, 일인용 침대와 간이 책상이 소라에게 주어진 새로운 세상의 전부였다. 더이상 아무도 끔찍한 기억을 주렁주렁 매단 채 소라를 찾아오지 않았다. 엄마와 아빠도 마찬가지였다. 소라는 자연스레 이 병원이 환자를 치료하는 공간이 아니라, 버려진 사람들이 모이는 장소라는 것을 알아챘다. 그곳에서 소라는 행복했다. 바깥세상에서 아무렇게나 떠드는 말들도 그곳엔 닿지 않았다. 아니, 소라에게 바깥의 것들이 더이상 중요하지 않았다. 부모님의 얼굴을 본 지 한참 됐다는 사실도, 병원에 외부와 소통할 수 있는 아무런 창구가 없다는 점도 이상하지 않았다. 이상한지 이상하지 않은지를 구분할 마음조차 들지 않았다. 그저 언제까지고 그렇게 있기를 바랐다. 너무 조용하고 달콤해 하루하루가 짧게만 느껴졌다.

소라는 영원히 195

그야말로 천국처럼 다정한 고요였다.

오른팔은 깨끗하게 아물었다. 절단 사고를 당한 사람들에게 종종 나타난다는 환상통도 없었다. 소라는 이번에야말로 모든 게 원래대로 돌아왔다고 생각했다. 그간의 중독과 같았던 몰입, 기억의 감염은 그저 병에 불과했으며 지금 자신은 완치되었다고. 소라가 병실 밖으로 나온 건 스무 살 생일을 막 넘긴 가을이었다. 입원하고 일 년이 조금 넘게 지났을 때였다.

정든 두 명의 간호 로봇이 휘청이는 소라를 부축해 일으켰다. 소라는 온몸으로 햇살을 받으며 두 발로 꼿꼿이 섰다. 푸르른 정원을 마주하자 그야말로 다시 태어난 듯한 기분이었다. 그는 크게 숨을 들이마시고 내쉬었다. 간호 로봇의 손을 놓고 제 발로 한 걸음 한 걸음 나아갔다. 맨발로 흙과 풀을 밟았다.

야트막한 언덕을 올라 뒤를 돌아보았다. 광활한 초원 한복판에 덩그러니 자리한 병원은 한 폭의 그림 같았다. 덩굴로 뒤덮인 어두운 색의 외벽이 스산함과 더불어 고전적인 아름다움을 자아냈다. 소라는 자신도 저 그림의 일부가 된 것 같다고 느꼈다. 복잡한 거짓말을 일삼는 인간들의 세계가 아니라, 보이는 게 전부인 평면의 세계.

병원은 크기에 비해 환자가 많이 없었다. 저녁 시간에는 거의 모든 환자가 식당에 모여 같이 식사를 했고, 이후엔 공용 휴게실에서 시간을 보냈다. 가끔은 간호사와 직원들도 함께했다. 그곳에는 온갖 종류의 보드게임이 있었다. 원카드와 포커, 루미큐브와 라스베이거스, 스플렌더와 보난자, 달무티, 뱅. 소라가 가장 좋아하는 게임은 보난자였다. 상대를 쏘거나 죽이는 대신 콩을 심고 수확해 금화로 바꾼다는 게 즐거웠다. 가장 싫어하는 건 할리갈리였다. 팔이 하나뿐이라 재빠르게 종을 치기 어렵기 때문이었다.

매일 밤 게임을 하며 가까워진 병원의 친구들은 다들 조금 특이했다. 가장 친하게 지낸 세 사람은 목소리를 잃어버려 더 이상 노래할 수 없게 된 인어공주, 자신이 AI라고 믿는 남자, 낡아빠진 가죽 안대를 쓰고 다니는 애꾸눈 해적이었다.

인어공주는 목소리를 잃었지만 말을 할 수 있었다. 어느 날 원장이 목소리를 주었다고 했다.

자신이 AI라고 믿는 남자는 의족을 달고 있었다. 그는 자신을 AI로 만든 게 원장이라고 믿었다.

애꾸눈 해적은 왼쪽 눈이 없었지만 볼 수 있었다. 그의 눈구멍에는 기계 안구가 자리했다. 생일날 원장이 선물해준 것이었다.

그들뿐만이 아니었다. 병원의 환자와 직원들 대부분이 기계 신체를 달고 있었다. 기계 심장, 기계 위장, 기계 폐, 기계 턱과 기계 어깨를. 그들은 원장을 '고철 천사'라고 불렀다. 그 차가운 천사가 잃어버린 것을 되찾아주었다고. 혼자 남은 이들에게 팔과 다리를, 눈과 목소리를, 심장과 호흡을 돌려주었다고. 소라는 아직 원장을 본 적이 없었다. 그는 병원의 꼭대기 층에서 거의 나오지 않는다고 했다. 원장에 대해 묻는 소라를 향해 애꾸눈이 말했다.

"기다리렴. 너에게도 곧 새 팔이 생길 거야."

* * *

―두번째 질문입니다. 그렇다면 그 정신병원에서 원장이 불법 신체 개조 수술을 진행했다는 말인가요? 보호자의 동의 없이?

―동의할 보호자가 없는 사람들이었어요. 저를 포함해서요. 목소리를 잃은 사람에게 목소리를 주고 다리를 잃은 사람에게 다리를 주는 게 뭐가 나쁘죠?

―이해가 안 되는군요. 질문을 바꾸죠. 당신은 오른팔을 스스로 잘랐어요. 다시 새 팔을 붙인 이유가 뭔가요?

―저는 제 능력이 손끝에서 온다고 생각했어요. 그래서 손목을 잘랐죠. 저주에 감염된 부위가 잘려 나갔으니 안심했습니다. 앞서 말했다시피, 나았다고 생각했어요. 극단적인 방법이었지만 그로 인해 저는 완치되었다고요. 착각하고 방심했던

거죠. 기계 신체를 단 병원의 모두는 그것을 원래부터 자기 일부였던 것처럼 자유자재로 다뤘어요. 누군가 만들어 붙인 게 아니라, 근육과 신경이 죽은 곳에 새살 대신 전선이 자라난 듯 아주 자연스러웠죠. 저는 그 매끄러움에 홀렸고, 언제부턴가 손이 부족하다고 느꼈습니다. 한 손으로는 친구들과 보드게임을 하기가 힘드니까요.

―보드게임이 소라씨 결심의 시작인가요?

―꼭 그런 건 아닙니다. 제가 이런 몸이 되기로 마음먹은 건 좀더 후의 일이에요. 어떤 사건이 있었습니다. 그 사건 이후 병원은 사라졌죠. 사람들은 제게 말해요. 그런 병원은 애초에 없었으며 네 고장난 머리가 만들어낸 가짜라고요. 내가 읽어주는 기억을 철석같이 믿고 의지하던 이들이 이제는 제 기억을 의심해요.

―전 소라씨를 믿어요. 그럼 병원에서 무슨 일이 있었는지 말해보시겠어요?

* * *

소라가 원장을 만난 건 입원하고부터 삼 년 뒤, 그해 가장 많은 눈이 내린 날이었다. 자정이 넘은 시각, 누군가 소라의 방문을 두드렸다. 문을 열자 산타클로스의 하얀 수염처럼 긴 백발을 늘어뜨린 여자가 서 있었다. 그녀는 소라에게 크리스마스 선물로 새 팔을 만들어주겠다고 말했다. 튼튼하고 편안한 기계 팔을. 원래 몸보다 더 진짜 같고 자연스러운 신체를 선물해주겠다고. 소라는 자신의 비어 있는 오른쪽 소매를 바라보았다. 어깨를 비틀어 깃발을 흔들듯이 소매를 흔들어보았다. 그날은 겨울 들어 처음으로 기온이 영하로 떨어진 날이었고, 소라는 저녁 시간 할리갈리에서 꼴찌를 했다. 병원 건물은 아무리 난방을 해도 추웠으므로, 빈 소매가 더욱 허전하게 느껴졌다. 소라는 고개를 끄덕였다.

"좋아요. 제게 새 팔을 주세요."

수술은 일주일 후 진행되었다. 그리고 기계 팔을 달고 다시 문밖에 섰을 때, 세상은 더이상 이전과 같지 않았다.

잠깐, 소라의 친구들 이야기를 해보자.

인어공주는 사실 진짜 공주였다. 멀지만 아예 못 갈 만큼 멀지는 않은 어느 나라에서 '푸른 폭탄의 공주'라고 불렸다. 한 테러 집단의 베테랑 기술자였던 그는 어느 날 갑자기 모든 것이 지겨워졌다. 한 번에 얼마나 많은 생명을 앗을 수 있을지 고민하는 일상에, 분명 근본적인 목표와 신념 같은 게 있었으나 너무 긴 시간이 흘러 어느덧 잔인한 오기만 남은 모든 작전에 회의감이 들었다. 그래서 그만두겠다고 말했다. 다음날, 그는 혀를 잘린 채로 어두운 곳에 감금되었다. 하루가 더 지나면 폭탄 제조 기술을 빼돌릴 수 없게 손목까지 잘릴 터였다. 푸른 폭탄의 공주는 도망쳤다. 숨겨두었던 폭탄으로 과거를 모두 터뜨리고서 아무도 찾지 않는 이 병원에 들어오게 되었다고, 소라에게 말했다.

애꾸눈 해적의 본래 이름은 '더미 q-18948'이었다. 테러 집단을 쫓는 비밀 정보원이있던 그는 폭탄 테러 현장의 근처에 있다가 파편이 튀어 오른쪽 눈을 잃었다. 눈을 잃은 채로는 더 이상 정보원 일을 할 수 없어 폐기가 결정되었다. 충분히 얼굴이 팔렸으며 기관에 대해 아는 사실이 너무 많다는 이유로, 살려둔다는 선택지는 허락되지 않았다. 폐기된 다른 정보원들과 함께 매장당한 그는 기적적으로 살아남아 폐기물로 가득찬 구덩이를 빠져나왔다. 그렇게 모르는 도시의 뒷골목을 떠돌다 원장을 만났다.

자신을 AI라고 믿는 남자는 정부 기관에서 조사를 받던 포로였다. 그는 오랜 굶주림과 고문에 시달려 어째서 자신이 포로가 되었는지 기억하지 못했다. 그저 상대가 원하는 답을 뱉어야 한다는 압박과 고통만이 있었다. 어느 날 포로수용소에 폭탄이 떨어졌고, 그는 무너지는 잔해에 한쪽 다리를 내주었다. 어찌저찌 구조되어 실려간 응급실에서 자원봉사자로 온 원장을 만났다. 원장은 그를 자신의 병원으로 이송해 새 다리를 선물해주었다. 그는 기스 하나 없이 매끄러운 다리를 보며 자신 또한 새것이 되고 싶다고, 텅 빈 내부를 단단하고 빛나는 것만으로 채우고 싶다고 생각했다. 그는 원장에게 자신을 로봇으로 만들어달라고 부탁했다. 원장은 고개를 끄덕였고, 어느 날 꿈 없이 깊은 잠을 자고 일어난 그는 자신이 AI가 되었다고 믿게 되었다.

그렇게 초원의 병원에서 새 목소리, 새 눈, 새 다리를 얻은 세 사람은 친구가 되었다.

그들이 한가롭게 보드게임을 즐기는 사이, 테러 집단은 여전히 도망친 공주를 쫓고 있었다. 집요하게 행적을 추적하던 끝에 공주가 이 병원에서 정보원 해적과 함께 머물고 있는 것을 확인했다. 공주는 혀가 잘렸는데도 말을 할 수 있었다. 말을 할 수 있다는 것=폭탄 제조 기술의 유출=배신자. 다음에 폭탄을 터뜨려야 할 곳은 명확했다.

소라가 새 팔을 붙이는 수술을 하고 다시 정신을 차리기까지는 열흘이 걸렸다. 깊게 잠든 소라를 눈뜨게 한 것은 고요한 병원에 어울리지 않는 총성. 총성은 몇 발이고 이어졌다. 끊길 듯 끊어지지 않고 계속되었다. 소라는 먼저 자신의 오른쪽에 달린 새로운 팔을 확인했다. 주먹을 쥐었다가 펼치고 가위를 만들었다가 마구 흔들어보았다. 본래 그렇게 태어난 것처럼 편안했다. 산뜻한 새 팔을 달고서 소라는 병실을 나섰다.

한 걸음을 내딛자 친절했던 간호 로봇의 다리가 발끝에 걸렸다. 두 걸음에 무뚝뚝하지만 합리적이었던 의사의 손이 밟혔다. 소라는 일 년 만에 바깥 공기를 들이마셨던 스무 살 때처럼 맨발로 병원의 정원에 섰다. 고풍스러운 분수대 안에 공주가 둥둥 떠 있었다. 물빛은 맑은 분홍색이었고, 비릿한 냄새가 났다. 애꾸눈 해적은 그런 인어공주의 손을 잡은 채로 분수대 앞에 비스듬히 기대앉아 있었다. 목덜미에서 울컥울컥 검붉은 게 새어 나왔다. 자신을 AI라고 믿는 남자는 그로부터 얼마 떨어지지 않은 아카시아 나무 아래, 가슴에 칼이 꽂힌 채로 누워 있었다. 얇은 눈꺼풀이 파르르 떨렸다. 그는 자신은 AI이니 데이터를 옮기면 금방 복구가 가능할 거라면서, 곧 다시 만나자며 새 팔이 생긴 소라를 축하해주었다.

소라는 남자의 가슴에 박힌 칼을 조심스레 빼냈다. 익숙한 두통이 소라의 체성감각 영역 피질을 통과했다. 그 작은 칼을 잠시라도 쥐었던 자들의 얼굴이 각막에 겹겹이 쌓였다. 칼이 헤집은 이들의 고통이 피부로, 장기로, 심장으로 고스란히 전해졌다. 소라는 까마득해지는 의식을 붙잡았다. 좋지 않은 조짐이었다.

소라는 불길한 징조를 무시하고서 살아 있는 사람을 찾아 병원을 뒤졌다. 흉기를 쥔 양손을 기도하듯 가슴팍에 고정한 채로 적막한 내부를 샅샅이 살폈지만 남은 어떤 생명도 발견하지 못했다. 불안은 점점 부풀어올라 곧 터질 것만 같았다. 왔던 길을 돌아 다시 마당으로 나왔을 때, 소라는 드디어 산 사람을 발견했다. 초원 위 하얗게 흩날리는 머리카락과 거기에 겨눠진 까만 총구를 보았다. 다시금 두통이 일었다. 누군가 드릴로 머리를 꿰뚫는 것처럼 끔찍한 통증이었다. 총과 칼과 피가, 분수대의 두 사람과 죽어가는 AI 남자가 차례대로 시야에 스쳐지나갔고 기계 팔의 이음매 부분이 참을 수 없을 만큼 욱신거렸다. 소라는 푸른 잔디 위에 쓰러졌다. 기계 팔이 축축한 흙과 까슬거리는 잔디에 닿는 순간, 경련을 일으키는 소라의 눈앞에 생전 본 적 없는, 상상조차 하지 못했던 모든 세계가 펼쳐지기 시작했다. 그것은 인간이 아닌 물질의 세계, 자연과 인공물을 이루는 모든 단위, 쇠와 광물과 세포의 세계였다. 기계 팔의 티타늄과 인공 신경과 전기 자극, 보드라운 흙 알갱이와 온갖 미생물들, 세상 만물을 이루는 원자의 초월적인 움직임을 소라는 감각했다.

원장에게 총구를 겨눈 남자가 기척을 느끼곤 쓰러진 소라를 발견했다. 그가 다가와 이번에는 소라에게 총구를 겨누었다. 남자는 중얼거렸다. "어린애는 죽이면 찝찝한데. 하지만 어쩔 수 없지 뭐." 그리고 달칵.

총알이 부족했다.

남자가 주섬주섬 총을 장전하는 사이, 소라는 일어섰다. 그리고 AI 남자에게서 뽑아낸 칼로 남자의 목을 찔렀다. 정확히는 목과 쇄골의 사이, 정중앙을. 새로 단 기계 팔로 아주 깊숙이. 남자가 뿜어낸 피가 사방에 튀어서, 소라는 느리게 얼굴을 문질렀다. 피를 통해 남자의 삶을 보았으나 소라에게 그의 기억은 별다른 감상을 주지 못했다. 그는 그저 아주 작은 것들이 모여 만들어진 큼지막한 뭉치에 불과했다. 소라는 쓰러진 남자의 목에서 칼을 뽑아 그를 몇 번 더 찔렀다. 다른 손으로 바닥에 떨어진 총을 쥐자 공주와 해적의 죽음이 흘러나왔다. 상류에서 하류로 흐르는 물처럼 자연스럽게. 죽음만이 아니라 모든 순간의 감정이, 절망하고 안도하고 다시 절망하고 후회하고 갈가리 찢어발기고 싶은 그 모든 감정이. 심장이 멎는 그 순간에 집요하게 남아 있던 애틋함까지.

소라는 자신의 새 팔을 바라보았다. 칼을 떨어뜨리고 손을 쥐었다 폈다 해보았다. 눈을 감자 우주가 보였다. 이전과 달랐다. 무엇이 어떻게 다른지 설명하기는 힘들었지만, 어쨌든 같지 않았다. 고체가 액체가 되듯이, 액체가 기체로 변하듯이 다른 상태로 변화했다. 능력은 사라진 게 아니라 강제로 아문 살과 혈관에, 근육과 신경의 끝에 머물며 때를 기다리고 있었던 것이다. 그리고 소라가 금속으로 된 팔을 신체의 일부로 받아들인 순간, 다시 모습을 드러냈다.

오랜 기다림에 대한 복수라도 하듯이 능력은 전신으로 퍼져

나갔다. 이제 그것은 더이상 잘라낼 수 있는 것이 아니라 소라 그 자체나 마찬가지였다. 이전과 다른 점이라면 무한한 기억의 단상들이 뇌를 파고들어 주무르고 밭을 갈고 씨를 뿌려도 더는 혼란스럽지 않다는 것이었다. 원장이 선물해준 멋진 기계 팔이 소라를 전혀 다른 존재로 만들었다. 모든 혼란을 종합한 것이 곧 자신이었다. 소라는 스스로를 AI라고 믿었던 남자의 마음을 이해했다. 그리고 그의 마지막 인사를 되뇌었다. 곧 다시 만나자던 말을.

이전과 전혀 다른 표정을 하고 선 소라의 앞에 원장이 다가왔다. 원장은 손을 뻗어 소라의 얼굴에 튄 남자의 피를 닦아주었다. 부드럽고 차가운 손이었다. 기계가 아님에도 기계처럼 느껴지는 피부였다. 문득 소라는 궁금해졌다. AI 남자는 원장을 고철 천사라고 불렀지. 그렇다면 그는 신을 믿은 걸까? 기계가 신을 믿을 수 있나?

소라는 원장을 향해 말했다.

"이곳에는 이제 우리 둘뿐이에요. 당신이 해줘야 할 일이 있어요."

* * *

―세번째 질문입니다. 실제로 몇 년 전, 외진 정신병원에서

의문의 폭발이 발생한 적이 있어요. 원장은 실종되어 생사가 모호하고 병원에 머물던 모든 의료진과 환자가 사망했죠. 소라씨가 좀전에 해준 이야기는 그 미결 폭발 사건의 실마리가 될 것 같은데요. 당시 가장 화제가 된 특이점은, 화재 진압 후 발견된 시신들이 모두 훼손되어 있었다는 거예요. 누구는 다리가, 누구는 팔이, 누구는 눈과 귀와 심장이 없었죠. 일부러 도려내기라도 한 것처럼요.

—……

—그리고…… 청취자분들은 잘 안 보이시겠지만, 지금 제 눈에는 소라씨의 오른쪽 눈동자가 왼쪽과 달리 검푸른색을 띠는 게 보이네요. 몇 년 전 유행한 불법 개조술에 기반해 제작한 인공각막이 검푸른색을 띤다고 알고 있는데요…… 마지막으로 묻겠습니다. 칠 년 전에는 스스로 팔을 자르는 영상으로, 사 년 전에는 정신병원 폭발 사건의 유일한 생존자이자 용의자로 화제가 되셨어요. 그리고 사 년 만에 나타난 당신은 신체의 칠십 퍼센트 이상을 인공 신체, 즉 기계로 바꾼 최초의 인간이 되어 있습니다. 사라진 시간 동안 무슨 일이 있었던 겁니까? 지금 당신은 무엇이죠?

—저는 스스로 오른팔을 자르고 기계 팔을 달았습니다. 그리고 해적 애꾸눈의 왼쪽 눈을, 인어공주의 성대를, 기계 남자의 의족을, 간호사의 폐와 의사의 심장을 제 것으로 만들었어

요. 무엇이든 가능하게 하는 고철 천사가 제 부탁을 들어주었답니다. 저는 이제 그들 모두와 함께 살고 있어요. 제 몸을 봐주세요. 한 치의 거짓도 없는 이 몸을요. 그들의 기억이 제 안에 고스란히 살아 숨쉬고 있어요. 타인의 눈물과 웃음이 혈관을 따라 흐르는 기분을 상상할 수 있으시겠어요? 저는 이제 혼자가 아닌, 그들 모두랍니다.

—이상, 기존의 몸에서 벗어나 기계 인간이 되길 선택한 소라씨의 인터뷰였습니다. 이번 방송이 신체 개조술 합법화 여론에 어떤 영향을 줄지 궁금한데요. 이어서 S대 인공장기과 교수님을 만나보겠습니다. 광고 후에 다시 만나요.

—안녕.

(소라가 밝게 양손을 흔든다.)

3. 썩지 않는 죽은 것

기계 팔과 이어진 진짜 혈관과 가짜 혈관들. 진짜 근육과 가짜 근육들. 진짜인지 가짜인지 모를 신경통. 해진 누더기마냥 얇은 피부 아래로 비치는 전선들. 미지근하지만 규칙적으로 뛰는 인공심장. 그 심장을 갑옷처럼 보호하는 갈비뼈들. 3번 뼈보다 가벼운 4번 티타늄 뼈. 뻑뻑한 질감을 가졌지만 정확하게 대상을 비추는 인공각막. 그 뒤의 한없이 여린, 포크로 푹 찍으면 딸려 나올 듯한 본래의 안구. 낡아빠진 가죽 안대. 아무리 뛰어도 덜그럭거리지 않는 다리. 닳지 않는 연골. 세상의 모든 소리를 들을 수 있는 귀. 인간의 소리 사물의 소리 동식물의 소리 죽음의 소리 신의 소리를 들을 수 있는 귀.

소라 안에 존재하는 어떤 존재. 어쩌면 소라 그 자체. 어쩌면 신.

* * *

인터뷰를 진행한 유작가는 그날 목격한 소라의 모습을 실패한 요리 같다고 빗대어 말했다. 누군가 화들짝 놀라 "아니, 사람한테 요리라뇨?" 되물으면 유작가는 자신의 머릿속에 각인된 그 모습을 하나하나 아주 자세히 묘사했는데, 설명이 끝난 후에는 다들 숙연한 표정으로 고개를 끄덕이며 입을 다물었다. 침묵을 뚫고 간혹 누군가 읊조렸다. "끔찍하네요." 그러면 유작가는 무엇에 홀린 듯한 목소리로 중얼거렸다.

"그건 어디에도 없는, 아주 창의적으로 괴랄한 육체였어요. 실패한 요리처럼, 먹기 위해 만들었으나 먹을 수 없는, 너무 타거나 익어버린 탓에 낯선 맛을 내는. 전부 제자리에 있음에도 마치 있어서는 안 될 자리에 있는 무언갈 보는 듯한 이질감. 그런 걸 더이상 사람이라고 볼 수 있을까요? 어디까지가 사람이고 어디까지가 기계이며 어디부터가 괴물인 걸까요?"

유작가는 계속해서 소라에 대해 생각했다. 그런 상태가 계속되다보니 언젠가부터는 자의로 소라에 대한 생각을 멈추는 게 불가능해졌다. 온종일 인터뷰 때 마주한 그의 다채로운 몸을, 주위과 상관없이 초탈하던 표정을 곱씹었다. 잠을 자면서, 이를 닦으면서, 밥을 먹으면서도 소라에 대해 생각했다.

소라는 어쩌다 그렇게 되었나? 정말 자발적으로 그런 선택을 한 것인가? 지금 어디서 뭘 하고 있나? 소라는 사람인가? 소라는 스스로를 무엇이라고 정의하나? 나는 그를 무어라고 확정하고 싶은 거지? 결론은 없었다. 혼자 주고받는 질문의 끝에는 받아들임만이 있었다. 꼭 확정해야 할 필요가 있을까? 소라는 소라일 뿐이었다. 세상 모든 만물의 교집합에 절묘하게 선 존재였다. 소라의 주장에 의하면 소라는 소라이면서 동시에 공주였고, 해적이었고, AI 남자이자 간호사이자 의사였다. 내 안에 여럿이 들어오면 본래의 나는 작아지는 걸까, 아니면 그 모두를 포용할 수 있을 만큼 거대해지는 걸까? 유작가는 쉽게 상상할 수 없었다. 그건 개미들이 인간의 삶을 가늠하는 것만큼이나 무용하고 까마득한 일이었다. 그럼에도 멈추지 못했다. 그는 소라에 대한 생각을 그만두기를 포기했다. 대신, 소라를 쫓기 시작했다.

 의뢰 결과서: 의뢰 대상자는 인터뷰 당일 방송국을 나와 검은색 유광 승합차를 타고 이동. 차량번호 9870-1. 조회 결과 대포 차량으로 확인. 긴 백발을 한 갈래로 묶은 여자가 운전석에서 대기중이었음. 차량은 대로를 빠져나가 외곽으로 빠짐. 이후 행방 확인 불가.

 여러 방면으로 파고들었지만 소라를 찾을 수는 없었다. 업체를 고용해 인터뷰 당일의 행적을 쫓는 게 고작이었다. 방송국에 제출된 신상과 주소는 가짜였다. 유작가는 소라와의 인터뷰 내용을 되짚어보았다. 진실과 거짓의 경계를 가늠할 수 없는 모호한 이야기의 흔적을 따라, 불타 없어진 정신병원과 먼지 쌓인 판석 공장을 뒤졌다. 그 장소는 가상의 것이 아니었다. 하지만 무너진 병원의 잔해와 핏자국이 말라붙은 절단기를 만져도 섬찟함 외에 느껴지는 건 없었다. 그는 눈을 감고 자신이 절대 헤아릴 수 없는 소라의 마음을 상상했다. 너무 많아서 텅 비어버린 존재를, 손끝으로 만물의 감정과 기억이 흘러드는 기분을, 온전히 한 명으로서 이해받지 못하는 외로움을.
 온종일 소라에 대해 생각하다보면 한 가지 의문이 들었다. 이렇게 아무도 찾을 수 없게 숨어버린 그는, 어째서 인터뷰에

응하고 라디오에 출연했던 것일까? 그는 무엇을 원했던 걸까? 유작가는 지끈거리는 두통을 감내하며 그 답을 좇았다. 소라는 이를테면, 흐르는 폭포의 가장 낮은 곳에 있는 물이었다. 위에서 쏟아지는 걸 거부할 수 없는, 무조건적인 이해자였다. 떨어진 물은 고여 썩거나 정처 없이 흘러간다. 그러니 소라는 어쩌면, 자신의 모든 것을 내보일 수 있는 단 한 명의 이해자를 만들고 싶었던 것 아니었을까? 유속에 맞서고 순리를 역방향으로 타고 오를 누군가를……

만약 그게 맞는다면, 당신의 바람은 이루어졌다고 말해주고 싶었다. 유작가는 덩굴과 이끼로 뒤덮인 부서진 병원 벽에서 손을 떼고 차로 돌아갔다.

그는 이후로도 오랜 시간 소라를 찾아 헤맸다. 잠시라도 소라와 인연이 스쳤던 사람들을 찾아갔다. 미스터리하게도 그들은 유작가의 모든 질문에 자신의 이야기만을 했다. 소라에 대해서는 아무도, 아무것도 기억하지 못했다. 소라는 찾을 수 없었다.

유작가는 현실로 돌아갔다.

시간이 흘러 논란의 신체 개조술은 결국 합법화되었다. 이제 원한다면 질병이나 사고로 인한 경우가 아니더라도 언제든지 신체를 기계로 대체할 수 있었다. 처음엔 거부감을 느끼는 이들이 대다수였으나 변화란 안개비처럼 오는 것이라, 우산 없이 걷다보면 어느새 흠뻑 젖어버리고야 마는 법이었다. 부러지지 않는 뼈를 위해, 떨어지지 않는 시력을 위해, 암덩어리가 자라나지 않는 장기를 위해 사람들은 하나둘 신체를 바꾸었다. 인공장기와 신체에 들어가는 부품을 취급하는 회사는 순식간에 크기를 불렸다. 그들에게 가장 중요한 고객은 교전국이었다. 전쟁이 끊이지 않는 지역에서는 합법 여부와 상관없이 많은 이들이 신체에 기계를 붙였다. 회복이나 유지가 아닌 무기화가 목적이었다.

유작가가 소라를 다시 만난 건 대부분의 사람들이 기계로 된 신체나 장기 하나쯤은 갖추고 있고, 모두가 그것을 당연하게 여기게 되었을 때였다. 그때 유작가는 '기계 신체의 최후—산업 폐기물 혹은 사체 혹은 유품'이란 제목의 다큐멘터리를 준비중이었고, 필연적으로 여러 죽음의 현장을 찾았다. 〔소라게 고물상: 유품 및 신체 폐기물 수거 000-9999〕라고 적힌 명함을 발견한 건 그런 날 중 하루였다.

명함은 침대 헤드 한가운데에 정갈하게 붙어 있었다. 마치 이것을 봐달라는 듯이. 스스로 입안에 총을 밀어넣고 자살한 사람의 방이었다. 명함은 홀로 죽음을 맞이한 그가 남긴 유서였을 것이다. 현장은 거의 정리된 후였다. 피가 굳은 매트리스와 부러진 침대 헤드만이 대형 특수 폐기물로 남아 있었다. 유작가는 명함을 챙기면서, 저도 모르게 '소라게'라는 세 글자 중 앞의 두 글자에 시선을 빼앗겼다. 형사는 그 명함을 가리켜 말했다.

"요즘 종종 보이는 업체예요. 다큐 준비하신다니까 잘 아시겠지만, 현재 법률상으로 사망자의 개조 신체는 일차적으로 유족이 수거해서 보관하거나, 제조사에 반납하잖아요. 고물상이나 브로커들에게 팔기도 하죠. 곧 죽을 사람들에게 기계 신체를 담보로 돈을 빌려준다나봐요. 죽은 후 담보물을 회수해가고요."

"가져가서 뭘 하는데요?"

"모르죠. 신체 개조술이 활성화되지 않은 제3국이나 전쟁 지역에 비싸게 파는 게 그나마 남는 장사 아니겠어요? 웃긴 게, 불법은 아니에요. 기계 신체는 떨어져나가는 순간 몸이 아닌 물건에 불과하니까요. 고물상에서 쇳덩이 수거하는 데 문제될 건 없죠. 저도 거기 가봤는데, 그냥 평범한 고물상이에요. 백발의 할머니가 운영하는."

유작가는 불현듯, 소라를 태워 갔다는 검은색 유광 승합차와 그 안에 타고 있었다는 백발의 여자를 떠올렸다. 그는 명함의 번호를 작게 읊조렸다.

이후로도 여러 번 같은 명함을 발견했다. 인터넷에 검색하자 후기 두 개가 떴다. 젊었을 적 교체한 인공 안구를 담보로 돈을 빌렸다는 후기가 하나, 동네 한편에 백발을 길게 늘어뜨린 할머니가 운영하는 기이한 고물상이 있는데, 물건이 쌓이기만 하고 빠지지 않는 이상한 곳이라는 이야기가 하나. 유작가는 두번째 글을 눌러 댓글을 확인했다. 불길한 외관에 주변 땅값이 떨어질까 걱정이라는 반응과 쌓여 있는 기계 신체를 훔쳐 팔면 돈이 될 것 같다는 반응이 뒤섞여 있었다. 용기를 내 명함의 번호로 전화를 걸자, 낯선 목소리가 유작가에게 주소를 안내했다.

* * *

그곳은 무덤이었다, 라고 이후 유작가는 유서의 첫 문장에 적었다. 요람처럼 편안하고 따뜻한 무덤이었다고.

고물상은 가파른 언덕 위에 자리하고 있었다. 철조망과 목재를 엮어 만든 울타리 너머는 전선과 티타늄 뼈, 인조 근육과 신경 다발이 비져나온 사지들로 산을 이루고 있었다. 신체뿐만이 아니었다. 고물상답게 온갖 물건들, 텔레비전이나 라디오, CD플레이어와 같은 전자기기와 썩지 않는 플라스틱 그릇, 칫솔, 텀블러와 헌 옷들도 쌓여 있었다. 허리가 꼿꼿한 백발의 노인은 유작가를 안쪽 방으로 안내했다. 노인이 방 입구의 구슬발을 걷어올리며 물었다.

"당신은 담보로 걸 게 없어 보이는군. 요즘 세상에 눈알조차 교체하지 않았다니 희귀해. 하지만 걸 게 없다면 돈을 내줄 수 없어. 왜 온 거지?"

"저는 돈을 빌리러 온 게 아니에요. 소라씨를 만나고 싶습니다. 대화를 하고 싶어요."

노인은 마뜩잖은 표정으로 대꾸했다.

"뭘 얻으려고? 소라는 답을 주지 않아."

"괜찮습니다. 저는 오래도록 당신들을 찾았어요. 바라는 게 있다기보다는, 그저 소라씨를 다시 한번 보고 싶을 뿐이에요. 그리고 가능하다면 이야기를 듣고 싶습니다."

노인은 유작가를 빤히 바라보다 어디론가 향했다. 잠시 뒤에 돌아온 그는 열쇠 꾸러미를 쥔 채로 따라오라 말했다.

그는 유작가를 고물상의 지하실로 이끌었다. 이곳에 소라가 있다는 확신만 아니었으면 당장에 도망쳤을 만큼, 지하실로 향하는 계단은 수상하리만치 어두웠다. 나선형의 계단을 한참 내려가자, 어느 순간부터 공기가 습해지고 발소리의 울림이 커졌다. 지하실보다는 동굴에 가까웠다. 울퉁불퉁한 벽으로 된 통로를 지나자 광장이 나타났다. 그러니까, 광장만큼 넓은 평지가. 지상과 마찬가지로 사방에 온갖 물건들이 빼곡히 쌓여 벽을 이루고 있었고 오래된 물건에서 풍기는 곰팡이 냄새가 코끝을 간질였다. 드문드문 어스름한 조명이 광장을 둘러싸고 있었는데, 꼭 신을 모시는 제단 같기도 했다.

"소라는 이곳에 있어."

노인이 손가락 끝으로 어딘가를 가리켰다. 고물이 된 팔과 다리와 심장으로 쌓은 언덕, 드넓은 공간 한가운데에 솟은 둔덕의 맨 꼭대기에 녹슨 철제 침대 하나가 덩그러니 놓여 있었다. 옅은 레몬색 침구는 포근해 보였으며, 아주 깨끗해서 햇살 한 점 없이도 옅게 발광하는 것 같았다. 그 편안한 분위기 때문에 공간이 주는 압박감이 한결 누그러졌다. 소라는 침대에 정자세로 누워 있었다. 배 위에 양손을 올리고, 가만히. 한두 번 불러서는 깨어나지 않을 듯이 깊은 잠에 빠진 채로.

유작가는 멀리서 단번에 소라를 알아보았다. 그는 영겁을 그리워한 대상과 마주한 것처럼 떨면서 천천히 소라에게로 다가갔다. 한때 사람의 몸에 붙어 기능했을 쇳덩이들을 밟고 올랐다. 지금은 죽고 없는 누군가의 뼈와 근육과 심장을. 죽었으나 썩지 않는 신체들을. 그 한가운데서 소라는 죽은 것처럼, 죽음 그 자체인 것처럼 미동조차 하지 않았다. 몇 번이나 굴러 떨어질 뻔한 끝에 가까스로 침대 앞에 도달한 유작가는 소라의 가슴에 귀를 가져갔다. 규칙적으로 뛰고 있는 심장. 이 심장은 소라의 심장이라고 할 수 있을까.

아래에서 노인이 말했다.

"소라는 꿈을 꾸고 있어. 타인의 삶을 유영하는 중이지. 낮선 이의 몸에 붙어 있던 기계들에 둘러싸여 그들의 기억과 감정을 공유하는 거야. 잠에서 깨어나는 건 하루에 오로지 한 번, 식사할 때뿐이야."

노인은 시간을 확인하고는 덧붙였다.

"곧이군."

그때였다. 소라의 손끝이 미세하게 떨리더니, 눈꺼풀이 올라가고 검푸른 인공각막이 나타났다. 잔잔한 해수면을 닮은 고요한 눈빛이었다. 유작가는 왠지 모르게 조급해져, 소라의 손을 덥석 붙잡고는 떨리는 목소리로 말했다.

"마지막 인터뷰를 하러 왔습니다."

소라는 느리게 눈을 깜빡였다.

* * *

─타인의 삶을 사는 건 어떤 기분이죠?

─전생의 기억을 고스란히 가진 채 새로 시작하는 기분. 끝없이 환생하는 듯한.

─왜 그런 여행을 하는 건가요?

─그들과 함께하는 듯한 기분이 들어서요.

* * *

소라는 지상으로 올라와 고물상 창 너머로 비치는 햇살을 정면으로 맞으며 입을 열었다.

저는 아주 오래 잤어요. 잠을 자면 제 몸의 일부가 된 이들의 삶을 엿볼 수 있었거든요. 엿본다는 말로는 부족해요. 저는 그들이 되었답니다. 사람은 일생 동안 한 명분의 삶을 살죠. 저는 이 손을 통해 다른 모든 이들의 삶을 살 수 있었다는 말이에요. 한 꿈에 한 명. 두 꿈에 두 명. 저는 매일 밤 모두가 될 수 있어요. 외롭지도 않았어요. 그들의 가족과 친구가 모두 제 가족과 친구이니까요. 그래서 계속 잠들었습니다. 자고, 자고, 또 잤어요. 그러다 아주 깊은 잠을 자고 일어난 어느 날 저는 제가 꿀 수 있는 모든 꿈을 다 꿨다는 걸 깨닫고 또다른 삶을 찾아 밖으로 나갔습니다.

제가 잠들어 있는 사이, 세상에는 기계 신체가 안경알만큼이나 흔해졌더군요. 아, 그때의 기쁨을 뭐라고 표현할 수 있을까요. 저는 신이 났습니다. 인간에게 기생해 생을 함께하는 기계의 기억을 저는 탐냈답니다. 시간은 많았고, 저는 언제든 잠들 수 있었죠. 물론, 기계 신체만 탐난 건 아니에요. 삶에는 무수한 물건들이 스쳐가죠. 어떤 물건은 주인보다 오래 존재하고요. 아랫니 안쪽에 존재하는 교정 유지 철사, 손톱깎이, 신다 버린 운동화, 아끼는 코트에 달려 있던 단추…… 세상에는 유품이 넘쳐나요. 사람들은 그것들을 어떻게 처리하죠? 전부 가져다 버리거나, 태우거나, 애꿎은 바다에 쏟아버리잖아요. 저에게는 그 물건들 하나하나가 울지 않는 아이, 죽지 않는 노인과 같은데 말이에요. 살아 있진 않지만 누군가의 생생한 일상이 축적된 그것들을, 제가 어떻게 했겠어요?

저에게 물건은 그저 물건이 아니랍니다. 개개인의 일생 그 자체입니다. 그것들을 어떻게 외면할 수 있을까요. 그래봤자 물건일 뿐이라고 생각하시겠죠. 흔하디흔한 공산품이라고요. 틀린 말은 아니에요. 세상엔 얼마나 많은 물건들이 태어나고, 쓰임을 다하지 못한 채 버려지는지요. 저는 다만 제가 해야 할 일을, 하고 싶은 일을 했을 뿐입니다.

누군가의 유품이자 마지막 기록인 물건들을 닥치는 대로 모았습니다. 가장 좋은 건 역시 타인의 몸에 달려 있던 인공 신체였어요. 그것들을 수거해 언덕을 만들었죠. 벽을 쌓고 집안에 새집을 지었고요. 지하실은 저만의 우주나 마찬가지예요. 어둡고 무한한 공간. 저는 그 안에서 누구든지 될 수 있고, 언제든지 다시 태어날 수 있어요.

이야기를 마쳤을 땐 노을이 지고 있었다. 소라는 가만히 유작가를 바라보더니 훌쩍 왼손을 뻗어 그의 뺨을 감쌌다. 갓 태어난 듯 부드러운 인공 표피가 유작가의 늙어가는 피부를 더듬었고, 오른쪽 귀에 달린 조그만 링 귀걸이에 닿았다. 소라가 말했다.

"저는 당신도 될 수 있답니다. 당신이 거친 모든 찰나, 스쳐 지나간 기분을 고스란히 되새길 수 있어요. 궁금하지 않나요? 오롯이 혼자서 감내해온 감정을, 어쩌면 당신 그 자체일지도 모르는 시간을 누군가와 공유하는 기분이?"

소라는 싱긋 미소 지으며 손을 뗐다. 유작가는 저도 모르게 귓불로 손을 가져가 귀걸이를 만지작거렸다. 돌아가신 어머니가 남긴 순금 귀걸이였다. 외증조부가 할아버지에게, 할아버지가 할머니에게, 할머니가 어머니에게 남긴 물건이었다. 귓불에 박힌 노란 금속은 몇 세대의 기억을 고스란히 담고 있을 터였다.

유작가가 귀걸이를 만지며 머뭇거리는 사이, 소라는 느긋이 하품을 하더니 자리에서 일어섰다.

"마지막 인터뷰가 만족스러웠을지 모르겠네요. 저는 이제 식사를 하고 자러 가야 합니다."

노인이 다가와 그를 부축했다. 소라의 몸에서 삐그덕, 쉭쉭, 끼익거리는 소리가 새어 나왔다. 소라는 두번째 하품을 하며 계단 밑으로 사라졌고, 유작가는 홀로 테이블 앞에 남았다. 그는 여전히 자신의 귀걸이를 만지작거리는 중이었다.

소라는 영원히 221

모두를 이해하고 한 생에 여러 삶을 유영하는 존재라니. 그게 신이 아니면 무엇이지?

유작가는 자신이 맞닥뜨린 얼굴을 다시 한번 곱씹으며, 이내 조용히 고물상을 빠져나왔다. 기분 탓인지 널브러진 물건들이 더이상 단순한 물건으로 보이지 않았다. 그는 그것들이 썩지 않는 살점 같다고 생각하며 차에 올랐다.

이후로도 유작가는 종종 소라게 고물상을 찾았다. 하는 일이라곤 하루에 한 번 깨어나는 소라와 함께 늦은 식사나 티타임을 가지는 게 다였다. 가끔은 소라가 잠들어 있는 동안 노인과 함께 고물상을 정리했다. 재활용 가능한 것들을 따로 모아 팔거나 알음알음 찾아온 사람들에게 차용증을 쓰고 돈을 내주었다. 노인이 진행하는 개조 시술을 지켜볼 때도 있었다. 노인의 손놀림은 리듬감 있고 정확했다. 그는 가끔 원장이라고 불렸던 시절의 이야기를 해주었다. 공주와 해적과 AI 남자 이야기는 소라의 입과 노인의 입을 통해 유작가에게 전해져 한 권의 책이 되었다.

소라게 고물상은 점점 커졌다. 줄어들지 않는 엄청나게 많은 물건, 물건, 물건들. 한때는 신체였던 물건들. 누군가의 유품으로 남은 고물들이 사방에 쌓였다. 주변에서는 여전히 고물상을 향해 동네의 흉물이라며 손가락질했다. 그들에게 소라가 쌓아올린 기억의 요람은 그저 쓰레기장에 불과했으므로. 누군가의 추억이, 흔적이 한순간에 쓰레기가 될 수도 있었다. 소라는 그것들을 거두는 유일한 손길이었다.

사람은 죽어도 물건은 죽지 않는다. 썩지도 않는다. 그것들은 여전히 그렇게 있다. 소라와 같이.

더 오랜 세월이 지나, 백발의 노인이 죽었다. 노인의 인공척추와 인공관절, 인공각막은 소라의 침대 가장 가까운 곳에 자리잡았다. 유작가는 노인의 유려한 손놀림을 떠올리며, 노인의 양손이 인공 손이 아니었다는 사실에 놀랐다.

노인의 빈자리는 자연스레 유작가가 대신하게 되었다. 유작가는 그 빼곡한 공간에서 소라의 식사를 준비하고, 소라가 편히 잠들 수 있도록 집안을 지켰다. 그리고 소라의 새로운 꿈을 위한 물건을 모았다. 소라는 그 물건들처럼, 여전히 존재했고 앞으로도 존재할 것이었다. 삐걱대는 기계 팔을 또다른 기계 팔로 바꿔 끼우며, 박동이 주춤하는 심장을 또다른 심장으로 교체하며 아주 오래오래 이곳에 남아 있을 것이었다. 쓰레기장은 언덕이 되고, 산이 되고, 견고한 성이 되어 결국에는 유적이 되겠지.

유작가는 자신은 그와 달리 영원할 수 없다는 걸 알았다. 대신 영원해질 수 있는 방법을 찾았다. 그는 백발의 노인이 그토록 오래 소라의 곁에 머무른 이유를 깨달았다. 연결되고 싶은 마음. 그것은 신자에게 가닿는 목소리처럼, 어느 날 갑자기 찾아오는 계시였다.

소라와 마지막 인터뷰를 했던 날처럼 노을이 짙은 저녁이었다. 유작가는 오른쪽 귓불에서 귀걸이를 빼 테이블 위에 올려두었다. 세상의 많은 것들이 바뀌었다. 소라와 엇비슷한 몸을 지닌 이들이 생겨났으나 소라와 같은 마음을 지닌 이들은 아직 발견하지 못했다. 그는 티슈 한 장을 꺼내 그 위에 짧은 편지를 적고 그것으로 귀걸이를 감쌌다. 소라는 아직 자고 있었다. 그가 깨어났을 땐, 아마 자신이 잠들어 있을 터였다. 식사는 소라를 돕는 다른 이들이 챙길 것이다. 유작가의 머리가 세어가는 사이 고물상에는 꾸준히 오가는 이들이 생겼다. 자신을 AI라고 믿는 남자와 잃어버린 안대를 찾고 있다는 애꾸와 화학을 전공하는 대학원생이었다. 그들은 보드게임을 무척 좋아했다.

미지근한 햇살 아래 졸음이 쏟아졌다. 잠들기 직전, 유작가는 소라의 끝을 상상했다. 소라가 여행한 모든 삶의 끝을 상상했다. 그들과 함께하는 듯한 기분이 들어서요. 귓가에 소라의 목소리가, 숨결이 닿는 듯했다. 그는 손안의 물건을 가볍게 쥐어보았다. 내일은 이것을 소라에게 전해줄 것이다. 소라는 이 귀걸이를 통해 나를 기억하겠지. 어쩌면 꿈속에서 또다른 내가 되겠지. 내가 깨어나지 않는 잠에 든 후에도.

'소라. 이건 내가 남기는 기억의 살점이야. 내가 당신 꿈의 일부로 영원할 수 있기를.'

손안의 물건은 작고 부드러웠다. 다섯 손가락을 모아 만든 작은 주먹에 온기가 모였다. 손이란 사물과 타인에게 가장 먼저 연결되는 첫번째 신체였다. 그는 매끈한 금속의 표면과 마지막 인사가 적힌 티슈의 다소 거친 감촉을 되새기며 눈을 감았다.

두번째 해연

살아남아버렸다. 비상용 캡슐에서 눈뜨자마자 해연이 한 생각이었다. 처참히 금이 간 특수 강화유리 창의 틈새로 흙먼지가 새어 들었다. 캡슐에 내장된 안전장치가 제대로 작동한 덕분에 크게 다친 곳은 없었지만 추락의 충격 탓인지 사지가 부러진 듯 아팠다. 간신히 상체를 일으킨 해연은 먼저 우주선 내부를 살폈다. 팔을 뻗어 전신을 고정하고 있는 벨트를 해제하고, 조종석을 확인했다. 정신을 잃은 백연이 보였다. 백연 역시 곳곳에 찰과상을 입었으나 다행히 심한 외상은 없어 보였다. 좌석에 연동된 부상 감지 키트도 잠잠했다. 백연의 가슴과 어깨는 미약하지만 분명하게 오르내리고 있었다. 여든이 넘은 그의 신체가 이 불시착을 견뎠다는 사실이 새삼스레 기적 같았다. 아니, 그것은 기적이 맞았다. 비록 살아남은 게 죽는 것보다 나은 상황인지는 확신할 수 없지만.

해연이 조심스레 어깨를 붙잡아 흔들자 백연이 눈을 떴다. 아직 완전히 깨지 못한 그를 일으켜세우고 조종실 문을 밀었다. 꼼짝도 하지 않았다. 잘 보니 문이 맞물리는 부분이 완전히 우그러져 있었다. 뒤늦게 정신을 차린 백연이 해연의 어깨를 두드리곤 검지로 천장을 가리켰다.

'아, 비상용 탈출구가 있었지.'

비상용 캡슐의 비상용 탈출구. 만약 탈출구마저 열리지 않으면 어떻게 할지 걱정하며 해연은 개폐 버튼을 눌렀다. 다행히 덜그럭거리는 작동음이 들려왔고, 얼마 지나지 않아 조금의 틈도 없어 보이던 천장에 네모난 금이 생겼다. 그 사이가 벌어지며 외부의 빛이 새어 들었다. 희미한 빛줄기 주변으로 뿌연 먼지들이 부유하는 것이 보였다.

해연이 먼저 사다리를 타고 캡슐을 빠져나간 뒤 백연을 향해 손을 내밀었다. 백연은 한 손으로 해연의 손을, 다른 한 손으로는 압축열에 달아오른 캡슐 표면을 짚고 일어섰다. 손끝이 마른 육포처럼 붉어졌다. 백연은 미간을 약간 찌푸렸을 뿐 고통스러운 기색을 전혀 내비치지 않았다.

그들은 캡슐의 움푹 팬 곳들을 계단처럼 딛고 내려와 땅 위에 섰다. 낯선 행성에서의 첫걸음이었다. 농담처럼 무사히 당도한 부녀는 망연히 주변 풍경을 둘러보았다.

가장 먼저 눈에 들어온 건 고층건물 위에서 금방이라도 터질 듯 이글거리는 주홍빛 항성이었다. 사실 제대로 눈에 담았다고 볼 수는 없었다. 너무 눈부신 나머지 손으로 차양을 만들고 눈을 가늘게 떠야 했다. 그럼에도 자극을 받은 각막에 눈물이 고였다. 지구에서 보는 태양보다 수십 배는 클 법한 거대한 크기였다. 이토록 강렬한 항성이 떠 있는 땅이라니. 해연은 어쩌면 이 행성에 생명이 있다면, 저 항성을 신이라고 여길지 모르겠다고 생각했다.

그들이 나고 자란 지구와는 확연이 다른 하늘을 보니 차츰 조난을 당했다는 사실이 와닿았다. 다음으로 보인 건 쨍한 빛무리 아래 펼쳐진 유적지들이었다. 그러니까, 유적이라고밖에 볼 수 없는 고대 건축물의 잔해였다. 이곳은 아마 과거에 꽤 큰 도시였을 것이다. 곳곳에 우뚝 솟은 건물들은 그들이 떠나온 행성에 있던 것 못지않게 드높았고, 드문드문 부서지거나 깨진, 풍파에 마모된 간판들이 널려 있었다. 도로는 한 문명을 멸망으로 이끈 재난의 흔적을 그대로 간직한 채 덩굴식물들에게 자리를 내주었다. 높다란 건물 골조를 부지런히 타고 오른 굵직한 식물 줄기를 제외하고는 그 어디에서도 생명의 흔적을 찾을 수 없었다. 무엇보다 그곳에는 소리가 없었다. 고층건물의 뻥 뚫린 창구멍을 관통하는 바람만이 공허하고 스산하게 울음소리를 자아냈다. 살아남았다는 안도감은 찰나였다. 이미 종말을 맞은 행성임이 확실해 보였다.

하필 떨어져도 이런 곳에 떨어지다니. 해연은 은하 크루즈 선이 반파되었을 때 그대로 사망하는 것과, 고장난 비상용 캡슐을 타고 멸망한 행성에 불시착하는 것 중 무엇이 더 불행인지를 계산해보았다. 전자는 허망하기는 하다만 고통이나 후회를 느낄 틈도 없이 죽음을 맞이한다는 점에서 깔끔하다. 후자는 어쨌든 살아버렸으니 목숨을 부지하기 위해 노력해야 한다. 구조될 수 있다는 희망이 남아 있지만 어떤 희망은 때에 따라 죽음보다 가혹한 법이다. 그러니 힘은 쓰되 너무 많이 기대하지 말 것. 백연이 종종 하던 말이었다.

하지만 아직 포기하기엔 이르다. 이왕 살아남았으니, 살아야 했다.

탑승객 대부분이 비상용 캡슐을 타고 탈출했다. 분명 그들을 찾기 위한 수색이 이루어지고 있을 터였다. 한시라도 빨리 생존 사실을 알리는 게 우선이다.

해연은 손목의 통신 장치를 두드렸다. 몇 번의 버벅거림 끝에 간신히 전원이 들어왔지만 곧바로 권역 이탈이라는 경고음과 함께 완전히 다운되었다. 몇 번이나 다시 시도해봐도 마찬가지였다. 아무래도 대기권을 뚫고 들어올 때 회로가 상해버렸거나 이곳의 어떤 자연적 요인이 작동을 방해하는 듯했다.

무엇 하나 뜻대로 되는 게 없었다. 죽지만 않았다 뿐이지, 이보다 더 최악일 수가 있을까 싶어 헛웃음이 났다. 해연은 고개를 들어 저 멀리를 응시했다. 좀전까지 고층건물의 꼭대기에 찔린 듯 매달려 있던 항성이 어느새 지평선 너머로 내려가 반밖에 보이지 않았다. 기계들은 영 먹통이고 곧 열기를 띠는 항성은 사라질 것이다. 이 낯선 행성의 밤은 어느 정도까지 차가워질까. 해연은 일단 망가진 캡슐로 돌아가 쓸 만한 것을 찾아보기로 했다. 그러는 사이 백연은 뱀의 피부처럼 갈라진 바닥 위에 나뒹구는 어떤 간판 앞에 섰다. 맨손으로 이행성의 물질을 만지면 안 된다고 해연이 외칠 새도 없이, 백연은 까맣게 내려앉은 흙먼지를 슥슥 문질러 걷어냈다. 그러자 간신히 형태를 알아볼 수 있을 정도의 흐릿한 문자가 나타났다. 그는 작게 소리 내어 그것을 읽었다.

"메…… 밋트 마, 레."

메 밋트 마 레. 해연의 눈에는 어린아이의 낙서로밖에 보이지 않을 구불구불한 문자였다. 타오르는 불을 그린 것 같기도, 공중으로 퍼지는 연기 같기도 했다. 그 밑에 적힌 기호는 아마도 숫자와 비슷한 기능을 하는 것 같았다. 한평생을 언어해독학자로 일한 백연은 그 문자가 꽤 낯익었다. 기억이 틀리지 않았다면, 그것은 오래전 운석 충돌과 빙하기를 겪으며 황폐해졌다는 적황성의 언어였다. 엄밀히 따지자면 이 행성의 모든 지적 생명체가 사용한 언어는 아니었으나, 공용어로 불릴 만큼 가장 널리 쓰이던 언어임은 맞았다. 적황성에는 삼만여 개에 달하는 소수 언어가 존재했다. 그 모두를 전부 해독하는 건 불가능했지만, 백연이 마지막으로 참여했던 문명 기록 작업에서 공용어만큼은 칠십 퍼센트 넘게 프로그램화시킨 터였다. 캡슐 안에서 뭔가를 한아름 안고 나오는 해연에게 백연이 말했다.

"여긴 적황성이야. 내가 해독했던 언어다."

해연은 잠시 고민하다 입을 열었다.

"크루즈선 반파 지점이 안드로메다은하 초입이었으니, 맞을 수도 있겠네요. 그럼 한 번 와본 곳인가요?"

"옛날에 잠시 발만 디뎌봤지. 대부분 원격으로 연구했거든."

문명 기록 작업이란 한때 백연이 매진했던 프로젝트로, 우주에서 종말을 맞은 문명을 찾아 그 원인과 사멸 과정을 조사하고 시뮬레이션을 통해 지구에서의 실현 가능성을 계산하는 연구였다. 타 문명이 스러진 이유를 알아야 인류가 그와 같은 전철을 밟지 않을 수 있다는 취지에서 시작된 연구로, 세계 각국의 정부는 물론 큼지막한 기업들이 대거 참여했다. 초창기에 예상한 총 소요 기간은 수백 년 이상이었다. 기술이 발전하면서 진행이 빨라지고 있다고는 하지만 새로운 사문명이 끝없이 발견되고 있어 프로젝트는 여전히 진행중이었다. 백연은 4

기 연구에 합류해 은퇴 전까지 타 행성의 언어를 해독하는 일을 맡았다. 언어 해독이라 하면 아직도 대부분의 사람들은 안경 쓴 이들끼리 둘러앉아 낱말 맞추기 게임 비슷한 걸 하는 모습을 떠올리겠지만, 웬만해서는 자료를 업로드하면 프로그램이 알아서 해독값을 도출해냈다. 백연의 일은 그렇게 나온 결괏값을 이용해 긴 글을 번역하며 오류가 없는지 살피고, 낯선 언어가 가지는 고유의 특성을 파악하는 것이었다. 한동안 적황성의 언어를 연구하긴 했지만, 너무 많은 시간이 흘렀으므로 백연은 자신이 그 간판을 읽으리라고는 예상하지 못했다. 불현듯 떠오른 음절을 홀린 것처럼 읊조리며 그는 스스로도 당황했다.

"기억이란 이런 거군. 완전히 잊은 줄 알았는데 찰나의 자극에 불쑥불쑥 튀어나와. 영영, 아주 사라진 것 같은 기억들도 사실 어딘가에는 남아 있으려나?"

해연은 그의 혼잣말을 들었지만 답하지 않았다. 대꾸해봐야 아무 의미 없는 말이었다. 대신 캡슐 안에서 찾아낸 것들을 그의 앞에 내려놓으며 말했다.

"여기가 진짜 적황성이라면 밤을 조심해야 해요. 적안 인류는 빙하기 때문에 멸종했으니까요. 우리 지구인에게도 가혹한 추위일 거예요."

다행히 캡슐 안에는 체온 보존 슈트가 있었다. 항성열로 충전되는 자가발전 타입으로, 별다른 조치 없이도 사용이 가능했다. 탑승 인원에 맞게 딱 두 벌이었다. 태양을 닮은 항성이 모습을 완전히 감추고 나면, 이제 곧 한 행성의 생명을 전멸시킬 추위가 찾아올 거였다.

"착용하는 법 알죠? 저보다 안전교육을 몇 배는 더 들으셨을 테니까."

해연이 자신 몫의 슈트에 다리를, 그다음 팔을 꿰는 동안 백연은 바닥에 펼쳐진 슈트와 해연을 번갈아 보았다. 멍한 낯에 당혹과 불안이 넘실거렸다. 이상한 일이었다. 어째서 수십 년 전에 연구한 언어는 이토록 선명한데, 눈앞의 물체에 대해서는 아무것도 떠오르지 않는 걸까. 뇌 일부가 맑게 표백된 것 같았다. 입력 정보 없음. 유실 혹은 오류. 재입력 요망. 백연은 백지 같은 안색으로 슈트를 집어든 채, 결국 도움을 요청했다.

"이걸…… 어떻게 입더라?"

난생처음 마주하는, 익숙한 것이 일으킨 역설. 진즉 착용을 마친 해연이 백연을 올려다보았다. 금방이라도 울 것 같은, 짓무른 감을 닮은 얼굴을. 사실 이전에도 몇 번 목격한 표정이었다. 백연의 병이 착실히 진행중이라는 증표나 마찬가지였다. 해연은 차분히 백연의 손에 들린 슈트를 가져와 목에서 배까지 일직선으로 이어진 지퍼를 내린 다음, 양손으로 슈트를 벌려 들고 백연의 뒤에 섰다.

"옷을 입는 것과 똑같아요. 먼저 한쪽 발을 이쪽 구멍에 넣고, 다른 쪽 발도 넣고, 양팔을 넣으세요. 지퍼를 올린 후 왼쪽 팔등의 전원 버튼을 누르면 작동해요. 오른쪽 팔등에는 설정값을 변경할 수 있는 버튼이 있어요. 두 번 누르면 자가발전 타입으로 전환돼요."

"옷을 입는 것처럼……"

백연은 해연의 설명에 따라 천천히, 두어 번 넘어질 뻔한 끝에 슈트를 입을 수 있었다. 배꼽까지 내려간 지퍼를 다시 올리고 후드까지 쓴 뒤 전원 버튼을 누르자 빠르게 훈기가 돌았다. 그의 옅은 눈동자에 명백한 안도와 약간의 자괴가 비쳤다.

슈트를 입기 무섭게 어둠이 찾아왔다. 당장 얼어죽을 걱정은 사라졌지만 과연 언제까지 버틸 수 있을지는 미지수였다. 식량 또한 넉넉지 않았다. 캡슐 안에 약간의 비상식량이 남아 있었으나 한 달은 버틸 수 있을까 싶은 양이었다.

두 사람은 폐자재 더미 안쪽에 몸을 누였다. 추락하면서 캡슐에서 떨어져나온 철판을 모아 조금이라도 외풍을 막을 수 있게 겹쳐 쌓은 후, 사방으로 뻗은 덩굴을 끌어와 깔자 그럭저럭 발 뻗고 잘 만한 공간이 되었다. 눈앞에 별 박힌 하늘이 펼쳐졌다. 당장이라도 쏟아질 듯 무수한 별들. 생명이 살 수 없는 행성과 번성하는 행성, 죽어가는 행성과 막 태어난 행성들이 전부 같게 보였다. 아주 미세한 반짝임의 차이만 있을 뿐이었다. 까무룩 잠이 들려는 찰나, 이미 잠든 줄 알았던 백연이 말했다.

"이러니까 꼭 옛날 생각이 난다."

"어떤 생각이요?"

"그애가 아주 어렸을 때 왔던 내 연구실. 너도 기억하지?"

해연은 고개를 끄덕였다.

"천장이 둥글고 투명했잖아요. 어두운 하늘에 꼭 지금처럼 별들이 콕콕 박혀 있었어요. 처음엔 크고 밝은 별이, 이어서 그로부터 깨져 나온 듯한 자잘한 별들이 보였죠. 크고 작은 망원경이 수십 개였고, 화면엔 우주 곳곳에서 수집한 데이터들이 미세한 전자음을 내며 실시간으로 쌓여갔어요. 누렇게 빛바랜 겹겹의 서류들이 천장까지 닿아 있었고, 당신은……"

백연이 해연의 말을 끊었다.

"그래, 정말 다 기억하는구나."

그럼요. 저는 기억으로부터 태어났는걸요. 해연은 속으로 생각한 말을 삼켰다. 대신 눈을 감고 그곳을 떠올렸다. 투명한 돔 너머로 반짝이던 수많은 별들. 오래된 쇠와 제습제 냄새. 묵은 먼지 때문에 간지럽던 코와 손등. 고개를 돌리면 두툼한 뿔테안경을 쓰고서 타 행성의 언어를 퍼즐처럼 짜맞추는 백연이 있었다. 도수가 낮은 투명한 알 너머로 맑은 그의 두 눈이 또렷하게 보였다. 지금보다 팽팽하던 눈꺼풀과 바둑알처럼 깨끗한 흰자와 짙은 동공. 그때 그는 세상의 어떤 풍파도 견딜 수 있을 것처럼 단단해 보였고, 한여름의 야자나무처럼 생기로웠다.

해연이 진짜 해연일 때의 일이었다. 곧 묘한 허무와 이질감이 뒤따랐다. 모두 전송받은 감각 파일에 불과한 기억이다. 백연의 말 한마디에 의해 미련하게 반복 재생되고 있는. 그러나 그 순간은 진즉 사라졌다. 존재하지 않는다. 해연은 종종 왜 정통 인간들이 평소에는 잘 떠올리지도 않는 '추억'이라는 것에 집착하는지 궁금했다. 보이지 않고 만질 수 없기에 더 붙잡고 싶은 걸까? 보관함으로서 존재하는 비정통 인간을 만들면서까지? 하지만 영원을 추구한다면 이런 유사 신체보다는 아예 기계를 이용하는 편이 나을 것 같은데.

사람의 몸은 영원할 수 없다. 은하 건너 우주를 횡단하는 시대가 왔음에도 그 간결한 사실만은 변하지 않았다. 슈트를 입힐 때 보았던 백연의 앙상한 등이 떠올랐다. 알아서 소멸하겠다는 듯이 점점 부피를 줄여가는 육체와 함께 그의 정신 역시 부스러기처럼 흩어지고 있었다. 그러다 문득, 해연은 언젠가 홀로 남을 자신에 대해서 생각했다. 상상의 배경을 어디로 설정해야 할지 감이 잡히지 않았다. 도착한 이곳일까, 아니면 떠나온 저곳일까? 다시 돌아갈 수 있을까?

정자세로 누워 불투명한 미래의 심란함을 맛보던 와중이었다. 잠자리가 불편한지 몸을 뒤척이던 백연이 불쑥 말했다.

"미안하다. 이렇게 되어서."

해연은 돌아누우며 답했다.

"괜찮아요. 전부 푸딩 때문인걸요."

"푸딩. 맞아, 푸딩이 있었지."

백연은 얼마 지나지 않아 코를 골며 잠들었다. 해연 역시 잠을 청하려고 눈을 감았다.

불시착 1일 차. 생존자는 둘. 숨을 거두기 직전의 노인과도 같은 이 행성에는 아무도 없다.

* * *

화성에서 액체형 신연료가 발견된 것이 시작이었다. 우주 항해 기술은 상용화된 지 오래였으나 그간 법률상 연구 목적으로만 쓰였다. 민간 항해가 금지됐던 이유는 안전이나 기술의 한계 때문이 아니라 에너지자원 고갈을 염려했기 때문이었으므로, 모든 제한으로부터 자유로운 신연료의 등장은 지구인들에게 새로운 지평을 열어주었다.

가장 먼저 우주 항해 관련 규제가 대폭 완화되었다. 현존하는 거의 모든 기업이 뛰어들어 신연료의 가공을 연구한 끝에 불과 오 년 만에 지구상의 모든 에너지원을 대체할 수 있는 연료가 보급되었다. 신연료의 유통권을 획득한 기업들이 연이어 민간인 우주여행 사업에 뛰어들었고, 사람들은 연구자나 사업가, 혹은 목숨과 시간을 담보 잡힌 무기한 계약 노동자가 아니어도 우주로 갈 수 있다는 꿈에 부풀었다. 우려의 목소리도 있었지만 대개는 구닥다리 안티 백서 취급을 받았다. 인류의 새로운 도약을 향한 기대와 설렘의 한복판에서 '우주 푸딩'이 탄생했다.

우주 푸딩의 정식 제품명은 '우주를 횡단하는 자들을 위한 처음이자 마지막 디저트, 드림 오디세이 푸딩'으로, 은하 간 크루즈 여행 오픈을 기념해 최초의 민간 우주여행 전문 여행사에서 대기업과 협력하여 출시한 한정판 간식이었다. 푸딩은 과열된 흥분에 걸맞게 맛도 모양도 화려했다. 티끌 한 점 없이 깨끗한 표면을 자랑하는 클래식한 푸딩에서부터 각종 시럽이 행성 무늬처럼 우아하게 마블링된 특제 푸딩까지, 종류도 다양했다. 불티나게 팔리는 건 당연한 수순이었다. 어느 마트를 가도 아슬아슬할 만큼 높은 푸딩 바벨탑과 '출시 기념 특가 할인!' '우주여행에 당첨되는 행운의 주인공이 되어보세요!'라고 적힌 광고판을 볼 수 있었다.

'1세트(5EA) 구입시 20퍼센트 할인. 3세트 구매시 1세트를 더 드려요.'

그래서 해연은 총 네 세트를 샀다.

결과적으로 그날 해연이 마트에서 푸딩을 사 오지 않았다면 백연과 해연은 다섯시 십분발 g09호 크루즈선에 몸을 싣지 않았을 테고, 지금쯤 집에서 함께 OTT나 보다가 각자의 방에서 이불을 덮고 잠들었을 것이다. 어쩌면 늦은 시간까지 잠을 설치며 심야 방송을 전전하다 속보를 보았을지도 모른다. 세번째 항해를 나선 은하 간 크루즈선이 산산조각났다는 속보를. 그러므로, 이건 전부 푸딩 때문이다. 오로지 푸딩의 탓이다.

퇴직 후 한동안 활발히 노년을 즐기던 백연은 반려자 해인이 병으로 세상을 뜬 이후 눈에 띄게 말이 없어졌다. 하루종일 아무것도 하지 않고 멍하니 앉아 있다가 끼니를 거르기 일쑤였다. 푸딩은 그런 백연이 그나마 즐겨 먹는 디저트로, 해연의 취향과 겹치는 거의 유일한 음식이기도 했다. 그는 저녁식사 후엔 꼭 정해진 찻숟가락과 푸딩을 찾았다. 냉장고에 푸딩이 떨어지지 않게, 너무 적지도 많지도 않은 양을 늘 구비해두는 건 해연이 백연을 위해 할 수 있는 몇 안 되는 일 중 하나였다.

신상 푸딩을 사 온 저녁이었다. 해연은 백연의 앞에 뚜껑을 반쯤 벗긴 푸딩과 찻숟가락을 놓아주고서 식탁을 정리했다. 정리를 마칠 때까지 백연은 꼼짝도 않고 푸딩을 바라보고만 있었다. 해연이 앞치마를 벗으며 왜 그러냐고 묻자, 백연은 먹고 싶지 않다고 답했다. 그의 길 잃은 시선과 웅얼거리는 음성이 단지 입맛의 문제가 아니라는 걸 말해주고 있었다. 평생을 언어 연구에 매진한 그는 평소에 마치 오류를 용납하지 않겠다는 듯, 생활 루틴을 정해두고 사소한 습관까지 철저하게 관리했다. 저녁 디저트를 건너뛰는 건 특별히 몸이 안 좋은 경우가 아니라면 있을 수 없는 일이었다. 해연은 거실을 지나쳐 곧장 방으로 들어가려는 그를 붙잡았다.

"이미 뚜껑 열었는데."

"너 먹어라."

"어디 안 좋으세요? 무슨 일이 있다든가."

"무슨 일은."

"그럼 같이 먹어요. 뉴스 보면서."

해연은 다시 백연을 식탁 앞으로 끌고 왔다. 제 몫의 푸딩을 가져와 앞에 두고, 먼저 찻숟가락을 들었다. 거실에 틀어놓은 텔레비전에서는 크루즈선의 성공적인 첫 항해를 축하하는 뉴스가 나오고 있었다. 해연은 찻숟가락을 손가락 사이에 끼우고, 덜렁이는 비닐 뚜껑을 잡아 완전히 뜯어냈다. 빙판처럼 판판한 표면에 숟가락 끝을 박아넣었을 때, 백연도 찻숟가락을 들었다. 그러고는 어딘가 부자연스럽게 해연을 따라 손가락 사이에 찻숟가락을 끼우고 뚜껑을 뜯었다. 분명, 그건 따라 하는 몸짓이었다. 백연은 찻숟가락을 손가락 사이에 끼우는 사람이 아니었다. 늘 뚜껑 먼저 완전히 벗긴 후 숟가락을 들었지. 아니나다를까 마른 손가락 사이에 간당간당하게 껴 있던 찻숟가락이 바닥으로 떨어졌다. 해연은 제 쪽으로 굴러온 그것을 주워 싱크대에서 헹군 뒤 다시 백연에게 건넸다. 백연은 눈앞의 작은 음식을, 무척 끔찍한 것을 대하듯 바짝 굳은 채로 응시했다. 얼마간의 침묵이 흐른 후에 그는 푸딩을 가리키며 물었다.

"이거, 어떻게 먹는 거였지?"

"……푸딩이잖아요."

"그러니까 어떻게 먹는 거더라, 이거."

해연은 최대한 태연히 찻숟가락을 백연의 오른손에 쥐여주었다. 그리고 백연의 마른 손을 부드럽게 감싸쥐고서 푸딩을 떠 그의 입안에 넣어주었다.

"이렇게 먹는 거예요. 신상 푸딩이래요."

"어디선가 먹어본 맛이야."

백연은 사색이 된 채로 우주 푸딩을 깨끗이 비웠다. 해연도 맞은편에 앉아 마저 먹었다. 푸딩은 특제라는 말이 무색하게 평범한 맛이 났다.

백연이 잠든 뒤 해연은 밤이 새도록 치매와 건망증에 대해 찾아보았다. 자가 진단법과 징후가 정리된 글을 보자 왜 그동안 알아채지 못했나 싶을 만큼 해당되는 것이 많았다. 다음날 해연은 가기 싫어하는 백연을 끌고서 신경 전문 병원으로 향했다. 백연은 온종일 수십 개의 검사를 거친 끝에 퇴행성 뇌질환을 진단받았다. 알츠하이머 3차 변이형으로 보이며, 진행 속도를 늦추기 위해서는 지속적인 내원과 치료가 필요하다는 처방도 함께였다.

부서진 신체를 짜맞추고 손상된 장기를 교체할 수는 있었으나 노화 자체를 막을 수는 없었다. 기술에는 중간이 없어서, 차라리 새 몸으로 옮겨가는 건 가능했다. 백연이 택할 리 없는 방법이었지만.

백연은 진단 결과를 부정했다. 나이들어 건망증이 좀 심해진 걸 가지고 무슨 유난을 떠냐는 거였다. 반평생 교수님이라는 호칭으로 누군가를 가르치며 살아온 그는 유달리 자신의 상태를 받아들이기 어려워했다. 그로 인해 해연과 한참을 다퉜다. 싸우는 중에 서로에게 해서는 안 될 말들이 탁구공처럼 가볍고 빠르게 오갔다. 존재를 부정하고, 죽은 이를 탓하는 말들이었다. 그리고 까마득한 침묵이 찾아왔다. 그들이 한 공간에서 대화 한마디 없이 지내는 동안, 원래도 조용하던 집은 흡사 진공상태와 같아졌다. 동력을 잃은 원망과 불안의 찌꺼기들이 허공에 가만히 떠 있었다.

진단을 받은 후 백연이 제일 크게 느낀 감정은 공포였다. 그는 두려웠다. 자신이 백 년에 가까운 시간 동안 축적한 지식과 기억이 한순간에 납작해지리라는 예감이. 보이지 않는 저만의 서랍에 늘 존재하던 애증의 순간들이 언젠가는 부옇게 뭉개질 거라는 사실이. 백연에게 기억이란 인간을 인간으로 존재할 수 있게 하는 고유의 암호였다. 그것들을 전부 잃을 거라고, 이내 아무것도 남지 않은 텅 빈 껍데기가 될 거라고 선고받은 셈이었다. 그는 계속해서 현실을 부정했다. 그러나 해연이 외출을 한 어느 날, 사라진 텔레비전 리모컨을 찾다 거실을 난장판으로 만들어놓고서 분에 못 이겨 아이처럼 울고 말았을 땐 인정할 수밖에 없었다. 저녁에야 돌아온 해연은 허공에 대고 텔레비전을 켜달라고 말했다. 십 년도 더 전에 실물 리모컨을 없애고 음성 인식과 웨어러블 디바이스만 남겼다는 사실이 그제야 떠올랐다.

그는 자신의 뇌가 전과 같지 않다는 사실을 받아들이기로 했다. 수시로 사라지는 기억을 붙잡기 위해서라면 무엇이든 하고 싶었다. 백연은 다음날 아침 식탁 앞에서 해연에게 자신의 생각을 전했다.

"내가 가장 빛났던 시절을 되짚고 싶다. 외계의 언어를 해독하며 여행하던 전성기를. 그땐 지구에서 아무리 먼 곳에 떨어져 있어도 두렵거나 외롭지 않았어. 언제든 돌아오면 반겨줄 해인이와 그애가 있었으니까. 그 시절을 조금이라도 구체적으로 되새기고 싶구나. 평생 문명의 궤적을 좇았으니 이제는 나 자신을 아카이빙하고 싶다."

"성실히 복약만 하겠다면 다 좋지만…… 어떻게요?"

"다시 우주에 갈 거야."

백연의 시선이 식탁 위에 덩그러니 올려져 있는 푸딩 뚜껑에 가닿았다. 세계 최초 은하 간 크루즈 패키지 오픈. 일련번호를 확인해 경품을 받아보세요. 자세한 내용은 홈페이지에.

해연은 백연이 내민 휴대폰을 내려다보았다. 작은 화면 안에서 연신 폭죽이 터지고 알록달록한 풍선이 해파리마냥 떠다녔다. 당황스러울 만큼 단순하고 활기찬 모션에 헛웃음이 났다. 새로고침을 해보아도 마찬가지였다. 해연은 끈적한 푸딩 뚜껑에 프린트된 행운의 일련번호와 휴대폰 화면을, 자못 뿌듯해 보이는 백연의 얼굴을 순서대로 눈에 담았다. 지금의 감정을 일부나마 표현해줄 단어는 딱 하나였다.

"대박."

해연은 깊게 숨을 들이마신 후, 곧장 큰 태블릿 PC를 챙겨 왔다. 이벤트 상세 페이지에 들어가 은하 간 크루즈 여행에 관한 정보를 훑었다. 1등 경품은 은하 간 크루즈 여행 2인 이용권. 당첨자는 푸딩 뚜껑을 꼭 지참하고 본사에서 티켓으로 교환하라는 안내 문구가 떠 있었다. 탑승은 원하는 회차에 할 수 있었다. 지구에서 출발해 화성, 목성, 금성과 크고 작은 행성들을 거쳐 옆 안드로메다의 끝자락에 위치한 켈베성을 찍고 돌아오는 반년짜리 일정이었다. 두번째 항해는 이미 예약이 끝났다. 다음 항해 예약 오픈일까지는 아직 시간이 남아 있었다. 해연은 진단을 받기 전부터 백연이 우주를 누비며 낯선 문명을 이해하려 애쓰던 시절을 그리워한다는 걸 알았다.

"두번째 항해가 무사히 끝나는지 확인하고 결정해요. 병원은 당장 내일부터 가고요."

그리고 아마, 진짜 해연이라면 빠뜨리지 않았을 말을 덧붙였다.

"저도 함께 가는 거예요."

백연은 믿을 수 없다는 표정으로 한참 동안 해연을 바라보더니 이내 떨떠름하게 답했다.

"그래. 아무래도 표를 두 장 주니까."

일주일 후 해연은 지퍼백에 넣은 푸딩 뚜껑을 은하 간 크루즈선 티켓 두 장으로 바꿨다. 최첨단 기술을 이용하는 경품인 것치곤 아날로그적인 수령 방법이었다. 안내 사항을 전달받는 동안 해연은 별안간 찾아온 이 무시무시한 행운으로부터 어떤 불길함을 감지했다. 티켓을 들고 기념사진을 찍으며 해연이 존재한 이래 저장된 모든 순간들을 뒤적였다. 삼십 년 가까이 축적된 시간 중 비현실적인 확률의 당첨이 딱 한 번, 존재하긴 했다. 죽음이었다.

육 개월 뒤, 은하 간 크루즈선의 두번째 항해가 별 탈 없이 끝났다. 몇 번의 시도 끝에 해연은 세번째 항해를 무사히 예약했다. 그사이 백연은 현관문 여는 법과 커피 머신 작동법을 잊어버렸다. 한 달에 한 번씩 만나던 친구의 얼굴도 잊어 길거리에서 알은척을 해오는 그를 쌩하니 지나친 적도 있었다. 당황한 친구가 쫓아와 소란을 일으킨 후에야 그는 상대의 얼굴과 이름을 기억해냈다. 그러나 끝내 두 사람이 얼마나 각별했는지까지는 떠올리지 못했다. 어떤 기억은 다시 돌아왔지만 일부는 그러지 않았다. 갈수록 후자의 빈도가 늘어갔다. 망각은 허기진 쥐처럼 백연의 일상을 파먹었다.

그는 조급해졌다. 소중한 걸 잃어버린 후 그걸 잃어버렸다는 사실조차 알지 못하게 될까 두려웠다. 그래서 일기를 쓰기 시작했다. 기록은 그가 병에 맞서 할 수 있는 유일한 저항이었다. 아침에 무엇을 먹었는지, 누구와 어떤 대화를 나누었고 그때의 기분은 어땠는지, 지루했는지 반가웠는지, 짜증났는지 그럭저럭 나쁘지 않았는지, 아주 조금이라도 웃었는지 등, 사소한 것 하나하나를 다 적었다. 적은 후엔 그것들을 다시 읽으며 곱씹었다.

일기 쓰기가 강박에 가까운 습관으로 굳어진 어느 날 백연은 공책 한 면이 텅 비어 있는 것을 발견했다. 문제는 그날 왜 일기를 쓰지 않았는지, 대체 무엇을 했는지 하나도 떠오르지 않는다는 사실이었다. 그는 해연에게 자신이 그날 무얼 했느냐고 물었다.

"평소랑 똑같았는데요. 책도 읽고, 산책하고. 저녁은 닭볶음탕이었어요. 푸딩도 먹었고."

"이상한 건 없었어?"

"아."

해연이 뭔가 생각난 듯한 얼굴로 입을 다물었다. 백연이 재촉하자 그는 대수롭지 않다는 듯이 말했다.

"저를 이름으로 불렀어요. 해연아, 하고."

해연과 백연은 민간 우주여행이 시작된 지 일 년 반 만에 나란히 은하 크루즈선에 올랐다. 백연은 더 말수가 없어졌다. 식사와 디저트 사이에 복약이 루틴으로 더해졌다. 알약들은 어린애들에게 사탕이라고 속일 수 있을 만큼 빛깔이 고왔다.

항해는 순조로웠다. 크루즈선은 계획대로 여러 행성을 거쳐 안드로메다 은하로 향하는 홀에 접근했다. 대지 없이 높은 밀도의 기체만으로 이루어진 행성도 있었고, 아름다운 무늬의 협곡을 지닌 위성도 있었다. 제공되는 음식은 훌륭했으며, 매일매일 다양한 쇼와 특강이 펼쳐졌다. 당첨자에게 제공되는 VIP 객실에는 일반 객실에 없는 큰 창이 있었는데, 그 너머로 우주인지 심해인지 구별할 수 없을 만큼 깜깜한 어둠이 펼쳐졌다. 우주의 어둠은 지구의 어둠과는 달랐다. 밝음과 대비되는 어둠이 아니라 텅 비어 한없이 깊게 존재하는 어둠이었다.

하루하루 지날 때마다 그들은 자신이 이 우주에서 얼마나 사소한 존재인지를 실감했다. 작고 작아지는 기분이 이상하게도 무척 편안했다. 백연의 질환도 별것 아닌 것처럼 느껴졌다. 해연은 백연이 어째서 그토록 우주에 가기를 바랐는지 알 것 같았다.

그는 확실히 생기 있어 보였다. 백연은 매일 열심히 사진과 영상을 찍어 기록했다. 아는 행성을 지날 땐 흥분해서 해연에게 관련한 지식들을 미주알고주알 떠벌리기도 했다. 언젠가 백연이 직접 발디뎠던 행성도, 멀찍이서 바라보기만 한 행성도 모두 지나쳐 갔다. 해연은 그런 시간이 나쁘지 않았다. 어쩌면 기쁘다는 감정에 가까웠을지도.

'기쁘다니, 나는 정말 그애가 되고 싶은 걸까.'

지구에서는 깊게 고민해보지 않은 문제였다. 무의미한 상념에 젖어드는 건 이곳이 끝을 가늠할 수 없는 우주이기 때문일 테다. 해연은 단순히 저장된 기억을 훑는 것을 넘어 제 것이라 할 수 없는 그것을 곱씹고, 새로운 기억으로 덧씌우거나 비교하는 자신이 낯설었다. 그러다보면 멀미와 비슷한 울렁임이 찾아왔고, 문득 이 항해가 끝난 후의 자신이 궁금해졌다. 크루즈선의 승객 대부분이 비슷한 울렁임에 시달렸으며, 그게 신연료 배터리와 구형 우주 항해선 간의 싱크로율 문제 때문이라고는 생각지 못했다.

선내 식당에서 식사를 마친 후 객실로 돌아와 각자의 시간을 보내고 있을 때였다. 백연은 역시나 뭔가를 써 내리는 중이었고, 해연은 따뜻한 차를 홀짝이며 창 앞에 서 있었다. 어째선지 다른 때보다 바깥 풍경이 산만했다. 세탁을 잘못한 옷감처럼 어둠의 농도가 균일하지 않았고, 우주 쓰레기 같은 부유물도 많이 보였다.

누군가 객실 초인종을 눌렀다. 방문 알림 홀로그램의 신원 및 직함란에 백 오피스 승무원이라는 글자가 떴다. 백연이 용건을 묻자, 승무원은 더없이 친절한 목소리로 확인할 것이 있다고 했다.

찻잔을 내려놓고 일어나는 순간, 또다시 아득한 울렁임이 일었으나 늘 그랬듯이 금방 괜찮아졌다. 필기구를 떨어뜨렸는지 숙였던 허리를 일으키던 백연과 눈이 마주쳤다. 시간이 흐른 뒤 해연은 종종 그 마주침을 떠올리며 생각했다. 진짜 해연이라면, 그 순간에 어떤 조짐을 감지했을지도 모르겠다고. 하지만 진짜가 아닌 자신은 그러지 못했다. 문을 열자, 목소리와는 달리 경직된 눈매의 승무원이 출성 수속 때 제출한 신분증 사본과 서류 더미를 내밀며 말했다.

"서류 중 특이한 점이 발견되어 확인차 왔습니다. 해연님의 신원이 한 번 말소되었던 기록이 있는데, 사유를 알 수 있을까요? 지난 항해에서 신원을 위장한 탑승객이 타 행성의 자연물을 밀수하려다 적발된 사례가 있었던 터라 신원을 보다 엄격히 확인하고 있습니다. 사유 확인이 어려울 시, 관광항해법 2조 5항에 따라 하선 후 손해배상 청구 및 경찰 조사가 있을 수 있습니다. 양해 부탁드립니……"

충돌은 그 말이 채 끝나기도 전에 찾아왔다.

아니, 그것을 찾아왔다고 하는 것이 맞나? 크루즈선이 그쪽으로 찾아갔다고 하는 게 더 정확하지 않을까?

쿵 소리와 함께 선체에 무시할 수 없을 만큼의 진동이 일었다. 창밖 부유물들이 빠르게 어디론가 흘러가고 있었다. 꼭 빨려들어가는 것처럼. 승무원은 해연의 신원이 말소되었던 이유를 듣지 못했다. 비상경보가 발령되고 전 승무원이 호출되어 당혹스런 얼굴로 떠나야 했기 때문이다. 근방의 소행성이 폭발해 블랙홀과 유사한 이상 에너지가 발생했다는 기장의 안내 방송이 들려온 건 그로부터 이 분가량이 지나서였다. 선장은 크루즈선에 자체적인 외부 에너지 차단 시스템이 장착되어 있으므로 승객들은 걱정할 필요가 없다고 전했다. 태양계를 막 벗어났다는 항로 안내가 이어졌다.

해연은 다시 창밖을 바라보았다. 그럴 리가 없는데, 저멀리 뿌연 빛무리 같은 것이 흔들리는 듯했다. 불쑥 시야가 흐려진다 싶더니 헛구역질이 올라왔다. 해연뿐만이 아니었다. 백연도 가슴팍을 붙잡고 헛구역질을 해댔다. 그제야 선체의 중력 조절 기능에 문제가 생겼을지도 모르겠다는 생각이 들었다. 우주선의 가장 기본적인 기능에 문제가 생긴 거라면 외부 에너지 차단 시스템이 제대로 작동했을까 우려하는 순간, 어디선가 폭발음이 들려왔다. 멈췄던 비상경보가 재개되었다. 해연은 어지러운 머리를 붙들고 간신히 창문 앞에 섰다. 빛무리가 아니었다. 운석인지 뭔지 모를 덩어리들이 정면에서 날아오고 있었다.

* * *

두 사람이 눈을 떴을 땐 다시 떠오른 항성의 열기가 지반을 적당하게 달군 후였다. 망가진 캡슐을 고쳐보려고 다시 한번 안간힘을 썼지만 전원조차 들어오지 않았다. 슈트를 벗은 그들은 일단 고도가 높은 곳으로 올라가보기로 했다. 과거 문명 기록 작업 때 탐사 대원들이 설치한 연구본부가 어딘가에 남아 있을지도 모른다는 백연의 추측 때문이었다.

"값비싼 중요 장비들은 당연히 가지고 철수하지만, 그렇지 않은 것들은 화물 무게를 줄이기 위해 버리고 가는 경우가 많았다. 내가 알기로 적황성은 언어의 종류가 무척 다양해서 연구 규모가 컸어. 그때 가져온 장비들을 전부 도로 가져가지는 못했을 거다."

 백연이 적황성의 언어를 연구한 건 수십 년 전이었다. 심지어 수십 년이라는 시간 개념도 그들이 사는 지구의 기준에 따른 것일 뿐, 이 행성에서는 얼마나 오랜 시간이 더 흘렀을지 알 수 없었다. 그럼에도 믿어볼 수밖에 없었다.

 해연과 백연은 눈에 보이는 건물 중 가장 높은 곳을 찾아 올랐다. 주거용으로 설계된 듯한, 분홍 벽돌로 된 이십층짜리 건물이었다. 계단의 골조는 멀쩡했지만 곳곳이 함정처럼 뻥뻥 뚫려 있었다. 그들은 다섯 층마다 쉬었다가 오르기를 반복했다. 그렇게 꼭대기 층에 도착하자마자 백연은 기진맥진해졌다. 해연도 크게 다르지 않았다. 시간이 얼마나 지났는지 알 수 없었고, 땀이 비 오듯 쏟아졌다. 널브러진 채 또 한참을 쉬었다. 가까스로 일어난 백연이 본래는 창문이 있었을 뚫린 벽 쪽으로 다가갔다. 높이 떠 있는 항성에서 내리쬐는 빛과 열기가 너무 강해 눈을 제대로 뜰 수 없었다. 해연은 바닥에 굴러다니던 넓적한 판을 주워 백연에게 다가가 정수리 위에 대주었다. 약간의 그늘이 생기자 조금 더 멀리 내다볼 수 있었다.

 그의 기억이 맞는다면 당시 가장 큰 연구본부가 있던 곳은 전날 백연이 간판에서 읽은 언어 생활권 내였다. 본부는 자료가 많은 도심 근처에 설치되곤 했으니, 이런 고층건물 밀집 지역이라면 분명 뭔가 남아 있을 터였다.

백연은 겉옷을 뒤져 조그만 휴대용 망원경을 꺼냈다. 은하 여행을 계획하면서 제일 먼저 챙긴 물건이었다. 조난은 예상에도 없었고, 단지 우주의 풍경을 조금이나마 선명하게 눈에 담고 싶다는 바람으로 챙긴 빈티지 제품이었는데 이렇게 쓰일 줄은 몰랐다. 2288년산 베리사 한정판 모델로, 별만 있다면 별도의 충전 없이 사용이 가능하며 꽤 높은 해상도를 자랑했다. 그는 벽을 따라 걸으며 망원경으로 밖을 훑었다. 해연도 그의 뒤를 따랐다. 공간의 끝에 다다른 백연이 저멀리, 유독 반짝이는 무언가를 발견했다.

그것은 물줄기처럼 보였다. 아주 가느다란 강. 수십 년 전에 방문했을 땐 보지 못한 강이었다. 당시의 적황성은 꽁꽁 얼어 있는데다 퍼석하게 말라 어떤 생물도 살 수 없는 상태였다. 평균 기온이 지금보다 훨씬 낮았다고 백연은 기억했다. 날이 따뜻해지고, 강이 생겼다는 건 생물이 살 수 있는 환경이 되었다는 뜻이나 마찬가지였다. 흥분에 사로잡힌 백연의 시선이 광활한 유적지 어느 한 곳에 멈췄다.

소실된 교각 앞, 주변 풍경과는 확연히 다른 낮은 건물 하나가 눈에 들어왔다. 대부분의 건축물이 골조만 남은 것에 비해 상대적으로 온전한 형태를 갖춘 건물이었다. 삼층 정도의 높이였는데, 옥상에는 둥그스름한 철판으로 된 구형 안테나가 비죽 솟아 있었다. 철판에 익숙한 글자들이 각인되어 있었다.

"제4연구본부."

백연은 망원경을 내리고 침침한 눈을 문질렀다. 항성이 뜨는 방향을 지구에서처럼 동쪽이라고 친다면 연구본부는 남서쪽에 있었다. 남서쪽. 강이 있는 곳. 강이 있는 곳이 남서쪽. 어렵지 않은 정보임에도 기억 속에 저장되기 전에 잊어버릴까 두려움이 앞섰다. 그는 해연을 돌아보며 말했다.

"남서쪽으로 걷자. 강이 흐르고 그 앞에 연구본부였던 간이 건물이 있어. 안테나가 있으니 발전기를 찾는다면 통신이 가능할지도 모른다."

"적황성에선 물이 사라졌었잖아요."

"시간이 흘렀으니 다시 생겨나도 이상할 건 없지. 원래 없었던 행성이 아니니까. 강이 돌아왔으니 어쩌면 동물도 살고 있을지 몰라. 이제 보니 건물을 에워싸고 있는 덩굴들도 마찬가지다. 물이 없었다면 이만큼 자라지 못했을 거다. 죽은 행성이 살아난 거야."

"한번 죽었다가 다시 살아난 행성……"

해연은 그 말이 뭔가 이상하다고 생각했다. 행성의 문명이 죽는 것과 행성 자체가 죽는 것은 엄연히 다르니까. 어쨌든 언제까지 계속될지 모르는 조난 상황에서 물을 발견했다는 건 좋은 일이었다.

내려가는 길은 올라올 때보다 덜 힘들었지만 더 아슬아슬했다. 그들은 이번에도 다섯 층마다 쉬어가며 걸었다. 중간에 몇몇 층에 들러 쓸 만한 것이 있나 뒤져보았지만 마땅한 것은 없었다. 적황성의 방위대로 표기된 수동 나침반(으로 추정되는 것), 녹슨 잭나이프(칼이라는 도구는 어디나 형태가 비슷했다), 적안 인류가 마지막으로 섭취한 듯한 영양제(혹은 편안한 마지막을 위해 아껴둔 독약) 정도가 다였다.

캡슐이 있는 곳으로 돌아온 그들은 비상식량 팩을 뜯어 간소한 식사를 했다. 소모한 에너지를 겨우 채울 만큼의 열량이었다. 식사 후 백연은 물 없이 알약을 삼켰다. 은하 크루즈선 탑승 전날 처방받은 백팔십 일분의 약은 딱 반이 남았다. 백연은 알약을 삼키고 한참을 우두커니 앉아 있었다. 기록용 태블릿은 배터리가 닳은 지 오래였다. 어김없이 밤이 찾아와 해연은 체온 보존 슈트를 건넸다. 백연은 다행히 혼자 잘 입었다. 스스로도 안도한 표정이었다.

다음날, 두 사람은 남서쪽으로 나아가기 시작했다. 강이 있는 곳을 향해 계속 계속 걸었다.

* * *

뇌간까지 침윤한 세포종을 제거하는 수술이었다. 수술 기계가 0.01퍼센트의 확률로 오작동을 일으켰다는데, 정말인지는 확인할 길이 없었다. 기계는 리부팅되었지만 해연은 돌아오지 못했다. 재판까지 갔음에도 조작 오류인지 관리 부실인지 제품 불량이었는지조차 확인이 불가했다. 책임 소재를 둘러싸고 의료기기 회사와 병원 간에 소송이 벌어졌고, 언론사가 달라붙었다. 백연과 해인은 슬픔과 상실감에 매몰되지 않기 위해 항의와 소송에 몰두했으나 곧 지쳤다. 압도적이고 지독한 감정을 피하려는 몸부림은 해일을 막기 위해 모래로 댐을 쌓는 것만큼이나 부질없었다. 그들은 두문불출하며 무의미한 가정과 대상이 불분명한 원망에 모든 것을 내주었다. 도저히 딸의 죽음을 인정할 수 없었다. 특히나 해인은, 사람 목숨이 고작 삼십 초의 기계 오작동으로 인해 끝나버렸다는 걸 정말로 인정할 수 없었다.

문명 기록 프로젝트를 통해 수집된 문명의 기술들이 여러 기업에 팔려 막 보급되기 시작한 시기였다. 사고를 일으킨 의료기기 회사의 경쟁 업체에서 어떤 제안을 해왔다. 생체 기억 이식술을 해보자는 것이었다.

"돌아가신 따님의 유전자를 활용해 만든 생체 더미에, 따님의 뇌에서 추출한 생의 기억을 이식하는 겁니다. 외관은 생전과 완전히 일치합니다. 다시 따님과 함께 대화를 하고, 추억을 나눌 수 있어요. 망각하는 인간과 달리 내장된 기억들은 절대 사라지지 않죠. 생체 더미에 쓰이는 뇌는 단 오 퍼센트만이 기계로 이루어져 있습니다. 다른 장기 또한 문제가 생겼을 시 인공품으로 대체할 수 있지만, 보통의 인간과 다를 바 없습니다. 로봇이 아니라는 뜻이죠. 기계가 아니니 불쾌한 기시감을 느낄 일도 없고, 함께 늙어가는 겁니다."

해인은 그것이 부활과 다를 바 없다고 느꼈다. 신연료의 발견과 마찬가지로, 인류에게 주어지는 새로운 기회라고 믿었다. 간절히. 그래서 결사반대하는 백연 몰래 동의서에 도장을 찍었다.

두번째 해연은 그렇게 해연의 기억으로부터 탄생했다.

새하얀 병실에서 처음 눈떴을 때, 해연은 눈앞의 부모를 단번에 알아볼 수 있었다. 해연은 먼저 "엄마" 하고 불렀다. 언제부터 주먹을 쥐고 있었는지 손바닥이 땀으로 축축했다. 해인은 떨리는 목소리로 물었다.

"어렸을 때 네가 키우던 앵무새의 이름이 무엇이니?"

"레보."

"처음 독립해 나가 살 때 들였던 식물의 종류랑 이름은?"

"테이블야자. 그리니."

"우리 생일을 말해봐."

"5월 25일. 9월 30일."

"제일 싫어하던 음식은?"

"너무 많은데요. 가지, 오징어, 브로콜리⋯⋯ 도넛."

해인이 팔을 벌려 해연을 안았다. 막 태어났다기엔 크고 차가운 딸의 몸을 껴안고서 아이처럼 울었다. 해연은 떨떠름한 기분으로 가만히 몸을 맡겼다. 해인의 목소리가 어릴적 체험학습으로 방문한 종유석 동굴 안에 울리던 물방울 소리 같다는 생각을 하면서. 백연은 해인의 뒤에서 팔짱을 낀 채 입매를 일자로 굳히고 서 있었다. 해연은 백연이 참을 수 없을 만큼 화가 났을 때, 하지만 해결할 길이 없을 때 그런 얼굴을 한다는 걸 알았다. 특수 합금으로 만들어진 오 퍼센트의 뇌가 저장 기억을 훑어 도출한 결괏값이었다.

"아빠."

백연은 단호하게 답했다.

"난 네 아빠가 아니다."

해인이 일어나 백연의 뺨을 쳤다. 백연은 외쳤다.

"정신 차려! 저건 해연이가 아니야. 해연이의 기억을 담은 그릇에 불과해. 당신이 저걸 만들었으니, 무엇인지도 제대로 받아들여. 헷갈리지 마. 저게 정말 해연이라면, 우리 딸이라면 왜 울지 않지? 당신이 이렇게 우는데. 그애는 당신이 울면 늘 따라 울었어. 싸우다가도, 이유를 전혀 몰라도 그랬어. 갓난아이가 다른 울음소리에 공명하듯 눈물을 흘렸다고."

그 말에 침대 머리맡에 멀뚱멀뚱 서 있던 기술자가 주입된 기억과 현재의 감각 사이에 괴리가 있을 수 있다며, 자연스러운 감정을 내보이기까지는 시간이 걸린다고 끼어들었다. 백연은 기술자를 노려보았고 해인은 해연에게 돌아와 어깨를 붙잡고 물었다.

"해연아, 지금 기분이 어때? 반갑니, 슬프니, 놀랍니?"

"반갑고 슬퍼요."

"눈물은 나지 않아? 넌 원래 나를 닮아 눈물이 무척 많은 아이였는데. 갑자기 비만 쏟아져도 울었지."

슬펐고, 마땅히 슬퍼야 한다는 생각도 들었지만 눈물은 나지 않았다.

"기억을 이식한다고 그 사람이 되는 게 아니라는 걸, 당신도 알잖아. 저건 그냥……"

백연의 말에 해인은 양손에 얼굴을 파묻었다. 그때 해연의 눈에서 맑은 눈물 한줄기가 흘러내렸다. 갑작스레 닥치는 재난처럼, 일말의 조짐조차 없이. 해연은 자신이 흘린 눈물을 손가락에 찍어 혀끝으로 가져갔다. 해인을 구원하고 백연을 분노케 한 첫 눈물의 맛은, 짰다.

이후 해인은 해연을 진짜 해연처럼 대했다. 틈만 나면 지난 일들을 추억하며 해연이 얼마나 구체적으로 잘 기억하고 있는지 확인했다. 이식된 기억은 잊히지 않는다. 해연은 언제나, 어느 질문에든 원하는 답을 내주었다. 기뻐하는 엄마를 보면 해연도 기분이 좋았다. 해연은 점점 자신이 해연 같아진다고 느꼈다.

그에 비해 백연은 한번 웃어주는 법이 없었다. 그는 절대 해연을 해연이라고 부르지 않았다. 저것, 그것, 이것이라고 불렀다. 해인이 몇 번이나 질책했음에도 고집을 굽히지 않았다. 해연은 종종 내장된 기억을 뒤져 백연이 '진짜' 해연에게 어떻게 대했는지를 떠올려보았다. 대체로 무뚝뚝했지만 가끔은 다정한 아빠였지. 지금은 다르다는 걸 인지하자, 이상하게 그가 자신의 이름을 불러주지 않는 것만으로도 마음이 아팠다. 다만 눈물은 흐르지 않았다.

시간이 흘러 해연은 첫번째 해연이 하던 서류 번역 일을 시작했다. 학습한 언어 정보 역시 그대로 남아 있었기에 별도의 훈련 없이도 가능했다. 다만 클라이언트는 문체가 달라진 것 같다며 신기해했다. 그럴 때 해연은 속으로 비아냥거렸다. '저는 원래 이랬는데요.'

해연에게 최초로 시도되었던 생체 기억 이식술은 몇 년 새에 시술자가 부쩍 늘었다. 공식적인 시술 건수는 두 자릿수였으나 비공식적으로는 천여 건에 달한다는 조사 결과가 있었다. 나누기 좋아하는 사람들은 윤리적 문제를 앞세워 시술 받은 이들을 '비정통 인간'으로 정의했다. 해연으로서는 주기적으로 들어오는 인터뷰 요청이 귀찮을 뿐이었다.

'이미 이렇게 살고 있는데 뭐 어쩌라는 건지. 멋대로 부르든

가 말든가.'

해연은 자신을 해연이라고 받아들였고, 해연으로서의 삶을 살고 있었지만 어째선지 과거와의 모든 인연을 끊어내고 싶었다. 생전의 진짜 해연의 지인들에게서 연락이 오기도 했으나 받지 않았다. 개중엔 분명 떠올렸을 때 애틋하다거나 그리운 얼굴도 있었지만 남의 것을 탐내는 듯한 기분이 들어 불편했다. 그래서 최대한 과거와 접점이 없는 새로운 관계만을 쌓았다. 원본을 모르는 사람들 앞이라야 해연은 더 자연스러울 수 있었다.

그리고 몇 년이 지나 찾아온 우기에, 해인이 숨을 거뒀다. 그 전년도 건기에 휴가를 갔다가 감염된 계절병이 지병과 맞물려 합병증을 일으킨 탓이었다. 모든 살아 있는 것들의 미덕이 죽음이라는 걸 각인시키듯, 인간이 신연료를 발견하고 신기술을 개발하는 것 못지않게 바이러스 또한 진화했다. 갑작스레 시작된 투병 생활은 해인을 고작 일 년여 만에 뙤약볕 아래 과일처럼 바싹 말려버렸다. 마지막 순간에 그는 해연의 손을 잡고 말했다.

"누가 뭐래도 넌 내 딸이야. 우리에게 와줘서 고맙다."

해연은 두번째로 울었다. 해인은 해연의 눈물 속에서 눈을 감았다. 그리고 백연이 남았다.

＊ ＊ ＊

　경보가 울리자 선내가 소란스러워졌다. 비상용 캡슐에 탑승하라는 안내 방송이 반복해서 흘러나왔다. 객실 창 밖으로 본래 기다란 타원형에 가깝던 크루즈선이 부메랑처럼 일그러져 있는 게 보였다. 제2엔진이 폭발한 듯했다. 그들은 서둘러 비상용 캡슐이 있는 곳으로 달렸다. 발을 내디딜 때마다 구역감이 차오르고 시야가 휘청였다. 얼마 지나지 않아 선체는 완전히 반으로 접혔다. 캡슐에 오른 두 사람이 우주로 튕겨져나감과 동시에 폭발이 일더니 반파되었다.

　해연과 백연이 탄 캡슐은 드문드문 구조 신호를 내보내며 우주를 떠돌았다. 바다에 빠진 돌멩이와 같은 신세로 표류하는 동안 부녀는 그저 눈을 감았다가 뜨고, 비상식량으로 하루 한 끼니를 때우고, 계기판을 두드려보다가 다시 눈을 감는 것만을 반복했다. 수면 모드가 있는 모델이 아니었다. 있다 하더라도, 백연은 잠드는 걸 두려워했을 터였다. 티끌 하나 변하지 않는 검은 풍경 앞에서 그는 점점 머리가 백지가 되어가는 걸 실감했다. 단지 지루함을 견디기가 어려울 뿐인 해연과는 비교할 수 없는 절망에 사로잡혔다. 기록할 수도, 기록할 것도 없는 공간.

　아무것도 없는 이 안에서 무얼 할 수 있을까?

그래서 백연이 선택한 것은 이야기였다. 스스로를 믿기 위해서, 억겁과 같은 공허를 견디기 위해서 그는 자신이 보고 듣고 경험한 모든 것을 소리 내 읊조렸다. 아주 느리게. 하루에 단지 한두 마디일 때도, 셀 수 없을 만큼 많은 문장일 때도 있었다. 해연은 귀를 기울였다.

백연이 처음으로 꺼낸 이야기는 정보에 관한 것들이었다. 그가 젊은 시절 낯선 행성과 죽은 문명을 좇아다니며 알아낸 진귀한 지식들. 운석 충돌 후 빙하기가 도래하여 멸종한 붉은 눈의 인류와 그들이 저질렀던 야만적인 일들, 또 그들이 남긴 운명과 사랑의 서사시, 신을 향한 원망과 예찬. 화성에서 신연료와 함께 발견한 지하 문명과 낯선 언어. 어느 행성에 불시착한 탐색선에서 발견된 개와 원숭이의 유골에 대하여.

어디부터가 진실이고 어디까지가 과장인지 알 수 없는 이야기의 바다에서 해연은 편안해졌다. 성단과 은하를 아우르는 이야기가 어느새 해인과의 연애사로 귀결되었다. 백연은 문득 말을 멈추고 고개를 돌렸다. 해연이지만 해연이 아닌 것이, 해연도 듣지 못했던 이야기들을 듣고 있었다. 백연이 중얼거렸다.

"만약 내가 이 모든 기억을 잃는다면, 딸이 죽었다는 사실마저도 잊는다면, 너는 정말로 해연이 되어버리는 걸까?"

해연은 답했다.

"저는 저로 남아 있을 거예요. 제가 모든 걸 기억하니까요."

* * *

　해연과 백연은 사흘을 내리 걸었다. 백연이 오래 걷지 못하는 탓에 행군은 더뎠다. 짧다면 짧고 길다면 긴 여정중에 비상식량의 사분의 일을 먹었다. 식량팩 여는 법을 잊어버려 해연이 두 번이나 열어주었다.
　길바닥에서 잠든 어느 날 백연의 꿈에 해인이 나왔다. 그녀를 부르고 싶었는데, 순간적으로 이름이 기억나지 않았다. 잠에서 깬 백연은 진즉 일어나 이동할 채비중인 해연을 보았다. 백연은 딸의 이름을 몇 번이나 중얼거렸다.
　해연. 해연. 나의 딸.
　그렇게 그들은 강가에 도착했다. 정말로 가느다란 물줄기가 흐르고 있었다. 그것을 거슬러 올라가자 교각 옆으로 그토록 찾아 헤매던 연구본부 건물이 나타났다. 역시나 덩굴식물로 뒤덮인 한쪽 벽엔 익숙한 언어로 '적황성 문명 제4연구본부'라 쓰여 있었다. 모어가 이렇게 반가울 수 있다니, 해연은 울 것 같은 기분이 되었다. 식물이라기보다는 미지의 생명체로부터 뻗어 나온 촉수처럼 느껴지는 덩굴을 헤치고 안으로 들어갔다. 내부는 황량했으나 그들이 지나온 거리에 비하면 나아 보였다.
　"일단 항성열로 작동 가능한 발전기나 통신 장비가 있는지 찾아보자."

 일층은 대부분 숙직실과 창고로 쓰였던 듯했다. 백연은 뭔가 떠오른 듯 곧장 계단을 올라 이층 구석에서 통신실을 찾아냈다. 하지만 메인 컴퓨터가 붙어 있어야 할 벽면은 텅 빈 채였다. 한참 후에야 따라 들어온 해연이 망연자실해 있는 백연에게 흥분한 목소리로 외쳤다.

 "전력기를 찾았어요. 항성열로 돌아가는 거예요."

 둘은 다시 힘을 내 통신기를 찾아 건물 곳곳을 뒤졌다. 마침내 삼층 자료 보관실에서 구닥다리 통신기 하나를 발견했다. 수북하게 먼지가 쌓인 캐비닛 안쪽에서 그것을 마주한 순간, 백연은 벼락처럼 프로젝트를 함께했던 어느 동료를 떠올렸다. 한 행성에서 다른 행성으로 떠날 때마다 자질구레한 제 흔적을 하나씩 남기는 취미가 있던 동료였다. 담뱃갑, 젤리 봉지, 술병, 아날로그 보드게임과 휴대용 정수기, 통신기 같은 걸 험준한 산맥의 꼭대기에 깃발을 꽂듯이 떡하니 두고 떠나곤 했다. 이유를 묻자 얼굴도 이름도 기억나지 않는 그는 이렇게 답했었다. 언제 조난당해 돌아올지 모르니까 남겨두는 거지. 혼자 올지 둘이 올지 모르니 보드게임도 두고.

 그는 지구로 돌아가는 중에 우주 방사선에 과노출되는 사고를 당해 죽었다. 눈앞의 통신기가 그가 남긴 물건인지는 알 수 없었으나, 생존 신고를 하듯 불쑥 솟아난 기억이 신기할 따름이었다. 해연이 비상 전력기를 가동시켰고, 백연은 통신기의 상태를 점검한 후 전원을 켰다. 몇 번 깜빡이던 화면에 불이 들어왔을 땐 정말 소리라도 지르고 싶은 심정이었다. 지체할 시간은 없었다. 서둘러 통신 서버를 연결하고 긴급 구조 신호를 보냈다.

어디든, 어디든 제발 닿아라. 두 사람은 같은 마음으로 기도했다. 얼마간의 시간이 지나 전력기가 고장 직전의 자동차 엔진음 같은 소리를 내며 달아올랐을 때쯤 스피커에서 지직거리는 잡음과 함께 목소리가 들려왔다.

—은⋯⋯하 간⋯⋯ 주선 생존자⋯⋯ 니까?

분명 그런 내용이었다. 백연이 통신기에 대고 외치듯이 답했다.

"비상용 캡슐 탑승 후 안드로메다 은하 적황성에 불시착했습니다. 여기는⋯⋯"

—통, 통신 연결⋯⋯이 미약합니다. 현재 전력을 다해 구조 작업을 펼치고 있으니⋯⋯ 희망을 가지고 기다려⋯⋯주시, 주시기 바랍니다. 인원이 어⋯⋯게 되십니까?

"두 사람입니다. 저하고 제 딸, 두 사람이요. 이름은 우백연, 우해⋯⋯"

해연의 이름을 채 말하기 전에 통신이 끊겼다. 전원을 다시 연결하고, 전력기를 손본 후 이것저것 조작해보았지만 한번

끊긴 통신은 재연결되지 않았다.

"그래도 대화를 나눴으니, 위치를 감지하지 않았을까요?"

"너무 멀어서…… 모르겠다. 닿았길 바라는 수밖에."

백연이 미련이 남은 듯 통신기를 만지작거리는 동안, 해연은 쓸 만한 것을 찾아 헤매며 본부 전 층을 오갔다. 비상식량과 체온 보존 슈트를 발견한 건 분명 수확이었다. 그리고 수확이 하나 더 있었다. 해연은 일층 로비 한편에서 새끼손가락 한 마디만한 칩을 주웠다. 딸깍, 하고 볼록 튀어나온 스위치를 누르자 문명 기록 작업에 대한 소개 음성과 함께 적황성의 지도가 홀로그램으로 펼쳐졌다. 지도에는 제4연구본부를 포함한 모든 본부의 위치가 표시되어 있었다. 총 스물네 곳. 그중에서 제일 규모가 큰 곳은 이곳에서 이백사십이 킬로미터 떨어진 제1연구본부였다.

"일단은 기다려보자."

백연이 말했다. 해연도 동의했다. 그들은 다시 기다렸다.

* * *

구조 요청 수일 차.

통신을 다시 시도했지만 닿지 않았다. 돌아오는 답도 없었다. 행여나 자리를 비우거나 잠든 사이 회신이 올까 싶어 교대로 불침번을 섰으나 빈 행성은 고요하기만 했다. 흙먼지가 휘날리고 마른 덩굴 잎이 부대끼는 소리와 두 사람이 내는 기척이 전부였다.

수면이 불규칙해지자 항성이 몇번째 뜨고 지는지를 정확히 가늠할 수 없게 되었다. 곧 해연은 날짜를 세는 게 의미가 없다는 생각에 다다랐다. 그나마 강물로 목을 축일 수 있다는 점이 다행이었다. 외딴 행성의 자연에 어떤 치명적인 미생물이 살고 있을지 모르겠지만, 아직까지는 별 이상이 없었다. 백연의 말대로라면 종말 이전 적황성의 자연환경과 유기물은 지구와 사십이 퍼센트 이상 일치했다. 망양한 우주에서 사십이 퍼센트란 경이로운 확률이었다. 연구자들 사이에선 그림자 행성, 선조들의 행성이라 불렸다고 했다.

어림잡아 복용해온 백연의 약도 언젠간 바닥을 드러낼 것이었다. 남다른 풍채를 자랑하던 그는 이제 임종 직전의 해인과 같이 질긴 건과일을 닮았다. 그를 수축시키는 것은, 작고 굽게 만드는 것은 허기가 아닌 막연함과 두려움이었다. 해연은 보관실의 잡동사니 박스에서 깨진 선글라스를 찾아내 쓰고서 소용돌이치는 항성의 무늬를 올려다보며 말했다.

"우리 캡슐에서 하던 거 있잖아요. 이야기."

백연이 해연을 응시했다. 두 사람의 정수리 위에서 주홍색의 구체가 이글거렸다.

"당신의 기억을 나에게 마저 전하세요. 당신이 잊는다면 내가 기억하면 돼요."

아이러니하게도 그 말을 듣자마자 백연의 머릿속에서 해연을 부정했던 날들이 스쳐지나갔다. 동시에 시술 동의서에 몰래 도장을 찍은 해인의 마음을 일부 이해하게 되었다. 사람은 소용없다는 걸 알면서도 어떤 시점에 이르러서는 구원을 꿈꾸게 되는 것이다.

그리하여, 백연은 다시 읊어나가기 시작했다. 자신의 뿌리를 거슬러 올라가 핏줄의 연대기와, 평생을 바쳐 연구한 언어의 신비로움, 문명의 탄생과 죽음에 얽힌 비극, 희극, 우연, 필연, 그리고 선택을. 개인과 전체, 전체보다 더 큰 우주, 보잘것없이 작은 것과 짐작할 수 없게 거대한 것 사이의 공통점을. 오 퍼센트의 특수 합금을 포함한 해연의 뇌가 부지런히 신경계와 신호를 주고받았지만, 간혹 졸음이 밀려오기도 했다. 어디선가 어린 시절 침실에서 나던 편백나무 향이 풍겨오는 듯했다. 막 말을 배운 해연의 침대 맡에서 동화책을 낭독해준 날들을 더 선명하게 떠올리는 쪽은 백연이었다.

시간이 흐를수록 이야기는 자주 중단됐다. 백연은 좀전까지 하던 말을 멈추고 갑자기 다른 길로 빠지곤 했다. 가끔은 자신이 왜 이런 이야기를 하고 있는 건지, 하던 말이 무엇이었는지조차 잊어버렸다. 그럴 때마다 해연은 재촉하지 않고 말했다.

무슨 이야기든 상관없어요. 나에게 기억을 들려줘요. 이야기를 해주세요. 그러면 백연은 부쩍 침침해진 눈으로 해연을 오래도록 바라보았다. 그러던 어느 날, 까만 동공에 두번째 해연이 지금껏 본 적 없는 느긋함을 띠고서 느리게 말하는 것이었다.

"네가 태어났을 때, 나는 온 세상을 다 얻은 것처럼 기뻤다."

* * *

또다시 수일 후. 기다림에 지친 해연과 백연은 제1연구본부를 향해 걷기 시작했다. 백연은 종종 자신이 왜 걷는지를 물었다. 그는 수시로 어려졌다. 십대가 되었다가 오십대를 거쳐 삼십대가 되었다. 해연은 그때마다 백연의 어머니가 되기도, 해인이 되기도, 그리고 진짜 해연이 되기도 했다. 백연은 자신의 의사와 무관하게 그간 숨겨온 기억까지 모조리 내보였다. 감정을 조절하는 근육이 닳은 것처럼 난폭한 어린애같이 행동하기도 했다. 욕하고 드러눕고 내달렸다. 삐져서 입을 다물고 배고프다며 짜증을 냈다. 그런 뒤에 후회했다. 스스로를 견딜 수 없어하며 그 지경이 되도록 자신을 버리지 않은 해연을 저주하고 끔찍해했다. 해연은 그런 백연을 견뎌낼 만큼 무제한에 가까운 인내심과 자비가 자신의 안에 있다는 게 신기했다. 해연은 정말이지, 단 한 번도 백연을 버려야겠다고 생각하지 않았다. 아직 들어야 할 이야기가 많기 때문이었다. 소멸하는 타인의 기억을 흡수해 절대 지워지지 않는 기억으로 만들고 싶다는 욕망은, 막대한 이야기의 탑을 쌓아 원본을 재건하고 싶다는 이런 바람은 왜 발생하는 걸까? 백연이 망각에 붙들려 있다면 해연은 이러한 생각에 사로잡혀 있었다. 하지만 어쩌면 그저 오 퍼센트를 차지한 특수 합금에 저장 장치 이상의 기능이 있기 때문인 건지도 몰랐다.

시간과 공간이 뒤엉키는 듯했다. 그들은 계속 계속 나아갔다. 쉴 땐 쉬더라도 걷는 걸 멈추지 않았다. 식량이 떨어지자 덩굴줄기를 뜯어 씹었고, 미지의 균이 들어 있을지도 모를 강물로 배를 채웠다. 미친 사람처럼 소리지르며 있는 힘껏 달리다가 며칠을 앓기도 했다. 이동하는 길에 다른 연구본부를 발견하는 날이면 다행히 식량을 더 확보할 수 있었다.

그렇게 긴긴 시간을 걸어 제1연구본부에 도착했을 때, 백연은 딱 자신이 들려준 기억의 질량만큼 줄어들어 있었다. 문 앞에서 쓰러진 그는 다시 일어서지 못했다. 슈트를 벗겨 바지를 걷어보니 양 무릎의 연골 부근이 탁한 빛으로 곪아 부어오른 상태였다. 어깨도 크게 다르지 않았다. 어제까지 스무 살이었고 지금은 몇 세인지 알 수 없는 백연이 태연스레 말했다.

"어디선가 짐승 울음소리가 나는 거 같아. 바람소리와는 다르다."

해연은 잠시 눈을 감고 귀를 기울였다. 평소처럼 덩굴 잎들이 바람에 스치는 소리뿐이었다. 해연은 눈만 간신히 깜빡이는 백연을 등에 업고 건물 안으로 들어섰다. 백연의 몸은 마른 가지처럼 가벼웠다. 곧 사라진다 해도 이상하지 않을 것 같았다. 묵은 먼지를 들이마신 두 사람이 동시에 재채기를 했다. 연달아 두 번. 한 사람이 한 것처럼 꼭 맞았다.

제1본부 내부는 지나온 다른 본부들과 크게 다를 것 없는 모양새였으나, 확실히 규모가 컸다. 해연은 백연을 일층 데스크에 기대어 앉힌 후 곳곳을 뒤졌다. 프로젝트 소개 홀로그램에는 본부 내부의 도면까지는 나오지 않아 구조를 파악하는 데만 한참이 걸렸다. 일층 탐색을 겨우 마쳐갈 무렵, 위층으로 가는 비상용 계단 근처에서 후관 건물과 연결되는 통로를 하나 발견했다. 정면에서 볼 때는 몰랐는데, 안쪽으로 다른 건물들이 더 이어지는 듯했다. 해연은 좁고 어두운 통로로 발을 내디뎠다. 그 끝에 있는 게 무엇이든, 한낱 어둠과 먼지뿐일지라도 길이 나타난 이상 가야 했다.

통로는 허락된 사람들만 오갈 수 있었던 듯 곳곳에 보안 장치가 달린 문이 겹겹이었고, 마치 철로 된 짐승의 내장처럼 복잡했다. 그럴 리 없다는 걸 알면서도 무언가 무시무시한 것이 튀어나올까봐 몸에 바짝 힘이 들어갔다. 너무 깊숙히 왔다는 생각이 피어날 즈음, 지금까지 지나온 어떤 문보다 단단한 문이 나타났다. 해연은 흙먼지와 곰팡이 때문에 얼룩덜룩해진 손으로 있는 힘껏 문을 밀었다. 돌연 선명한 빛줄기가 드넓은 내부를 밝게 비췄다. 운송용 장치나 대형 장비를 보관하던 창고인 것 같았다. 눈이 부셔 일순 눈살을 찌푸렸던 해연이 이내 손차양을 만들어 고개를 들었다. 진홍빛에서 짙은 남색으로 변해가는 하늘이 보였다.

뻥 뚫린 돔형 천장 아래, 낡은 비상용 캡슐 한 대가 잠자고 있었다.

서둘러 상태를 확인했다. 수십 년 된 구형이었지만 외관은 깨끗했다. 항성열로 일부 충전이 가능한 모델이었고, 연료도 충분했다. 몇 가지 정비를 거친 후 간단한 조작을 시도했는데 믿기지 않을 만큼 수월하게 시동이 걸렸다. 그와 동시에 연결된 통신기에서 기적처럼 화물선이 적황성 근방을 지나고 있다는 무전이 흘러나왔다. 남아 있는 연료로 태양계까지는 무리겠지만, 근처의 화물선까지는 충분히 닿을 것 같았다. 해연은 심호흡으로 흥분을 가라앉히고 백연이 있는 곳으로 돌아갔다. 백연은 꼭 죽은 것처럼 가만히 눈을 감고 있었다. 불길한 예감이 심장을 감싸쥐었다. 망설이다 백연을 흔들어 깨우자, 엷은 눈꺼풀이 열리고 흐릿한 동공이 나타났다. 해연이 속삭였다.

"비상용 캡슐을 찾았어요. 이제 돌아갈 수 있어요."

"돌아간다니…… 어디로?"

"지구요. 우리가 출발한 곳."

"우리."

"네. 우리요."

해연은 작게 중얼거렸다.

"아빠랑 나."

굳게 입을 다문 백연을 들쳐업고 해연은 비상용 캡슐이 있는 곳으로 향했다. 너무 가벼워진 그의 무게를 실감하며 지금의 백연에게 자신은 해연일까, 해연이 아닐까를 잠시 생각했다. 이제 와서 그게 과연 의미가 있나 싶으면서도.

캡슐 앞에 도착했을 때였다. 백연이 눈을 감은 채로 말했다.

"나는 더이상 너에게 들려줄 내용이 없어. 다 떨어졌다."

해연은 답했다.

"그럼 새 이야기를 만들면 돼요. 이야기는 지금도 만들어지고 있으니까요."

정적이 찾아왔다. 해연은 그를 근처 벽에 기대어 앉힌 후 신이 난 아이처럼 뛰어서 캡슐에 올랐다. 보란 듯이 손을 흔드는 그 모습에 백연은 약간 웃었다. 해연이 백연에게 돌아가 말했다.

"식량 찾아서 짐이랑 챙겨올 테니, 조금만 기다려요."

등뒤에서 백연이 무어라고 중얼거렸으나, 해연은 듣지 못했다.

연구본부를 한 바퀴 더 돌았다. 백연의 무릎을 감쌀 붕대가 없나 뒤지는 와중에 어디선가 정말 짐승 울음 비슷한 소리가 들려왔다. 강아지가 낑낑대는 소리 같기도, 쥐가 찍찍 우는 소리 같기도 했다. 소리는 무척 가깝다가도 귀를 기울이면 곧장 멀어져서 진짜인지 환청인지 종잡을 수가 없었다. 이 황폐한 곳에 정말 다시 무언가 생겨나고 있나, 아니면 연신 들이켠 강물 속 미생물이 드디어 신체에 영향을 끼치는 것인가 의심스러웠지만 어차피 몇 시간 후면 떠날 장소였다. 먼 행성의 사정은 나중에 기사로 확인해도 충분했다. 어느덧 어둠이 컴컴하게 내려앉았다. 해연은 단출한 수확품들을 가지고 비상용 캡슐이 있는 후관 창고로 돌아갔다. 백연은 아까와 마찬가지로, 죽은듯이 눈을 감고 있었다.

 그는 간헐적으로 경련했다. 한발 늦게 검버섯과 버짐이 핀 그의 목에 박혀 있는 서슬 퍼런 날붙이가 눈에 들어왔다. 그것은 해연이 첫 건물에서 찾았던 녹슨 잭나이프였다. 피가 묻은 백연의 오른손은 맥없이 널브러진 채였다. 벌어진 목 틈새에서 검붉은 피가 흘러나왔다. 힘이 달려 깊이 박지 못한 탓에 백연은 아직 힘겹게 호흡하고 있었다. 그가 충혈된 눈을 굴려 놀란 해연을 응시했다. 그리고 이름을 불렀다.

 "해연아."

 해연은 손을 뻗어 환부를 더듬었다. 손가락을 타고 가느다란 핏줄기가 계속 새어나왔다. 그 힘없는 분출에 울컥 눈물이 터져나왔다. 백연이 오른팔을 들어 끝내지 못한 동작을 완수하려는 듯 나이프의 손잡이를 쥐었다. 젖은 해연의 얼굴을 마주보며 그는 쉰 목소리로 단 두 글자를 속삭였다.

"내 딸."

백연이 나이프를 쥔 손에 힘을 주었다. 염증이 생긴 어깨가 고통스러운지 그가 온 얼굴을 찌푸렸다. 어쩔 줄 몰라하던 해연은 저도 모르게 그의 비쩍 마른 손 위로 자신의 손을 겹쳐 올렸다. 눈을 맞췄고, 그의 미소를 보았다. 그와 함께 잇새로 앓는 소리를 뱉으며 완력을 더했다. 오래전 그에게 푸딩을 먹여주었던 순간이 겹쳐졌다. 해연은 찻숟가락으로 푸딩의 표면을 파고들어 떠냈던 그때처럼, 백연의 손을 이끌어 함께 나아갔다. 그가 조금이라도 수월하게 마지막 선택을 할 수 있도록. 그 결탁은 매일 뜨고 지는 항성의 운동처럼, 어떤 불가항력에 가까운 것이었다. 나이프의 손잡이를 쥔 두 개의 손이 턱에 닿을 만큼 가까워졌을 때 백연은 고개를 완전히 떨구었다. 그의 마지막 표정은 더는 어떤 미련도 남지 않은 것처럼 후련해 보였다.

해연은 그의 옆에 앉아 무릎을 세우고 웅크렸다. 손에 묻은 피를 옷에 대충 문질러 닦고, 백연의 머리를 자신의 어깨 쪽으로 당겼다. 고개를 들어 하늘을 보자 암청색 하늘에 무수한 별이 반짝이고 있었다. 첫번째 해연은 보지 못한 하늘이었다.

 첫번째와 두번째. 더이상 구분은 아무 의미가 없었다. 해연은 잠든 백연의 머리에 자신의 머리를 기댔다. 백연의 모든 기억이 자신에게로 스미는 듯했다. 뇌 한구석에 자리한 오 퍼센트의 금속도 저 위의 별들처럼 회로를 반짝이고 있을까? 해연은 눈을 감고 저만의 궤적을 그려보며, 잠든 백연을 향해 말했다.

 "이 몸에서 처음 눈떴을 때, 저는 혼란스러웠어요. 기억이라는 바이러스가 저를 좀먹어 완전히 다른 존재로 바꿔놓은 것 같았어요. 하지만……"

 해연은 입을 다물었다. 그리고 눈을 떴다. 백연의 목에서 흘러나온 피가 어깨를 적시는 것이 느껴졌다. 많지는 않은 양이었다. 곧 딱딱하게 굳을 것이다. 낯선 행성에서의 마지막 밤이 지나가고 있었다.

 "전 계속 당신의 딸이었고, 당신의 이야기는 여전히 제 안에 있어요. 사라지지 않아요."

 다음날, 단 한 명을 태운 비상용 캡슐이 행성을 빠져나갔다. 낯선 행성에는 다시 아무도 남지 않았다.

안락의 섬

2100년. 22세기를 코앞에 두고, 모두가 새로운 시대가 열릴 거라고 기대하던 해였다. 어떤 역사적, 과학적 혹은 기술적 근거가 있었느냐 묻는다면, 글쎄? 역사는 교훈과 경고를 남길 뿐 미래를 내다보진 못한다. 과학기술은 늘 발전하고 있지만 보통 또다른 문제점을 함께 야기한다. 그러니까, 새 시대에 대한 기대는 순전히 기분 탓이었다는 말이다. 아, 한 가지 근거가 있긴 했다. 플로리다해협에서 최초로 발견된 와플무늬 문어(일명 예언하는 문어)가 제일 정확하다는 네번째 다리로 딱 집어 이렇게 예언했다.

인류가 새로운 시대로 나아갈 수 있을까요?

0.

(YES라는 뜻이었다.)

그렇다면 언제?

2…… 1…… 0…… 0……

(물론 문어가 든 어항의 사면에는 0에서 3까지의 숫자밖에 적혀 있지 않았다.)

문어뿐만이 아니었다. 고대의 예언가, 중세의 예언가, 근대의 예언가, 온갖 예언가란 예언가들이 전부 2100년을 가리켜 새로운 세상이 열릴 것이라 말했다고 한다. 에덴동산 유토피아 천국 극락 무릉도원이 도래한다고. 사실 나는 예언 같은 건 믿지 않는다. 유토피아도 천국도 믿지 않는다. 그런 건 인간이 인간으로 존재하는 한 있을 수 없으니까. 하지만 딱 떨어지는 숫자가 주는 설렘은 있었다. 무려 0이 두 번 들어가잖아. 2100년도 이렇게 설레는데, 2000년을 맞았던 사람들은 얼마나 설렜을까 싶다. 기분과 모양은 상상 이상으로 연관이 깊다.

어쨌든, 사람들은 모두 새 시대를 기다리고 있었다. 누군가는 노화를 멈추는 기술이 나올 것이라 기대했고, 어떤 이들은 세상의 모든 불치병이 사라질 것이랬으며 또 누군가는 하루가 다르게 치솟는 모든 혐오가 한풀이라도 꺾이길 바랐다.

나? 나는 그냥…… 빨리 죽고 싶었다. 고통스럽지도 외롭지도 않게. 나의 늙고 병든 개 플로와 함께. 같이 죽을 수 없다면 동물의 말을 알아들을 수 있는 기술이 개발되길 바랐다. 그러면 플로가 어디가 아픈지, 아플 때 무슨 생각을 하는지, 무얼 해줘야 좋아할지 알 수 있을 테니까. 그럼 죽기 전까지 플로의 삶을 가장 좋아하는 것들로 빼곡히 채워줄 수도 있을 텐데.

하지만 세상은 한 번도 내 뜻을 이뤄준 적이 없다. 해외로 출장을 간 부모님이 테러에 휘말렸을 때, 가장 친한 친구가 재해 지역에 봉사를 나갔다가 돌아오지 못했을 때, 즐겨 먹던 통조림, 과일, 음료수가 식량난으로 인한 원재료 부족으로 단종되었을 때만 봐도 그렇다. 2100년이 다가올수록 세상은 너무 빠르게 변했고, 내가 마음을 두던 것들 역시 무시무시한 속도로 사라졌다. 그보다 더 굉장한 기세로 무수히 많은 새로운 물건과 기술들이 쏟아졌지만 나는 그것들을 받아들일 여유가 없었다. 하루가 다르게 높아지는 해수면과 덩달아 치솟는 안전지대의 집세를 내기만도 벅찼다. 나에게 남은 건 플루뿐이었다. 그리고 플루는, 나와 서른 해를 넘게 산 노년의 치와와 플루는 하루하루 죽음과 가까워지고 있었다. 마지막으로 찾아간 열두번째 의사는 플루가 삼 개월을 넘기지 못할 것 같다고 말했다. 나는 자는 시간이 부쩍 길어진 플루가 숨을 쉬는지 수시로 확인하며 매일같이 생각했다. 플루, 네가 죽으면 나도 따라갈 거야. 그러니까 먼저 뛰어가지 말고 잠시만 기다려줘.

시간만 나면 플루를 따라 죽을 방법을 구상했다. 클래식하게 음독자살? 그럼 독극물은 어디서 구하지? 잘못 섭취했다가는 실패하고 몸만 상한다던데. 그런 이도 저도 아닌 건 싫었다. 무조건 확실해야 한다. 총기는 제4차 세계대전 이후로 구하기 힘들어졌다. 그렇다면 추락사? 건물에서 떨어지는 건 너무 민폐고, 끔찍하다. 사실 다 끔찍하다. 문제는 바로 그것이었다. 나는 분명 플루를 따라가고 싶은데, 죽는 방법이 다 너무 끔찍하다는 것. 죽을 때만큼은 동화처럼 아름답게 죽고 싶었다. 평화로운 풍경이 내려다보이는 언덕 위 나무에 등을 기대고, 품에 플루를 안은 채 함께 눈을 감기. 이게 내 2100년 유일한 버킷리스트였지만 당최 가능할 것 같지가 않았다. 그래서 기대조차 하지 않았는데.

2100년. 새 시대가 열렸고, 내 소원은 이뤄졌다.
아니, 이뤄질 듯했다.

* * *

〔안락의 섬, 뉴데스 아일랜드가 오픈합니다.〕

온갖 콘텐츠에서 그 섬에 대해 이야기했다. 섬은 2100년의 첫번째 날, 예언하는 와플무늬 문어가 발견된 버뮤다 삼각지대의 한가운데에 불쑥 솟아났다. 백 년도 더 전에 십수 편의 여객기가 실종되었다던 소문의 그 지점이었다.

〔당신이 상상할 수 있는 가장 안락한 엔딩을 선사합니다. 지구인 여러분의 많은 지원을 기다립니다.〕

드론과 헬기로 멀리서 확인한 결과, 면적 오백팔십칠 제곱킬로미터의 그 섬은 해저지진이나 지질 변형으로 인해 돌출된 지형이 아닌, 정밀한 기술력을 기반으로 만들어진 인공섬으로 확인되었다. 하지만 그 외엔 아무것도 알아낼 수 없었는데, 일정 범위 이상 접근하면 어떤 기계든 고장을 일으켰기 때문이다. 헬기, 비행기, 배는 물론 침투용 드론도 마찬가지였다. 강력한 방해전파가 보호막처럼 그 섬을 감싸고 있다고 했다. 인공위성 사진상으론 아예 찍히지도 않았다. 기이한 건 그런 와중에도 인명 사고는 전무하다는 점이었다. 간혹 고장을 일으킨 기체가 추락할 뻔했으나, 기체는 눈 깜짝할 새에 전혀 다른 상공으로 옮겨가 있었다. 생존자들은 하나같이 증언했다. 거대하고 빛나는 흰 손이 나타나 추락하는 기체를 붙잡아주었다고. 빛무리가 순식간에 기체를 휘감아 무사히 착륙할 수 있게 도왔다고.

섬의 존재를 믿는 이들, 믿지 않는 이들로 파가 나뉘었고 각양각색의 음모론이 판을 쳤다. 하지만 그 모든 의심과 논란에도 불구하고 유령 섬이라고 불리는 그 섬은 분명히 존재했다. 신기루가 아닌 실체였다. 그렇다면 누가, 도대체 누가 대서양 한복판에 툭 섬을 만들어놓았다는 말인가? 어떤 이유에서? 이 모든 의문은 2100년이 도래하고 얼마 지나지 않아 풀렸다.

 대한민국 표준 시각 오후 다섯시 사십분. 전세계의 모든 모니터와 전광판, 휴대폰 화면 등에서 한날한시에 동일한 영상이 흘러나왔다. 짧은 노이즈 구간이 지나고 나타난 건 믿을 수 없을 만큼 선명한 고화질의 영상이었다. 내용은 같았지만 언어는 각기 달랐다. 미국에서는 영어로, 중국에서는 중국어로, 한국에서는 한국어로. 산속의 소수민족이나 극지방의 원주민들에게도 그들의 언어로 닿았다. 그건 꼭 한 명도 빠짐없이 모든 인간의 이해를 돕겠다는 어떤 의지, 또는 배려처럼 느껴졌다. 영상은 옛날에나 쓰였을 휴양지 광고를 모티브로 한 듯 화려하면서 동시에 촌스러웠는데, 너무나 차분한 어조로 이상한 소리들을 늘어놓아 사이비 종교의 교리 전파 영상처럼 보이기도 했다. 사람들은 교주에 홀린 신자처럼 그 영상에 빠져들었다. 나 역시 마찬가지였다.

 첫 장면은 작열하는 태양 밑의 드높은 야자나무였다. 바닷바람에 풍성한 잎이 흔들렸다. 그 뒤로 펼쳐진 에메랄드빛 파도 위로 드문드문 뛰어오르는 돌고래들이 보였다. 더할 나위 없이 평화로운 장면이었다. 나는 바로 저런 풍경 속에서 눈을 감고 싶다고 생각했다. 이어서 화면이 바뀌더니 구름 한 점 없이 맑은 하늘에 거대한 픽셀 하트가 나타났다. 어디선가 요란하게 날아온 명조체의 글자가 하트 가운데에서 무지개 색으로 반짝였다.

♡뉴데스 아일랜드♡

글자가 사라지자 그 자리에 고대 상형문자를 닮은 길쭉한 그림자가 나타나 말을 하기 시작했다.

〔안녕하십니까, 지구인 여러분. 우리는 갈라파 은하의 제9행성에서 온 카르인이다. 이 행성에서는 용건을 말하기 전에 먼저 자신을 소개하는 게 예의라고 하더군요. 우리는 당신들을 존중하므로, 예의를 지킵니다. 보시다시피 우리는 외계에서 왔습니다. 하지만 걱정하실 필요는 없습니다. 미리 말씀드리지만, 우리는 당신들의 어떤 것도 약탈하거나 침해할 생각이 없으며 그 어떤 악의도 담고 있지 않다. 우리는 효율적인 평화주의자이며 동시에 학자입니다.

우리가 지구에 온 이유는 실험체를 모집하고 연구를 하기 위함입니다. 당신들의 바다 일부를 잠시 빌린 것을 양해하여

주십시오. 때가 되면 어떤 것도 흩뜨리지 않고 우리는 떠날 것입니다. 우리는 우주 곳곳을 돌아다니며 카르인이 아닌 모든 외계 생명체의 자료를 수집, 연구하고 있습니다. 일종의 외계인 백과사전, 외계인 생태 박물관을 만드는 프로젝트라고 상상하시면 될 듯.

이곳에 오기 전에는 안드로메다의 적황성에 들렀고, 그 이전에는 구름 은하의 캄머에 방문. 이전의 여행지에서 우리는 어떤 분쟁도 일으키지 않았고 단 하나의 생명도 강제적으로 해하지 않았음을 밝힙니다. 지금 보시는 이 덩굴 왕관은 캄머인들이 그동안 고마웠다며 진귀한 식물 줄기를 꼬아 선물한 것이랍니다. 내장을 닮아 아주 징그럽죠? 캄머에는 기이한 식물들이 넘쳐납니다. 그것들을 보호하기 위한 종족이 따로 있을 정도죠.

사설은 여기까지.

단도직입적으로, 우리가 원하는 것은 실험과 연구에 쓰일 당신들의 신체입니다. 상하거나 부서지거나 뭉개지지 않은 싱싱하고 깨끗한 신체입니다. 아, 여기서 싱싱하다는 것은 젊음을 뜻하는 것이 아닙니다. 사망하고 너무 오랜 시간이 지나면 안 된다는 거죠. 아주 오래전, 우리의 조상들이 학자로서의 충분한 윤리와 교양을 갖추지 못했던 시절에는 무작위로 외계의 생명을 납치하여 실험을 했습니다만, 실험체의 정신

상태가 극도의 공포와 스트레스로 인해 온전치 못한 경우가 많았습니다. 그런 불안정한 심리는 내부 장기에 영향을 주는 것은 물론 실험을 진행하는 과정에서 몸싸움과 자해 등의 돌발 변수를 초래했습니다. 이제 그런 비윤리적인 수집은 적절치 않다고 판단. 또한 우리는 그런 폭력적인 방법이 아니어도 얼마든지 자발적인 실험체를 확보할 수 있다는 결론에 이르렀습니다.

우리는 지구 달력 기준, 일 년 동안 이곳 뉴데스 아일랜드에서 지원자를 모집합니다. 죽고 싶은 지구인, 생을 끝내야만 하는 이유가 있는 지구인, 죽고 싶지만 죽기 두려워 누군가 죽여주었으면 하는 지구인, 더이상 살아갈 의미를 잃은 지구인들에게 뉴데스 아일랜드는 당신이 상상할 수 있는 가장 안락한 죽음을 선사합니다. 지원자 선정은 사전 신청 후 심층 면접을 통해 이뤄지며 선정되면 자신이 원하는 형태의 죽음을 맞이할 수 있습니다. 원하는 사람과 함께, 원하는 풍경을 보며 원하는 모습으로 안식에 들어가세요. 그 모든 과정 이후에 남은 껍데기, 당신들 정신이 담긴 그릇에 불과했던 신체만 저희에게 넘겨주시면 됩니다. 여러분의 신체는 우주생물학 발전에 소중한 발판이 될 것입니다.

어떤 고통도 없는 깔끔하고 완벽한 죽음을 원하신다면, 지금 바로 공식 홈페이지로 지원서를 보내주세요. 그곳에서 자세한 사항을 다시 확인하실 수 있으며, 추후 선정 결과와 탈락 사유, 이후의 진행 절차 등도 공지될 예정입니다. 그럼 많은 지원을 바랍니다. 웰컴 투 뉴데스 아일랜드.]

가짜 티가 많이 나는 불꽃놀이 효과와 함께, 흰자위 없이 눈이 온통 검은 긴 생머리의 여자가 바닷가를 거니는 장면이 이어졌다. 다른 생물이 인간의 껍질을 뒤집어쓴 것을 보는 듯 불쾌해지는 모습이었다. 여자가 고개를 들자 유선형으로 지어진 거대한 건축물이 나타났다. 물을 뿜어내기 위해 수면 위로 올라온 고래가 떠오르는, 그동안 본 적 없는 신비롭고 아름다운 형태의 건축물이었다. 나도 모르게 입을 벌려 감탄했다. 영상은 다섯 개의 특수문자와 스무 개의 숫자로 된 사이트 주소를 보여주며 끝났다.

"저게 뭐야……"

멈췄던 시간이 다시 흐르기 시작한 것처럼 곳곳에서 휴대폰이 울렸고, 흥분한 사람들의 대화 소리, 그런 주인의 감정을 읽고 반응하는 개와 고양이들의 울음소리가 거리를 메웠다.

퇴근 후 집에 돌아온 나는 영상에 대해 검색해보았다. 모든 포털과 커뮤니티가 카르인과 뉴데스 아일랜드 얘기로 폭주했다. 믿기지 않는다는 반응이 대부분이었다. 댓글에는 '아, 살기 싫은데 나도 신청해볼까' 식의 가벼운 장난이 가득했다. 나는 영상에서 보았던 문자들을 주소창에 입력해보았다. 까만 화면에 알 수 없는 외계어처럼 생긴 아이콘이 떴다. 그것을 누르자 입력창이 나타났다. 마치 이력서 같았다. 원하는 언어로 작성하십시오. 이름/나이/신청 사유/연락처…… 나는 그 칸을 하나하나 입력해나갔다. 댓글을 단 이들처럼 가벼운 마음이었는지, 진심이었는지는 모르겠다. 그냥 적을 수 있을 것 같았고 적어야 할 것 같아서 썼다.

신청서를 넣고 일주일이 채 지나지 않았을 때였다. 외출 후 집에 왔더니 문 앞에 사신처럼 검은 로브를 걸친 카르인이 서 있었다. 얼핏 사람과 크게 다르지 않은 모습이었지만 그 모습이 가짜라는 걸, 펭귄 무리에 펭귄 옷을 입고 잠입한 연구자처럼 지구 종족을 배려하기 위한 위장일 뿐 진짜 모습은 따로 있다는 걸 나는 직감했다.

눈에 띄는 점은 눈동자 없이 안구가 온통 검고, 손가락이 무척 길다는 것이었다. 그를 집안으로 들이자 도통 짖는 일이 없는 플루가 약간 짖었고, 카르인은 다짜고짜 면접을 시작하겠다고 말했다. 나는 그가 묻기 전에 먼저 물었다. 궁금해서 견딜 수 없었기 때문이었다.

"그런데 정말 외계인이면, 한국어는 어디서 배우셨어요?"

* * *

  누군가는 비웃었다. 죽기 위해 만들어진 유토피아 같은 게 있을 리가 없다고. 그 비웃음을 돌려주기라도 하듯, 뉴데스 아일랜드에는 어마어마한 수의 지원자가 몰렸다. (그렇다고 했다.) 생각해보면 당연한 일이었다. 2100년, 지구는 수차례의 전쟁을 거친 결과 식량난과 환경오염의 정점에 도달해 있었으니까. 희망을 불신하는 시대, 아예 생각을 그만두는 것 말고는 할 수 있는 게 없는 무기력의 시대였다. 카르인들은 일정량의 실험체가 모이면 곧바로 지구를 떠날 것이라고 공표했고, 영상 송출 후 세계 각국의 수뇌부가 모여 신속히 진행된 회의에서는 카르인이 연구 목적으로 우주를 여행할 만큼 고차원의 기술력을 가진 외계 종족이라면 최대한 자극하지 않는 게 최선이라는 결론을 내렸다. 물론 앞에서는 그렇게 말해놓고 뒤에서 무슨 궁리를 하는지는 알 수 없는 일이었지만. 그나마 전쟁으로 인한 피해가 아직 다 회복되지 않은 이 시점에, 인간이 아무리 멍청하기로서니 우주 전쟁을 일으키진 않을 것이란 정치 블로거의 말이 제일 믿음직스러웠다. 카르인들은 크게 신경쓰지 않는 듯했다. 꼭…… 동물원 안 짐승의 그르렁거림을 지켜보는 것과도 같은 태도였다.

심층 면접 후 나는 곧바로 합격 통보를 받았다. 그리고 내가 던진 질문에 대한 답도 들을 수 있었다.

"저는 당신들 기준, 외계인이 맞습니다. 우리에게 당신들 역시 외계인이듯이. 언어는 일종의 생체 번역기를 사용해 구사하는 거라고 보시면 됩니다. 옆 은하계 캄머에서는 이미 상용화된 기술인데, 전용 기계 칩을 장착하면 의사소통력이 있는 대부분의 종족과는 뇌파를 이용해 소통이 가능합니다."

듣고 보니 카르인의 목소리는 좋은 음질로 녹음된 기계처럼 고저가 적었다. 카르인은 이어서 자신을 '무'라고 소개했다. 인간의 지능을 뛰어넘은 지 오래인, 흔한 AI와 대화하는 듯한 기분으로 나는 질문에 성실히 답했고, 간간이 발치를 맴도는 플루를 쓰다듬었다. 무가 마지막 질문을 던졌다. 뉴데스 아일랜드에 함께하기에 앞서 전하고 싶은 말은? 나는 플루를 안아 올리며 말했다.

"제 의지로 참여 신청을 하긴 했지만…… 저는 플루가 무지개다리를 건넌 후에 따라갈 거예요. 그건 제가 뉴데스 어쩌고 섬에 가더라도, 플루가 살아 있는 한 먼저 죽지는 않겠다는 이야기예요. 그때까지 기다려주실 수 있나요?"

무는 플루를 빤히 바라보며 답했다.

"강아지란 참 대단한 존재군요."

딱히 반박하지 않았다. 사실이니까. 그보다는 외계인이 '무지개다리를 건너다'라는 표현을 알아들었는지가 궁금했다. 플루는 무를 향해 작게 짖었다. 나는 플루가 짖는다는 사실이 반갑기만 했다.

"알겠습니다. 반영하도록 하죠."

합격 통보를 받은 후, 나는 천천히 일상을 정리했다. 일하던 동물병원에는 뉴데스 아일랜드에 간다는 말 대신 그냥 잠시 쉬겠다고만 전했다.

정해진 날짜에 무가 알려준 장소로 향했다. 옛날엔 서울에서 제일 높은 건물이었던 복합 쇼핑몰 옥상으로, 지금은 불법 이민자들과 그들을 위한 잡화점으로 가득한 곳이었다. 짐은 사료와 강아지 용품이 대부분인 캐리어 한 개와 플루의 이동장이 전부였다. 비행선은 통보한 시간에 정확히 나타났다. 고전 영화에서처럼 초록색 빛기둥을 따라 몸이 떠오를 줄 알았는데, 그건 아니었다. 나는 두 발로 걸어서 비행선에 올랐다. 내가 마지막 순번이었던 듯, 안에는 나 이외의 선정자들이 이미 착석한 후였다. 카르인이 내게 다가와 새끼손톱만한 기계 칩을 건넸다. 전에 들었던 생체 번역기였다. 나는 시키는 대로 그걸 삼켰다. 물 없이 삼키려니 좀 힘들었다. 내가 빈자리에 앉자 카르인이 앞에 나와 서더니 설명을 시작했다. 고층 엘리베이터를 탄 것처럼 귀가 살짝 먹먹해졌다.

"우리 비행선은 지금 막 이륙했습니다. 여기서 뉴데스 아일랜드까지는 대략 십여 분이 걸립니다."

여기는 한국이고, 뉴데스 아일랜드는 대서양 한복판에 있다. 십 분이라는 시간이 너무 비현실적이었으나…… 따지고 보면 그 섬이 나타난 순간부터 모든 것이 꿈만 같았지. 창이 없어 바깥이 보이지는 않았지만 비행선은 어떤 미동도 없이 편안했다. 그냥 가만히 떠 있는 것 같았다. 좌석에 앉은 승객은 총 스무 명으로, 죽으러 가는 사람들답지 않게 다들 차분했다.

"여러분은 지구인 1기 표본에 최종적으로 선정되셨습니다. 뉴데스 아일랜드에서 우리 카르인은 여러분께 가장 멋진 안식을 선사해드릴 겁니다. 결정 번복의 기회는 세 번 주어집니다. 시행 전에 조금이라도 삶의 의지가 살아난다면 기회가 주어졌을 때 참여를 중단하고 일상으로 복귀하실 수 있습니다. 단, 마지막 기회가 지나간 후에 번복하는 것은 받아들여지지 않으니 신중히 결정하시길 바랍니다. 물론 심층 면접을 통해 선정되신 만큼, 그럴 경우는 적다고 판단되지만요. 섬에 도착한 후에는 그저 평화로운 일상을 즐기면서 여러분의 멋진 마지막을 상상하시면 됩니다. 여러분을 위해 초빙한 지구인 셰프가 기다리고 있습니다. 스무 명의 선정자를 제외하면 유일한 지구인이죠. 각 행성인들의 입맛까지는 우리도 어찌할 수 없더군요."

번복의 기회는 세 번. 세 번의 기회 이후에는 살고 싶어지더라도 살 수 없다. 자살이 아닌 타살이 되는 것이다. 외계인에 의한 타살이라니. 화제 몰이용으로 제작한 팝콘 무비 내용 같았다. 목적지에 거의 도착했는지 비행선이 하강하는 게 느껴졌다. 그때, 옆자리에 앉아 있던 여자가 불쑥 내 귀에 속삭였다.

"마지막으로 뭘 먹고 싶어요?"

"네?"

"전…… 컵라면이요. 제가 컵라면을 진짜 좋아해요. 맨날 먹으면 질리니까 일부러 아껴 먹을 정도예요. 그런데 컵라면은 셰프가 필요하지 않잖아요. 그래서 좀 억울하달까. 그쪽은요?"

"음, 생각해봐야겠는데요. 딱히 좋아하는 음식이 없어서."

나는 당황해서 대충 대꾸했다. 파란색 브릿지 염색을 한 쇼트커트 머리의 여자는 자신을 제주도에서 태어난 일본 사람이라고 소개했다. 안락사 지원자들이 모인 만큼 조용하다못해 음울한 분위기가 감도는 비행선 안에서 여자 홀로 소풍을 가듯 발랄했다. 여자는 내가 안고 있는 이동장 안을 들여다보더니 쾌활히 물었다.

"강아지? 이름이 뭐예요?"

"플루요."

"와, 귀여워라. 플루는 세계 최초로 외계인을 만난 강아지가 되었네요. 제 이름은 라미예요."

 여자가 무슨 소리를 하든, 자신을 보든 말든 간만의 장거리 이동에 지친 플루는 잠만 잘 뿐이었다. 나는 잠시 이동장 안으로 손을 집어넣어 플루의 가슴이 미약하게 오르내리는 것을 확인했다. 안심하며 작게 한숨을 내쉬었을 때였다. 여자가 그런 나를 이상하다는 듯이 바라보더니 물었다.

 "그런데 그쪽, 강아지랑 왜 같이 왔어요? 죽을 생각이면 새 주인 찾아주고 왔어야 되는 거 아니에요? 설마 플루도 같이 데려가려는 건 아니죠?"

 그 말에 너무 어이가 없어서 말문이 막혔다. 여자의 상상력이 기발한 건지, 아니면 내가 진시황처럼 동물까지 죽음으로 몰고 가는 파렴치한 인간으로 보이는 건지 판단이 서지 않았다. 하지만 동시에 라미라는 여자가 꽤 따뜻한 사람이라는 생각도 들었는데, 어쨌든 혼자 남을 플루의 입장을 걱정하는 말이기 때문이었다. 본인도 죽고 싶어서 이곳에 온 와중에 말이다. 제가 그렇게 잔인한 사람으로 보여요? 라고 답하려던 나는 그녀와 살짝 눈을 마주한 후, 약 올리듯이 도로 입을 다물었다. 약간 골려주고 싶었다.

 "아니죠? 강아지가 무슨 죄예요? 카르인에게 뒷일을 부탁해두었을 거예요, 그렇죠?"

 라미가 눈을 가늘게 뜨며 캐물었고, 나는 대답 없이 눈을 감았다. 비행선은 정말로 서울 한복판에서 이륙한 지 정확히 십분 만에 섬에 사뿐하게 착륙했다. 입구가 열리고, 눈처럼 새하얀 모래사장이 펼쳐졌다. 한발 먼저 내린 카르인이 우리를 향해 손가락을 모두 펴고 양손을 세모로 모으며 말했다. 그들의 인사법인 것 같았다.

"지구인 여러분, 뉴데스 아일랜드에 오신 걸 환영합니다, 이곳에서 가장 멋진 안식을 맞이하시게 될 겁니다."

* * *

그곳은 안락의 섬이라는 이름답게 지상낙원 같았다. 투명한 에메랄드빛 바다가 사방에 펼쳐진 가운데, 드문드문 바다거북과 돌고래들이 보였다. 아마도 가짜일 흰 모래사장은 보석을 갈아 뿌린 것처럼 반짝였으며 알록달록한 파라솔과 벤치 몇 개가 그림처럼 늘어서 있었다. 완벽한 풍경, 완벽한 날씨, 완벽한 시설. 막말로, 죽을 생각으로 온 사람들에게 이렇게 좋은 대접을 해줘도 되는 건가 싶을 지경이었다. 죽고 싶다가도 이런 생활을 맛본다면 살고 싶어질 것 같단 말이지. 플루가 아니었다면 나 역시 그랬을 것이다. 하지만 플루 없이는 지금까지 살아 있지도 못했을 테니, 이런 가정은 아무런 의미가 없다. 다만 그렇게 생각한 건 나뿐만이 아닌 듯했다.

"이거 실험체 모집이고 뭐고 사실 그냥 자살률 낮추기 프로젝트 아니에요? 왜, 식량난 때문에 매년 자살률이 최고치를 찍고 있다잖아요. 다들 먹고 싶은 거 못 먹는 세상에서는 살 의미가 없다고 생각한다는 거지. 근데, 와. 이런 곳에서는 평생 살 수 있을 것 같은데요?"

라미가 그새 다른 지원자의 옆에 붙어 종알거렸다. 나는 그녀에게 묘하게 시선이 가는 이유를 알아차렸다. 그러니까 라미는, 플루를 닮았다. 과거의 플루, 내가 아홉 살 때 처음 만난 플루의 모습을. 그때 한 살밖에 되지 않았던 플루는 온 집안을 뛰어다니며 가족들을 귀찮게 했었다. 산책을 나가서도 그랬다. 사람만 보이면 누구든 자신을 귀여워해줄 거라 여기고 일단 달려갔단 말이지.

"그럼 그쪽은 왜 신청한 건데요? 고작 이런 풍경 가지고 마음이 흔들릴 거라면."

라미에게 질문을 던진 건 무만큼이나 무표정한 얼굴을 한 곱슬머리 여자였다. 민소매를 입고 있었는데, 목에서 어깨까지 가늘고 긴 나뭇가지 모양의 타투가 새겨져 있었다. 여자의 질문에 라미는 입을 다물었다. 잠시 무엇을 생각하는 듯하더니, 뜬금없이 나를 돌아보며 답했다.

"전 선택을 한 거예요. 어떤 기억을 마지막으로 할지."

"고를 수 있어서 좋겠네요."

곱슬머리 여자가 코웃음을 치며 담배를 꺼내 물었다. 배가 불렀네. 작게 중얼거리더니 자기 사연을 털어놓았다.

"저승은 뭐, 여기나 밖이나 똑같겠지…… 저는 밖에 있다간 어차피 사채업자들한테 장기 털려요. 중간에 물건을 좀 많이 빼돌려가지구. 어차피 죽을 거라면 편안하게 죽는 게 낫잖아요?"

"오, 멋진 이유."

두 사람이 옥신각신하는 사이 나는 이동장 안의 플루가 깨어난 걸 느끼고 문을 열어주었다. 다리가 안 좋아 아주 느리게 움직이는 플루를 무릎 위에 올리고 주변 풍경을 보여주었다. 치와와 특유의 커다랗고 까만 눈과 큰 귀가 낯선 바닷가의 바람을 느끼며 반응했다. 바다 저 멀리서 까만 점들이 튀어올랐다. 돌고래였다. 나는 플루를 껴안은 채 작게 속삭였다.

"멋지지. 지원하길 잘한 거 같아. 돌고래도 보고."

모래가 사각거리는 소리가 나더니 누군가 다가왔다.

"이곳에서는 돌고래는 물론 더 큰 고래도 자주 보입니다. 섬 부근에 인간이 접근하지 못하는 걸 눈치챘는지, 바다 생물들이 모여들었죠."

무였다. 다른 카르인들을 데려온 무가 그들의 이름을 하나씩 소개했다. 무, 수, 진, 차, 고, 우. 카르인들이 우리를 향해 손을 세모로 만들어 보였다. 그 모습을 따라 한 건 나와 라미밖에 없었다. 우리는 눈을 맞추고 멋쩍게 웃었다.

이후에는 메인 건물과 숙소, 식당과 연구 동 등등을 소개받았다. 메인 건물은 내부로 들어서면 다시 두 동으로 나뉘는데, 리조트와 연구소를 합쳐놓은 듯한 기이한 구조였다. 뒤이어 '안락'에 관해 자세한 설명들이 이어졌다. 대부분 면접 때 들은 내용이었다. 모든 소개가 끝난 후 무가 더 궁금한 것이 있냐고 묻자 라미가 손을 들었다.

"손수 신청해서 여기까지 온 사람이 할 말은 아니지만…… 당신들을 어떻게 믿죠? 막말로, 안락사를 제공한다고 해서 왔다가 산 채로 끔찍한 실험을 당할 수도 있는 거잖아요. 노예로 부린다거나. 뭐랄까, 눈에 보이는 것들이 너무 좋아서 오히려 의심이 가네요."

카르인은 고개를 끄덕였다. 충분히 그런 생각이 들 수 있습니다, 라고 운을 뗀 그가 말을 이었다.

"우리를 믿으라는 말밖에는 해드릴 수 없군요. 몇 번이나 말씀드렸지만, 우리는 살육자가 아니라 학자입니다. 나름의 윤리 기준과 규칙을 가지고 있죠. 인간들이 곧 도축될 동물이나 사형수에게 좋은 음식을 먹이는 걸 생각해보세요. 마찬가지 아닐까요? 당신들은 죽음으로써 우리의 연구에 기여하는 것이고, 우리는 그에 대한 보상을 조금이나마 해주려는 겁니다."

무는 차분히 답했다. 그러다 문득 무엇이 생각난 듯,

"아, 그리고……"

우리와 한 명 한 명 눈을 맞춘 후 입을 열었다.

"오늘 첫번째 안락이 있겠습니다. 지원자 3의 의견을 참고하여, 원하시는 분들은 참관도 가능합니다."

* * *.

라미는 홀로 바빴다. 한시도 가만히 있지 못하고 여기저기를 쏘다니며 말을 걸다가 갑자기 구석에 앉아 뭔가를 끄적여대곤 했다. 얼핏 보니 유치원생처럼 크레파스와 노트를 가지고 낙서를 하고 있었다. 무엇을 그리는 거냐고 물어볼까 하다가 오지랖 같아 그만두었다. 어차피 곧 끝날 사이니까.

객식 동의 현관을 열고 들어가면 공용 거실과 부엌이 보였고, 양쪽으로 개인 화장실이 딸린 넓은 방들이 이어졌다. 나와 라미는 마주보는 방을 배정받아 짐을 풀었다.

다시 모인 지원자들은 식당에서 함께 밥을 먹었다. 라자냐와 버섯 탕수가 훌륭했다. 셰프는 먹고 싶은 게 있으면 언제든 말하라며 옛 귀족을 모시는 것처럼 허리를 숙여 인사했다. 나는 간만에 그릇을 깨끗이 비웠다. 그에 비해 플루는 매일 쓰던 그릇에 가장 좋아하는 사료를 챙겨주었는데도 거의 먹지 못했다. 갈수록 먹는 양이 줄어들고 있었다.

식사 후에는 차를 마시며 다른 지원자들과 이야기를 나눴다. 스무 명이 다 모여 있었다. 그렇다는 건 이중 한 명이 곧 떠난다는 말이었다. 누굴까, 라는 생각보다 왜 그렇게 조급한 걸까, 하는 생각이 먼저 들었다. 고작 첫날인데. 아직 번복의 기회도 오지 않았는데. 뜨거운 국화차를 가장 먼저 비운 중년의 남자가 불쑥 고개를 들고 외쳤다.

"다들 참관하실 건가요?"

몇몇은 고개를 끄덕였고, 몇 명은 입을 다물었다. 나는 고개를 끄덕인 쪽이었다. 미리 봐둬야 마음의 준비를 할 수 있을 것 같았다. 남자는 태연히 말했다.

"그럼 다들 제가 죽는 걸 볼 수 있겠군요."

누군가 물었다.

"왜 오늘입니까? 더 있다가 죽어도 되잖아요."

"쇠뿔도 단김에 빼라고, 전 하루라도 빨리 죽고 싶어요. 미련을 가지기 전에요. 그래야 보험금이 나와 가족들이 빚을 갚거든요. 중국에서는 시신이 없어도 실종 신고 후 사 년이 지나면 사망 처리가 가능하죠. 숨어산 지 일 년이니, 이 년 후면 돈이 나올 거예요. 하지만 평생을 숨어살 수는 없죠. 제가 죽어야 모두가 편해지는 상황인데 혼자서는 죽기 두려웠어요. 아플까봐, 죽는 게 아파서 가족을 배신하게 될까봐요. 숨어 다니는 것도 지겨웠는데 잘되었지 뭡니까."

남자는 곁들여 나온 과자를 입에 밀어넣으며 덧붙였다.

"제가 최초의 최초네요. 적어도 지구인에 한해서는요. 모두들 제 죽음을 잘 참고해서, 멋진 죽음을 맞이해주세요."

말을 마친 남자는 차 대신 백주를 한 잔 주문했다. 창밖이 푸르렀다. 이곳에서는 시간이 확실치 않았다. 휴대폰은 사용할 수 없었으며 시계도 없었다. 철저히 카르인의 생활 리듬에 따라 흘러가는 곳이었다.

잠시 잠들었던 우리는 감미로운 알람 소리에 잠에서 깼다. 첫번째 안락을 진행하니 참관자들은 0홀로 모여달라는 내용이었다. 나는 잠들어 있는 플루의 숨소리를 확인한 뒤 방에서 나왔다. 혼자 가기 무서워 맞은편 라미의 방문을 두드렸더니 막 잠에서 깬 듯한 라미가 캡 모자를 쓰며 나왔다.

"같이 가요."

"혹시 무서워서 그래요?"

나는 고개를 끄덕였고, 우리는 말없이 함께 걸었다.

* * *

0홀은 일종의 공개 연구실이었다. 티끌 한 점 없이 투명한 유리벽 너머에는 매끈한 먹색의 직육면체가 덩그러니 놓여 있었다. 그 위에 반듯이 누운 남자를 가리켜 무가 설명했다.

"지원자 3은 신속하고 편안한 죽음을 원했습니다. 마지막 바람은 가족과 함께하고 싶다는 것이었는데, 이곳의 사정상 직접 상봉은 불가했습니다. 대신 우리는 꿈으로 그 바람을 이뤄주기로 했죠. 약물을 복용한 그는 지금 가장 편안한 상태로 깊은 잠에 들어 있으며, 원하는 꿈을 꾸고 있을 것입니다. 대화는 물론 접촉도 가능한 사실적인 꿈입니다. 지구인 최초의 안락, 지원자 3은 죽음의 순간을 인지조차 못한 채 더 깊은 잠에 빠져들 것입니다."

투명한 유리벽 안의 카르인들이 양손을 모으고 손가락을 약간 구부려 동그라미를 만들었다. 애도의 뜻인 듯했다. 나는 조심스레 그 손동작을 따라 해보았다. 그리고 속으로 중얼거렸다. 아저씨, 보험금은 분명 잘 전달될 거예요…… 다음 순간, 카르인들 중 한 명이 스포이트처럼 생긴 도구를 집어들었다. 잠들어 있는 남자의 손목에 가져가자 끝에서 주삿바늘이 튀어나왔고, 카르인이 둥근 곳을 살짝 누르자 투명한 약물이 혈관을 타고 들어가 빛을 내며 퍼지는 게 보였다. 일 초 정도, 잠꼬대를 하듯이 경련. 그게 끝이었다. 남자는 마지막 순간에 환히 웃고 있었다. 숨이 끊어진 남자가 누운 침대를 카르인들이 어딘가로 밀어 가져갔다.

"보셨죠? 이게 전부랍니다. 정말 편안해 보이지 않나요?"

무가 우리를 돌아보며 말했다.

"정말 그렇네요……"

말고는 할말이 없었다. 확실히 편해 보이긴 했다. 우리는 고개를 끄덕인 뒤 카르인들을 따라 양손을 둥글게 모았다. 세모와 동그라미. 세모는 산 사람에게 하는 인사, 동그라미는 죽은 사람에게 하는 인사. 그리고 이 연구실의 이름은 0홀이었다. 이미 시야에서 사라진 남자에게 마지막 인사를 건넨 후 우리는 연구실을 나왔다.

객실 동으로 이어지는 새까만 복도에 퍼져 있는 어둠을 보자 허무함이 파도처럼 밀려왔다. 단 하루지만 함께 밥을 먹고, 대화를 나누었던 사람이 이제 없다. 존재하지 않는다. 오늘 처음 본 사람도 사라지면 이런 느낌인데, 플루가 없는 나중을 상상하자 견딜 수 없을 것 같은 기분이 되었다. 갑자기 너무 춥고 무서웠다. 끔찍한 상상에 사로잡힌 채 적막한 복도를 걷던 그때였다. 라미가 갑자기 멈춰 서서 나를 바라보더니, 의아할 만큼 해맑게 웃으며 물었다.

"어차피 다시 못 잘 거 같은데, 같이 모험할래요?"

"모험이요?"

"여긴 외계인들의 섬이잖아요."

라미는 왔던 길을 거슬러 0홀이 있는 연구 동으로 향했다. 한참을 망설이던 나는 결국 라미를 따라갔다. 복도의 진득한 어둠 안에 혼자 있고 싶지 않다는, 그 단순한 이유만으로. 밖에는 해가 뜨기 시작했지만, 카르인들에겐 자는 시간대인 듯했다. 호기롭게 건물을 헤집기 시작했으나 외계인들은 허술하지 않았다. 연구 동 보안이 철저했기 때문에 막상 제대로 볼 수 있는 건 없었다. 미는 문마다 꼼짝도 하지 않아 실망만 연발하던 라미가 별안간 탄성을 질렀다. 유일하게 열려 있던 창고 문 안쪽에 지하층으로 향하는 나선형 계단이 있었던 것이다.

"어때요. 가볼래요?"

라미가 나를 향해 물었고, 나는 라미의 눈을 보는 순간 내가 거절해도 라미는 그 안에 들어갈 것임을 깨달았다. 그쯤 되니 에라 모르겠다 싶은 심정이 되었다. 불길한 상상과 허무함은 그새 옅어져 있었다. 나는 고개를 끄덕였다. 우리는 계단을 내려가기 시작했다.

생각보다 길지 않은 계단의 끝에는 완만한 경사로가 더 깊숙한 곳을 향해 이어져 있었다. 소용돌이 같은 길을 따라 한참을 내려가자 심야의 박물관처럼 넓고 어두운 공간이 펼쳐졌다. 우리는 동시에 감탄사를 내뱉었다.

"와…… 이게 다 뭐죠?"

내가 물은 건지, 라미의 말인지 분간이 되지 않았다. 나는 눈앞에 펼쳐진 장면을 믿을 수 없었다. 지하의 광활한 공간에 맑은 초록색 용액으로 가득한 투명한 원통이 끝없이 나열되어 있었다. 그리고 그 안에는…… 그간 본 적 없는, 각양각색의 생물들이 잠들어 있었다. 하나하나가 금방이라도 눈을 뜰 것처럼 생생했다. 나는 나도 모르게 그중 하나를 짚으며 중얼거렸다.

"전부 외계인들인가봐요."

인간과 놀라울 만큼 비슷한 생물도 있었고, 괴수 영화에 나올 것처럼 무섭게 생긴 존재도 있었다. 더듬이가 달린 외눈박이, 인어, 고전 SF 영화에 나올 법한 그레이 외계인, 심지어는 고양이와 강아지를 닮은 외계인도 있었다. 상상 속에만 있던, 아니 상상조차 할 수 없었던 존재들이 그곳에 잠들어 있었다. 카르인들의 말대로라면 이들은 전부 안락을 택한 지원자들일 것이었다.

인어도, 불가사리 외계인과 고양이 외계인도 안락을 바라는구나. 그 사실이 어째선지 위로가 되었다. 나는 저 안에 잠든 내 모습을 상상했다. 하지만 곧 별로라는 생각이 들었는데, 하나의 원통 안에 하나의 종만이 들어 있었기 때문이었다. 인어는 인어끼리, 불가사리는 불가사리끼리. 그렇다는 건 플루와 함께 있을 수 없다는 뜻이었다.

"별로야."

내가 혼잣말을 내뱉는 사이, 라미는 감탄과 함께 원통들의 사이사이를 내달리기 시작했다. 있지도 않은 꼬리가 흔들리는 것 같았다. 그만큼 신나고 황홀한 얼굴이었다. 이윽고 지하실의 정중앙에 멈춰 선 라미가 양팔을 벌린 채 빙그르르 돌며 말했다.

"진짜 멋지지 않아요? 우리는 우주의 일부를 엿본 거예요."

그러고는, 다시 지상으로 이어지는 통로를 향해 뛰어오르며 외쳤다.

"제 마지막 기억은 이곳으로 하겠어요. 그림을 그려야 해요. 잊어버리지 않게."

그날, 지하실을 나와 방으로 돌아간 라미는 다음날 늦게까지 방안에 틀어박혔다. 한숨 자고 일어나서 내가 플루와 해변을 산책하고, 식사를 마치고 돌아올 때까지도 라미는 방안에서 꼼짝도 하지 않았다. 나는 셰프에게 부탁해서 만들어온 도시락을 방문 앞에 내려놓고 노크한 후 내 방으로 돌아왔다. 얼마 지나지 않아 라미의 방문이 열리는 소리가 났다. 나는 하루 종일 자놓고 또 늘어지는 플루와 함께 침대를 뒹굴며 시간을 보냈다.

모두가 잠든 시간, 이번에는 라미가 내 방문을 두드렸다.

"어제 거기 다시 가보려는데, 같이 갈래요?"

라미는 늘 챙기는 노트와 필통을 들고 있었다. 둘 다 요즘에는 잘 쓰지 않는 옛날 물건이었다. 라미는 한참 동안이나 그 원통들 앞에서 초록색 크레파스로 그림을 그렸다. 난생처음 수족관에 간 어린이처럼. 간결한 선과 면으로 이루어진 그림은 실제보다 단순했지만, 아기자기하고 귀여워서 보는 사람을 기분좋게 했다. 나는 어느샌가 그림을 그리는 라미 옆에 앉아 그의 손을 좇고 있었다. 옆에 가만히 앉은 나를 향해 라미가 자신의 이야기를 꺼냈다.

"전 제가 누군지 온전히 기억할 수 있을 때 죽고 싶어요. 그래서 이곳에 왔어요."

* * *

라미는 잊어버리는 사람이었다. 아주 사소한 것부터 시작해, 점점 스스로가 누구인지까지 잊게 되는 병에 걸렸다고 했다. 방사능 오염 지역에서 만든 영양제를 꾸준히 섭취한 게 발병 원인이었다. 나도 그 뉴스를 보았다. 건강을 위해 먹은 영양제에 몸을 건강하게 만드는 대신 기억을 갉아먹는 부작용이 있었다는. 뇌가 서서히 죽어가는데 약은 없는 병. 당연히 제조사는 발뺌했고 피해자들은 기약 없는 싸움을 계속하다 자신이 어떻게 병에 걸렸는지, 끝에는 병에 걸렸다는 사실마저도 잊었다. 대대적인 리브랜딩을 거친 제조사는 아직까지 건재했다. 라미는 자신이 누구인지 잊기 전에, 가장 멋진 기억을 남기고 그것을 인생의 마지막 장면으로 선택하고 싶어서 이곳에 지원했다. 그리고 정말 멋있는 것을 보았으니 이제는 여한이 없다고 내게 말했다.

"전 늘 우주에 가보고 싶었거든요. 비록 직접 갈 수는 없었지만…… 이로써 지구에서 드넓은 우주의 일부를 엿본 셈이니까요. 친절한 외계인들이랑 강아지 플루도 만났구요. 이렇게 많은 외계 생명체를 본 건 지구인 중에서 우리가 유일할 거예요."

그렇게 말하는 라미가 정말 신나 보여서 나는 어떤 말도 덧붙이지 못했다. 갑자기 어렸을 때의 기억이 떠올랐다. 엄마와 함께 아파트 옥상에서 금환일식을 목격한 날이었다. 장난감처럼 생긴 일식 관측용 안경을 끼고서 어두워진 하늘을 빤히 보며 난생처음, 나는 경외감이라는 감정에 사로잡혔다. 그건 살아 있다는 게 감사할 정도로 벅차오르지만, 동시에 서글픈 기분이었다. 갑작스레 다른 세계로 동떨어지는 듯한 감각. 그 낯선 외로움에 나는 고개를 쳐든 엄마의 손을 붙잡고 집에 가자고 생떼를 썼었다. 나와 내가 사랑하는 모든 것들이, 자그마한 나에겐 마냥 거대한 부피감으로 감각되는 대상이 저 우주의 시선으로는 한없이 보잘것없는 존재라는 사실이 주는 괴리감이 두려웠던 것이다.

어째서인지 라미의 이야기를 듣자 그때와 비슷하게 속이 울렁거렸다. 목구멍에 무언가 가득히 차오른 듯한 답답함. 닿을 수 없는 뇌 깊숙한 곳이 자꾸 간지러워지는 느낌이었다. 나는 어디 안 좋냐고 물어보는 라미의 눈을 피하며 고개를 저었다. 문득 이런 생각이 들었다. 어쩌면 카르인들은 놓기 위해서가 아니라 얻기 위해서, 이루기 위해서 죽음을 선택하는 인간들을 고른 것 아닐까?

하지만 라미와 달리 나는 그런 사람이 아니었다. 나는 그냥 평범하게 무기력하고 외로운 지구인 1에 불과한데. 나 같은 사람은 지구에 널렸다. 어쩌면 그래서일지도 모르겠다. 모든 표본에는 희귀종과 비교할 보편적 대상이 필요하니까.

이후로 우리는 거의 매일 지하실을 찾았다. 그 안에 잠든 낯선 생명체들에게 말을 걸고, 죽음 이후의 우주여행을 상상하는 것이 안락의 섬에서 우리가 찾아낸 가장 큰 즐거움이었다. 한번은 늦게 퇴근한 무에게 걸린 적도 있었다. 크게 혼나거나 섬에서 퇴출되면 어쩌나 걱정했는데, 그간의 스릴이 무색하게 아무 일도 벌어지지 않았다. 원래 카르인은 감정 표현이 미미한 건지, 아니면 내가 둔해 알아차리지 못한 건지 모르겠지만 덤덤한 목소리로 이렇게 말했을 뿐이었다.

"여기 보관된 외계인의 신체는 카르인의 고향으로 가서 자연사박물관에 보존될 겁니다. 구경하는 건 괜찮습니다. 만지지는 마세요. 두려워할 줄 알고 안내하지 않았는데 이토록 흥미로워하다니, 그야말로 흥미롭군요."

그러고는 인어 외계인을 가리키며 말했다.

"물고기를 닮은 이 종족이 사는 행성에는 대지와 대기가 없었답니다. 온통 물로만 가득한 곳이었죠."

또 고양이를 닮은 외계인을 가리키며 말했다.

"이 조그만 종족들은 사실 지구 곳곳에 이미 침투해 있더군요."

진짜인지 농담인지 모를 말들이었다. 그렇다면 내가 일하던 동물병원 단골 고양이들 중에 외계인이 섞였을 수도 있다는 말? 뭔가 귀여운 느낌이 들어 좀 웃었다. 무는 그 밖에 우리에게 다른 행성과 다른 은하, 다른 우주에 관해서도 이야기해주었다. 나는 꼭 할머니에게 전래동화를 듣는 기분으로 그의 고저 없는 목소리에 귀를 기울였고, 라미는 상상 속 장면을 스케치북에 그려 나갔다. 이야기가 끝났을 때, 무는 우리에게 물었다.

"무섭지 않나요? 다른 행성의 어떤 이들은 이 지하실을 관람하고 결정을 번복했었죠. 그런 경우가 꽤 많았습니다."

나는 답했다.

"무섭지는 않아요. 하지만…… 하나의 원통 안에 한 종족만 있잖아요. 저는 그게 마음에 들지 않아요."

무는 안타까운 표정으로, 그건 진열 규칙상 어쩔 수 없다고 답했다.

그런 날들이 종종 이어졌다. 라미는 기억을 박제하기 위해 끊임없이 그림을 그렸고, 카르인은 우리에게 괴담 같기도 신화 같기도 한 다른 행성의 여행기를 들려주었다. 식사는 여전히 매 끼니마다 훌륭했고, 플루는 점점 더 많이 잤다. 조금만 걸어도 피곤해했고 꼬리를 더욱 느리게 흔들었다. 배변 실수가 늘어나고 내 목소리에 반응하는 속도도 눈에 띄게 더뎌졌다. 나는 갈수록 퀴퀴한 냄새를 풍기는 플루의 등에 코를 묻고서 잠들었다.

섬에 도착하고 일주일째에, 첫번째 번복의 기회가 주어졌다. 열아홉 명 중 네 명이 돌아갔다. 이십 일째에 두번째 기회가 왔다. 한 명이 돌아갔다. 두 명은 안식에 들었다. 둘 다 행복하고, 후련해 보이는 얼굴로 눈을 감았다. 이제 남은 건 나를 포함하여 열두 명이었다. 라미는 가끔 지하실을 잊고는 자신이 그린 그림을 내게 가지고 와 이게 뭐냐고 물어보곤 했다. 나는 그럼 카르인들이 잠들길 기다렸다가 라미의 손목을 붙잡고 지하실로 이끌었는데, 라미는 매번 그곳을 발견한 첫날과 같은 표정을 짓고는 그때와 똑같은 목소리, 억양으로 외쳤다.

"제 마지막 기억은 이곳으로 하겠어요. 잊어버리지 않게 그림을 그려야 해요."

마지막 번복의 기회는 투약 직전으로, 모두에게 공통이었다. 이제 나에게 남은 기회는 단 한 번뿐이었다. 그리고 나는 번복할 생각이 없었다.

* * *

"어렸을 때부터 리조트에 가보는 게 꿈이었어요. 왜, 잡지에 나오는 그런 리조트요. 투숙객 전용 해변이 있고, 발코니가 딸린 방에 삼시 세끼가 배달되고, 곳곳에 화려한 열대식물과 과일이 널려 있는 그런 곳. 하지만 가본 호텔이라곤 다 망해가던 카지노 호텔이 전부네요. 어쨌든 마지막은 고전 드라마, 〈영 앤 리치 아시안 걸〉 속 주인공처럼 보내고 싶어요. 속없는 친구들과 피크닉을 즐기고, 실없이 웃으며 보내고 싶다구요. 다들 도와줄 수 있죠?"

곱슬머리 여자의 안락일이 정해졌다. 우리는 여자의 완벽한 엔딩을 위해 함께해주기로 했다. 뒤늦게 알게 된 여자의 이름은 하피였다. 하피는 비키니 차림으로 돌고래가 가장 잘 보이는 해변에 넓은 체크무늬 매트를 깔았다. 나는 라미와 함께 며칠 전 셰프에게 부탁한 피크닉 음식들을 받아왔다. 열대과일과 차가운 코코넛 음료, 수박 주스, 한입에 먹을 수 있는 카나페와 샌드위치 등이었다. 다른 지원자들은 공을 가져와 비치볼 게임을 했다. 무는 그런 우리를 멀리서 지켜보았다. 볼펜을 닮은 가느다란 기기로 손바닥에 뭔가를 적기도 했다.

　나는 하피 옆에 누워 간만에 신이 나 라미와 노는 플루를 바라봤다. 닮은 것들끼리 놀고 있네요, 라고 말하자 하피가 푸핫 웃었다. 라미와 한참을 놀다 꼬리를 흔들며 다가온 플루가 내 앞에서 어렸을 때처럼 빙글빙글 돌았다. 정말 옛날로 돌아간 듯한 기분이 들어 나는 플루가 좋아하던 장난감을 꺼내 들었다. 다리가 약해진 이후로 언젠가부터 시큰둥해하던 장난감이었다. 작은 사과 모양 공을 던지자 플루는 그것을 물어 가져왔다. 몇 번을 반복해도, 아무리 멀리 굴러가도, 포기하는 일 없이 물어왔다. 나는 어째선지…… 내가 플루랑 놀아주는 게 아니라 플루가 나랑 놀아준다고 느꼈다. 그렇게 한참을 주고받다 지친 플루가 간식을 먹고 내 옆에 몸을 말아 누웠다. 우리를 지켜보던 하피가 수박 주스를 한 모금 마시며 중얼거렸다.

　"지금 이 순간이 다음 생의 예고편이면 좋겠어요."

　나는 코코넛 주스를 비우며 대꾸했다.

　"저는…… 그냥 안 태어날래요. 소중한 것들이 사라지는 걸 보는 일은 너무 슬퍼요. 더군다나 마지막까지 남아 있는 게 하필 나라면."

　"그래도 그 소중한 것들 덕분에 행복했잖아요."

　하피가 눈을 마주하며, 이해가 가지 않는다는 듯이 말했다.

　"저는 그런 기억들이 부러워요."

그날 꿈에 플루가 나왔다. 아주 짧은 꿈이었는데, 꿈이라고 확신한 이유는 플루가 말을 했기 때문이다. 꼭 생체 번역기를 삼킨 것처럼 플루는 나를 바라보며 말했다. 카르인이 말하듯 고저 없는 목소리였다.

―오랜만에 놀아서 즐거웠어. 수수.

그리고,

―나중에 라미의 방에 가봐. 거기에 내가 있을 거야.

자고 일어나니 플루의 심장은 멈춰 있었다.

하피는 무사히 안락에 들어갔다.

* * *

플루와 하피가 눈을 감은 다음날, 무가 나를 로비로 불러냈다. 그는 플루가 죽었으니 이제 안락을 준비하겠다고 전했다. 나는 고개를 끄덕였다. 내 안락일은 사흘 뒤로 정해졌다. 나는 많이 울었지만, 생각만큼 많이 울지는 않았다. 어차피 곧 다시 함께할 것이기 때문이었다.

무가 원하는 시나리오를 제출하라고 했지만, 나는 아무것도 하지 않았다. 등을 기댈 높은 나무와 푸른 언덕, 저멀리 내려다보이는 풍경…… 따위가 다 무슨 소용인가 싶었다. 플루는 이미 없는데. 섬의 그림 같은 풍경들은 한순간에 빛을 잃었다. 아무것도 느껴지지 않았다. 나는 온종일 방과 지하실에만 틀어박혀 있었다. 무를 붙잡고 행패를 부리기도 했다. 플루를 살려주면 안 돼요? 무는 기계처럼 답했다. 죽은 생명은 카르인도 살릴 수 없습니다. 우리 카르인은 신이 아닙니다.

나는 계속해서 플루와의 꿈을 떠올렸다. 즐거웠다는 과거형의 말을. 나에게 가장 필요했고 가장 하지 말았어야 하는 말을 곱씹었다. 내 무의식이 어째서 하필 그런 꿈을 송출했는지 모를 일이었다. 외계인이 만든 인공 섬에 머무는 주제에, 나는 꿈속의 목소리가 진짜라고 믿고 싶었다. 플루가 먼 길을 떠나기 전에 나에게 직접 찾아온 것이라고 말이다. 왜 아무 말도 하지 못했을까? 플루에게 이것저것 물어볼 수 있는 마지막 기회였는데. 플루, 나와 함께한 시간이 괜찮았니? 많이 힘들거나 아프진 않았니? 멍청하게 고개만 갸우뚱할 게 아니라 마지막 인사를 나누었어야 했다. 나와 함께해줘서 고마워. 수고했어. 미안해. 먼 길 조심히. 안녕히. 조만간 또 만나. 다시. 다시.
다시.
안락을 마흔다섯 시간 남겼을 때였다. 라미가 내 방문을 두드렸다.
"수수. 자?"

아무와도 만나고 싶지 않았다. 자는 척을 할까 고민하던 나는 꿈속의 플루가 건넨 말을 떠올렸다. *라미의 방에 가봐. 거기에 내가 있을 거야.* 그 말이 주문이라도 되는 것처럼, 나는 간신히 몸을 일으켜 문을 열었다. 라미가 언제 가져다두었는지 모를 샌드위치 봉투가 밀려났다. 조금 미안한 마음이 들었다. 문이 열리자마자 라미는 내 손목을 잡아 이끌었다. 내가 지하실로 그를 안내했을 때처럼.

"따라와. 너에게 보여줄 게 있어."

라미는 나를 자신의 방문 앞으로 데려갔다. 한 번도 보여준 적 없던 방이었다. 굳게 닫혀 있던 문이 활짝 열리자 꽁꽁 숨겨두었던 내부가 나타났다.

사방에 붙은 종이 위에, 라미의 기억이 빼곡했다.

라미가 그린 기억의 단상들이었다. 잊어버리기 전에 그려 기록한 파편들. 실제보다 두루뭉술하고 귀여운 이미지들. 뉴데스 아일랜드에 막 도착한 순간부터, 하피를 위한 해변가 피크닉까지. 지하실에서 보았던 온갖 신비로운 외계 생물들 역시 종이 안에 고스란히 담겨 있었다. 그건 손으로 제작한 무성 영화 필름이었고, 아직 결말이 없는 동화였고, 라미의 바람과 마음이었다. 그리고 그 평면의 세계 안에는…… 플루도 있었다.

검은콩 같은 눈을 느리게 깜빡이며, 신나는 얼굴로 모래사장 위에 선 플루.

거기에 내가 있을 거야. 그 말은 사실이었다. 자는 플루, 꼬리를 흔드는 플루, 밥을 먹는 플루가 그 안에 있었다. 나와 함께 있는 그림도 보였다. 뉴데스 아일랜드에 도착한 첫날이었다. 내가 바다를 바라보며, 플루를 이동장에서 막 꺼내 속삭이는 순간이었다. 하피와 대화를 하던 라미가 나를 불쑥 돌아보았던 것이 기억났다. 플루를 안은 내 뒤로 드넓은 대서양이 펼쳐져 있었다. 오일 파스텔을 쓴 건지 부드럽게 칠해진 색이 고왔다. 플루와 함께 산책하는 나, 플루에게 밥을 주는 나, 라미를 보는 나…… 내 얼굴이 이렇게 생겼었나? 이토록 불안한, 행복한, 벅차오르는, 슬픈, 공허한 표정을 지었던가? 함께한 순간을 시간이 지난 후에 이미지로 다시 마주하니 기분이 이상했다. 내가 라미를 바라보자 라미는 말했다.

"첫째 날, 너에게 강아지를 어쩔 셈이냐고 장난쳤지만 사실은 네 생각이 뭔지 알고 있었어. 수수 네 표정에 다 드러났거든. 넌 표정을 아예 못 숨겨. 아마 플루도 분명히 알았을 거야. 네가 무슨 생각을 하는지."

점점 흐려지는 시야 끝에 해변가에서 공놀이를 하는 우리를 그린 그림이 들어왔다. 앞발을 든 플루와 나 사이에 사과 모양 빨간 공이 붕 떠 있었다. 플루의 눈은 공이 아닌 내 쪽을 향했다. 모든 그림에는 그리는 이의 사사로운 감정과 왜곡된 기억이 반영된다는 걸 안다. 그럼에도 쏟아지는 눈물을 멈출 수가 없었다. 나는 바닥에 주저앉아 어깨를 떨며 한참을 엉엉 울었다. 플루가 죽은 직후보다 훨씬 많은 고통과 눈물을 흘려보냈다. 내 안의 우물이 바닥을 보일 때까지. 라미는 내가 우는 내내 곁에 있어주었다. 가끔 티슈를 건네고 손가락으로 그림을 가리키며 설명을 해주기도 했다. 겨우 눈물을 멈췄을 때, 라미는 고개를 들어 나를 응시했다. 그리고 벽에 붙은 그림 한 장을 떼어 내밀었다. 그릇 앞에 모여 앉은 까만 고양이들을 그린 그림이었다.

"내가 밥을 주던 애들이야. 여기 온 첫날에 그린 그림이지."

나는 말없이 그림을 받아들었다. 손끝에 파스텔이 묻어났다.

"아마가사키역 서쪽 출구 앞 제일 첫번째 상가 옆 골목. 거기 가서 얘네가 밥을 잘 먹고 있는지 확인해줘. 가능하다면 고양이 외계인인지도."

"무슨 말이야?"

"죽지 말란 말이야."

나는 멍하니 눈을 깜빡였다. 라미는 내 눈을 바라보며, 또박또박 분명한 어조로 말했다.

"원래 강아지는 좀 앞서 걷는 걸 좋아하잖아. 플루도 네가 이렇게 빨리 따라오길 바라지 않을걸."

나는 라미가 나에게 왜 이런 말을 하는지 알 수 없었다.

"그러니까 돌아가, 수수. 넌 돌아가야 해."

나는 라미를 노려봤다. 너야말로 나와 플루를 잊을 거면서. 이 섬을 잊을 거면서. 그러기 싫어서 안락을 택할 거면서. 너는 떠나는데 나는 남으라니. 그 무미건조한 행성에 나 홀로 있으라니. 이따위 말을 하는 라미가 원망스러웠다. 다만, 그 순간 라미의 얼굴에 플루가 겹쳐 보였다.

* * *

남은 시간 동안, 눈을 감고 꿈속 플루와 라미를 생각했다. 안락의 섬과 무의미한 바깥을 생각했다. 삶과 죽음을, 시작과 끝을, 종말과 재건을, 망각과 사랑을 생각했다. 나를 고통스럽게 하는 건 사랑의 기억들. 이 섬에서도 그런 기억은 계속 쌓였으니 나는 아마 그만큼 더 슬퍼질 것이다. 어디선가 하피가, 라미가, 플루가 이렇게 묻는 것만 같았다. 그렇다 하더라도, 그 모든 걸 없는 셈 치고 무로 돌아가는 건 너무 슬프지 않아? 기억이란 쇠퇴하지. 그리고 소중한 것은 다시 생겨나.

수수, 우리는 어디에나 있어. 과거에도 현재에도 미래에도 있어.

어느샌가 나는 첫날 참관했던 0홀의 유리벽 안쪽에 누워 있었다. 침대는 빠져나가는 걸 상상하기 어려울 만큼 편안했다.

앞에는 카르인 여럿이 신비로운 눈을 느리게 깜빡이며 서 있었다. 무가 약물이 든 도구를 꺼내며 다가왔다. 첫날 안식에 든 남자가 웃으며 꿈을 꿀 수 있게 해준 약물이었다. 나는 그가 들고 있는 것이 아주 달콤하다는 걸 알았다. 다시는 깨어나지 않아도 상관없을 정도로, 꿀 같은 안식을 선사할 것이라는 사실을 알았다.

"약물은 준비되었습니다. 이번 선택 이후로는 돌이킬 수 없어요."

유리벽 밖에는 라미를 포함하여, 아직 남은 지원자 몇몇이 참관중이었다. 그리고 믿을 수 없게도 플루가 있었다. 사람들의 발밑에 작은 몸을 세우고 서서 구슬 같은 까만 눈을 빛내며 나를 보고 있었다. 나는 고개를 들어 낯선 이방인, 무를 포함한 카르인들을 바라보았다. 온화하고 합리적인 이방인들의, 플루만큼이나 새까만 눈동자를 마주했다. 또 오래전 엄마와 손을 잡고 보았던 금환일식을, 하늘에 나타난 까만 동그라미를 떠올렸다. 동공. 그림자. 빛나는 고리와 새까만 구멍, 그 사이의 어둠. 우주. 우주 너머의 우주. 신성하고 평화로운 의식의 주인공이 된 듯한 기분이었다. 무는 카르인이 신이 아니라고 말했지만 지금 이 순간만큼은 신과 다름없게 느껴졌다. 나는 막 꿈에서 깨어난 것처럼, 천천히 눈을 깜빡였다. 신이 미소를 지으며 마지막 질문을 던졌다.

"안락에 들겠습니까?"

나는 무한과도 같은 침묵을 지나, 입을 열었다.

* * *

길다면 길고 짧다면 짧은 꿈을 꾼 것 같았다. 떠날 때와 마찬가지로 복합 쇼핑몰 옥상에서 내린 나는 심야버스를 타고 집으로 돌아왔다. 집을 처분하지 않고 떠나서 다행이었다. 미처 버리지 못하고 모아두었던 짐을 전부 다시 풀었다. 플루가 없는 공간이 낯설어 새 집에 막 이사온 듯한 기분이 들었다.

직장에도 바로 복귀했다. 전과 다름없이 적당히 웃으며 평범한 나날을 보냈지만 집에 돌아오면 하루가 어떻게 지나갔는지 도통 기억이 나지 않았다. 꼭 정신의 일부가 아직 안락의 섬에 남아 있는 것처럼. 플루의 유골함은 소파에서 잘 보이는 텔레비전 옆에 놓아두고, 라미의 그림들은 침대 옆 벽에 붙여두었다.

아침에 눈을 뜰 때마다 그곳에서의 시간을 떠올렸다. 돌아오기로 한 선택이 과연 옳았는지, 끊임없이 의심하느라 잠들지 못하는 날에도 새벽빛을 머금은 그림들을 마주하면 신기할 만큼 머릿속이 고요해졌다. 나는 밤마다 카르인이 질문을 던지던 순간으로 돌아갔다. 다른 답을 내뱉는 내 모습을 몇 번이고 상상하려 했지만, 그 끝은 늘 번복이었다. 혼자 감당해야 할 외로움이 어느 정도인지 충분히 체감했음에도 나는 생을 거절할 수 없었다.

지하실에서 원통 사이를 내달리던 라미가 외치던 한 문장처럼, 플루가 느리게라도 입에 공을 물고 내게 돌아왔던 것처럼.

이 외로움은 내 몫으로 주어진 것일 테다.

아직 아마가사키역에 가보지는 못했다. 하지만 카르인에게 알아낸 고양이 외계인 구별법만은 잊어버리지 않도록 노트에 적어놓았다. 하루는 출근 준비를 하는 동안 텔레비전을 틀어두었는데, 항공권 특가 광고가 흘러나왔다. 카르인들이 보내왔던 영상처럼 평화로운 휴양지 배경에 픽셀 하트와 명조체의 문구가 요란하게 어우러져 있는 모양새였다. 가격을 읊는 항공사의 마스코트 캐릭터가 하필 치와와라 웃음이 새어 나왔다.

그날 나는 간만에 지각을 했다. 어쩔 수 없이 잡아 탄 택시 안에서, 문득 카르인이 준 생체 번역기 칩이 아직 내 안에 남아 있을지 궁금해졌다.

해설 | 단요(소설가, 문학평론가)
치즈, 파노라마, 인간

"당신이 무엇을 먹었는지 말해달라. 그러면 당신이 어떤 사람인지 알려주겠다." 유명한 미식가의 말이다. 이 말을 현대인에게 적용한다면 "당신의 구매 영수증을 보여달라. 그러면 당신이 어떤 사람인지 알려주겠다"가 되지 않을까.

이때 정확한 판단을 위해서는 산 것보다 버리지 못하는 것에 초점을 맞추는 편이 좋으리라. 무언가를 구매하는 것 자체는 꽤나 일회적이고 일의적인 행동이다. 우리는 때때로 얼굴 모를 판매자에게 애착을 느끼거나 단종된 제품을 찾아 헤매지만, 대부분의 거래는 돈을 내고 물건을 받는 순간에 끝난다. 깔끔하게. 그건 구매자가 결정권을 온전히 누린다는 의미이기도 하다. 우리는 거래 상대에게 책잡힐 걱정 없이, 언제든지

구매를 멈출 수 있다.

  거꾸로 말해, 매번 같은 물건을 장바구니에 담는다는 것은 어딘가 깔끔하지 않은 구석이, 등가교환으로는 처리할 수 없는 잉여가 생겼다는 의미일 테다. 우리는 종종 동네 가게 사장님과의 친분 때문에 인터넷 쇼핑의 편리함을 등지고, 성능 좋은 신상품 대신 익숙한 제품군을 고집하며, 낡고 해진 잠옷에서 익숙함 이상의 친밀감을 느낀다. 그 사소한 것들을 포기하는 순간 세계는 이전과 달라질 것이다. 가혹하거나 끔찍한 것들에도 동일한 논리가 적용된다. 세상에는 소모적이거나 가학적인 관계에 시달리면서도 차마 애증을 끊어내지 못하는 사람이 무수하거니와, 그중 일부는 그런 긴장을 통해서만 스스로의 의미를 규정할 수 있는 듯 보인다.

  그러니까, 무언가를 버릴 수 없는 것은 우리가 외부를 향해 뻗어나가는 동시에 외부로 인해 결정되는 **존재**인 까닭이다. 여기서부터 시작하자. 이건 거래가 아니라 결합이다. 볼트와 너트가 맞물리듯이, 서로의 빈구석을 메우며 하나로 완성되는 까닭에 이질성을 의식하게 되는 존재 양식이다. 분리되고자 하는 순간에도 하나됨과 다름의 감각이 공존하는, 따라서 매 순간 완성되더라도 결코 완결되지 않는…… 이런 양태에 **상호 침투의 존재론**이라는 이름을 붙일 수 있으리라.

  다만 그런 면에서는 앞서 언급한 볼트와 너트의 비유가 다소간 부적절할 수 있다. 분리를 통해 하나됨(분리를 꿈꾼다는 것은 이미 결합된 상태라는 의미이다)과 다름(분리의 가능성은 그 자체로 '나'와 '너'의 구분을 전제한다)을 동시에 의식할지라도, 볼트와 너트는 깔끔하게 떨어져나갈 수 있기 때문이다. 그렇다면 상호 침투의 역설을 온전히 드러내는 사물로는 무엇이 있을까? 블루치즈는 어떨까? 우유는 곰팡이균에게 자신을 내어줌으로써 완전히 다른 것이 되고, 곰팡이균은 우유와 함께함으로써 두꺼운 외피를 얻는다. 또한 그렇게 완성된 치즈의 외피를 도려내더라도 그 둘이 원래의 상태를 되찾는 일은 벌어지지 않거니와…… 무엇보다도 블루치즈는 냄새를 풍긴다. 상처받은, 상처받았기 때문에 서로를 파고드는 사람들에게서 나는 것과 비슷한 냄새다. 그 냄새가 블루치즈의 향긋한 맛과 불가분의 관계라는 사실까지가 이 유비를 완성한다.

그러니까 결국엔, 치즈다. 부단히 상호 침투하며 서로를 재구성하는 존재들에 대한 이야기인 것이다.

* * *

「치즈 이야기」의 줄거리를 요약하자면 간단하다. 부모에게 방치당했던 아이가, 어른이 되어 그 어머니를 돌보게 되는 이야기. 그러나 이것이 복수극으로만 읽히지 않는 까닭은 시종일관 경쾌한 화자의 태도 때문일 것이다. 자신을 버려둔 친모에 대한 원망을 행간에 깔아만 둔 채로, 화자는 꿈에서 본 블루치즈에 대한 환상을 좇는다. 꼬릿한 냄새가 나는 그 치즈의 맛은, "짜고, 달고, 역하고, 사랑스러운"(15쪽) 맛이다. 그건 오줌이 넘치는 요강과 함께 방에 갇혀 죽어가던 자신의 모습, 그리고 거동이 불가능해져 욕창에 시달리는 친모의 악취와 연결된다. 그래서인지 블루치즈에 대한 화자의 희구는 자신의 세계를 이렇게 만든 사람에 대한 비틀린 존중 같기도 하고, 자신의 기원을 부정하지 않으려는 마음 같기도 하다. 둘 중 어느 쪽이든 손쉬운 결별이 불가능한 관계임은 분명하다. 소설의 막이 내리는 순간 화자는 지면 너머의 독자를 향해 "당신이 생각하기에 이 이야기는 무서운 이야기인가요, 웃기는 이야기인가요?"(33쪽)라고 질문함으로써 자신의 입장을 명쾌히 하는데, 당위에 기반해 손쉬운 판결을 내리는 대신 관계의 양가성을—불쾌하거나 가혹한 것까지 포함하여—포착하려는 이러한 태도는 작가의 자세로도 읽힌다.

「수선화에 스치는 바람」은 쌍둥이 동생을 위해 줄곧 희생해 온 언니 '나'와 인플루언서가 된 동생 선희의 이야기다. 엄마가 제공하는 한 사람 몫의 돌봄을 절반으로 나누어 가짐으로써 하나가 되려는 쌍둥이의 이야기이기도 하다. '나'가 생일 선물을 양보하며 착하고 좋은 언니로 자리매김하는 동안, 선희는 욕심 많은 동생이 되는 대신 바깥에서 화려한 인기를 누린다. 본문의 서술을 빌리자면 이는 공평한 처사다. "엄마의 '공평함'이란 물질적 축하와 정신적 축하를 완전히 구별해 중복되지 않게 부여하는 걸 뜻했다. (……) 하나를 얻으면 하나는 포기해야 했다."(91쪽) 그런데 그 둘은 깔끔하게 상계되기에는 너무나도 상이한 가치이기에, 두 사람은 무한히 누적되는 채무를 쐐기 삼아 서로에게 더 깊숙이 개입하고자 한다. '나'는 게임 플레이어처럼 동생의 삶을 휘두름으로써, 동생은 기꺼이 언니의 아바타가 됨으로써. 그러나 침범에 순응하는 것은 역설적으로 지배자의 자아상을 지배하는 일이다. 피지배자는 자아 인식의 기반을 잃게 되기 때문이다. 따라서 이 관계는 일방적 지배·피지배의 구조로 환원되지 않으며, 후반부에 이르러 선희가 역할놀이의 허구성을 드러내는 순간은 '나'라는 한 사람의 취약성이 폭로되는 순간으로도 기능한다.

여기에서 발견할 수 있는 명제는 크게 셋이다. 첫째, 상이한 것들끼리는 교환되는 듯 보이지만 실제로는 어떤 것도 교환되지 않는다. 언니의 물질적 지원은 동생의 빚으로, 동생의 죄의식은 언니의 빚으로 남을 뿐이다. 둘째, 이러한 상호 침투적인 잉여는 투쟁의 근원이 된다. 그것은 나를 구성하는 타자가 여전히 타자이기 때문에 발생하는 긴장이고, 긴장에 대한 대응으로서의 신경증이며, 신경증적인 몰입이다. 바로 여기에서 조종과 통제가, 결속과 지배가, 관음과 보여짐이 기원한다. 셋째, 그럼에도 여전히 미지의 것이 있다. 막바지에 이르러 신경증이 극대화되는 순간, 애증의 굴레에서 조명되는 것은 뜻밖에도 지극한 애愛다. 그것은 이 뒤틀린 관계의 동력원인 동시에 회복의 단초이기도 하다. 작가는 이 지점에서 우리의 다른 모든 감정이 그러하듯, 사랑 역시 중립적인 가치를 지닌다는 사실을 강조하려는 듯하다. 그것은 우리를 목 졸라 죽이는 동시에 부드럽게 감싸안는 힘이고, 인간관계의 양가적인 작동원리다. 전환의 계기는 초월적인 결단의 순간이 아니라 그 양가성 자체에 내재되어 있는 것이다.

따라서 앞선 두 단편을 경유해 나온 뒤에는 이런 질문을 던져볼 만하다. 우리의 존재가 서로의 관계 속에서 **이렇게** 구성된다는 사실은 **무엇을 의미**하는가? 초점을 'How'에서 'Why-What'으로 옮길 차례다.

* * *

『치즈 이야기』는 줌아웃과 줌인을 반복하며 더 넓은 지평을 향해 나아간다. 그것은 모든 사람의 연결로부터(「소라는 영원히」), 그리고 한 사람의 지극한 내면에서부터(「안락의 섬」) 인간의 생 전체를 살피며 그 기반을 이해하려는 시도다.

「소라는 영원히」는 만지는 물건의 기억을 보는 아이, 소라에 대한 이야기다. 초능력자 소녀로서 매스미디어의 렌즈 앞에 섰던 소라는 '상품 가치'가 사라지면서 카메라 밖으로 밀려나고, 대신 부모의 주도하에 흥신소 상담사 같은 삶을 살기 시작한다. 이때 소라를 괴롭히는 것은 물건을 통해 보이는 사건의 잔혹성만이 아니라, 매끈하게 봉합된 삶의 표면 너머에 축축하고 불쾌한 것들이 도사리고 있다는 사실 자체다. 그건 현실이 외면과 망각을 통해 지탱되는 허상임을 깨닫는 순간의 현기증이자, 무엇을 어디까지 믿어야 할지 알 수 없다는 사실에서 비롯된 좌절이기도 하다. 결국 소라는 이렇게 말하기에 이른다. "저도 이런 사실을 알기 싫어요. 타인의 말을 곧이곧대로 믿으며 적당히 무관심하게 살고 싶다고요."(192쪽) 라캉의 논리를 빌려 이를 상징계와 실재계의 근원적인 긴장이라고 해석할 수 있을 것이다. 상징계에 온전히 닻을 내리지 못한 인간은 정신증적 구조 속에서 길을 잃고 만다. 그러니까…… 소라는 자신의 오른팔을 완전히 잘라냄으로써 정신병원에 갇힌다. "복잡한 거짓말을 일삼는 인간들의 세계가 아니라, 보이는 게 전부인 평면의 세계"(196쪽)에 말이다.

　무분별한 침투 앞에서 관계의 좌절을 맞닥뜨리고 내면으로 후퇴하는 이야기. 여기까지가 소설의 절반이고, 남은 절반에서는 후퇴한 지점을 반환점 삼아 왔던 길을 되돌아가는 회복의 이야기가 펼쳐진다. 다른 입원자들과 친해진 소라는 보드게임에 불리하다는 이유로 기계 팔을 장착하지만, 곧 갑작스런 습격으로 인해 상실과 소외를 겪는다. 이는 역설적으로 더 오래 살아남을 이유로 자리매김한다. 소라는 상실을 기억 속에 간직함으로써 그것을 영원으로 변환시키는 법을 (그리고 타자와의 관계에 온전히 참여하는 법을) 배우고, 고물상을 열어 기억의 파편들을 모아들이기 시작한다. 과거에는 끔찍하게만 느껴졌던 감각들도 외부 세계를 온전히 받아들이는 법을 익힌 소라에게는 더이상 문제가 되지 않는다. 후반부의 기계 팔과 고물상은 전반부의 '살로 된' 팔과 흥신소와 흥미로운 대칭 관계를 맺는데, 매스미디어의 렌즈가 작동하는 방식 역시 그렇다는 점에서(전반부의 소라는 매스미디어의 렌즈 바깥으로 쫓겨나지만, 역으로 후반부의 방송 작가는 소라를 찾기 위해 렌즈 바깥으로 나간다) 「소라는 영원히」는 변증법적인 성장 서사로도 읽힌다.

다만 이 소설은 구체적이고 개별적인 인간관계를 그림으로써 감동을 끌어내기보다는 원초적인 종교적 경험에 가까운 경이를 제시함으로써, 또한 눈앞의 한 사람보다는 사물과 인간이 엮여 만들어지는 파노라마에 주목함으로써 휴머니즘 이상의 지평에 다가서려는 듯 보인다. 관계란 "세상 모든 만물의 교집합"(210쪽)이요, 한때 존재했던 것들과 앞으로 존재할 것들의 연쇄이자 기억이요, 시간 바깥의 영원이요, 우리가 우리 자신을 발견하는 무대다. 그것은 세계이자 신이다.

물론 초월을 모색하는 작업에 다양한 방법이 있는 만큼, 신이라는 개념을 끌어오는 데에는 마땅한 신중함이 필요하다. 요컨대 「소라는 영원히」가 펼쳐 보이는 초월은 불교의 연기설을, 수평적인 상호 의존의 그물망을 연상시킨다. 반면 기독교의 초월은 천상의 도성으로부터 지상을 향해 일방향으로 주어지는 것이다. 그 초월을 받아들인다는 건 정의로운 태엽 장치(이 장치의 이름은 물론 신의 섭리다)의 부품이 되는 일이다. 둘 중 무엇이 더 옳다고, 평자 된 입장에서 단언할 수는 없겠다. 전자의 세계에는 불확실성과 미결정성의 공포가 드리운 반면, 후자의 세계에는 절대적인 중심을 매번 의식하게 된다는 면에서 서늘함이 깃들어 있다는 논평이 가능할 뿐이다.

「안락의 섬」에 등장하는 외계 종족, 카르인은 후자의 신에 해당한다. 그들은 학구적인 평화주의자로, 우주 곳곳을 떠돌며 생물 연구용 표본을 수집하는 중이다. 그 과정에서 폭력이 동원되는 일은 결코 없다. "죽고 싶지만 죽기 두려워 누군가 죽여주었으면 하는 지구인"(291쪽)이 허다한 만큼, 초호화 호스피스에서 행복한 죽음을 맞이한 뒤 연구용 표본이 되고자 하는 사람들 역시 이력서와 심층 면접을 통해 걸러내야 할 정도로 많다. 만약 마음이 바뀐다면 도중에 돌아갈 수도 있다.

카르인들은 분명 정의와 공의의 표준을 따르는, 합리적이고 윤리적인 주권자들이다. 그러나 인간이 그들에게 행사할 수 있는 것이 아래로부터의 자발성이나 거부 외에 없다는 점은(즉, 상호 침투가 불가능하다는 점은) 이러한 관계를 다소간 섬뜩하게 만든다.

"무섭지 않나요? 다른 행성의 어떤 이들은 이 지하실을 관람하고 결정을 번복했었죠. 그런 경우가 꽤 많았습니다."
나는 답했다.
"무섭지는 않아요. 하지만…… 하나의 원통 안에 한 종족만 있잖아요. 저는 그게 마음에 들지 않아요."
무는 안타까운 표정으로, 그건 진열 규칙상 어쩔 수 없다고 답했다.(315~316쪽)

안락의 섬에 들어온 수수가 '카르인들이 타 생명체를 박물관의 표본으로 보존한다는 사실'보다 '죽어가는 반려견과 같은 원통에 들어갈 수 없다는 사실'에 더 큰 아쉬움을 느끼는 데에는 그러한 역학이 배경으로 깔려 있다. 카르인 무가 안타까운 표정으로 어쩔 수 없다고 답하는 것은 초월적이고 엄정한 섭리가 작동하는 방식이고, 대화할 수 있는데도 요구할 수 없다는 사실은 인간에게 실존적인 무력감을 불러일으킨다.

이때 '기억'이라는 키워드가 반복적으로 제시된다는 점은 의미심장하다. 또다른 입소자인 라미는 점점 기억을 잃어가는 사람으로, "자신이 누구인지 잊기 전에, 가장 멋진 기억을 남기고 그것을 인생의 마지막 장면으로 선택하고 싶어서"(312~313쪽) 안락의 섬에 들어온 경우다. 이때 아이로니컬한 점은, 라미가 기억을 박제하기 위해 그리는 그림들이 정작 자기 자신에게서는 지워지고 수수의 기억에 합류한다는 것이다. 이러한 이양은 라미를 망각의 굴레로부터 잠시나마 달아나게 돕는 출로가 되어준다. 죽은 반려견 그림들 앞에서 우는 수수에게, 라미는 안락사를 포기하고 돌아가라는 뜻을 전하며 고양이 그림을 보여준다. "내가 밥을 주던 애들이야. 여기 온 첫날에 그린 그림이지. (……) 아마가사키역 서쪽 출구 앞 제일 첫번째 상가 옆 골목. 거기 가서 얘네가 밥을 잘 먹고 있는지 확인해줘."(323쪽) 그것은 자신의 기억을 이어받아 계속 살아가라는 명령이자, "다시는 깨어나지 않아도 상관없을 정도로, 꿀 같은 안식을 선사"(325쪽)하는 죽음을 거부하고 생의 고통과 역동에 발붙일 까닭이기도 하다. 그리고 무엇보다도, 섭리에 승복하기보다는 주체적인 인간으로서 불완전하게나마 영원을 일구어나가라는 요청이다. 「안락의 섬」은 마지막 순간 안락사를 포기하는 수수의 결정을 통해, 인간의 손을 들어준다.

이로써 「소라는 영원히」와 「안락의 섬」은 인간이 인간으로서 존재하는 일이 만물의 파노라마 속에 자신의 이야기를 끼워 넣고, 타인의 이야기에 기꺼이 영향받는 공동 창작의 과정이라는 결론에 도달한다. 지배와 통제를 통해서든 혹은 돌봄을 통해서든 어쨌거나 우리는 그러한 대연쇄 속에 붙들려 있다는 것. 그것은 기억의 문제와 직결된다. 나는 타자의 기억을 궁금해함으로써 타자와 함께 만들어나갈 미래의 상을 궁금해한다. 나와 타자가 서로를 만들어나가는 동안 과거의 기억과 현재, 미래의 선택들 역시 서로를 재구성해나간다. 따라서 이 파노라마란 기실 두 개의 축이 교차하며 형성되는 화합물이다. 매 순간 부글거리는 화학반응을 일으키고, 분자 고리를 잃었다가 다시 만들면서, 고정되지 않은 상태로 미래와 과거를 향해 움직이는 화합물. 그것은 서두에 제시한 'Why-What'에 대한 응답이기도 할 것이다.

우리는 이 블루치즈와 같은 생을 어떻게 이해하고 받아들여야 하는가?

어쨌거나 우리는 그 시간들을 통해 살아간다. 파노라마에서 좋은 부분만을 골라낼 수는 없다. 영원히 상환될 수 없는 상호 채무의 또다른 이름은 사랑이자 애증이자 슬픔이다. 또한 기억이다. 기억은 끊임없이 미래를 향한다. 이처럼 미래를 향해 가겠다 결의하는 것, 그것은 윤리와 책임의 한 형태이기도 할 것이다.

* * *

악곡 형식 중 하나인 소나타는 A(제시부)-B(발전부)-A′(재현부)의 구조를 통해 구체-추상-구체를 구현한다. A에서 명확하고 친숙한 음악적 아이디어를 제시한 후, B에서 주제를 해체하거나 변형함으로써 새로운 가능성을 탐구했다가, 출발점으로 돌아오는 것이다. 이때 B를 거쳐온 A′는 A와 같은 선율임에도 더 깊은 의미를 지니며, 미묘한 변화가 수반되기도 한다. 소설집 전체를 하나의 소나타로 간주할 때, 「치즈 이야기」와 「수선화에 스치는 바람」이 제시부라면 「소라는 영원히」와 「안락의 섬」은 발전부, 「보증금 돌려받기」와 「두번째 해연」은 재현부로서 기능한다.

  수록작들이 대체로 고어함과 귀여운 섬뜩함, 아이로니컬한 유머 코드를 미학적 정서로 공유하는 반면 「보증금 돌려받기」는 보다 직설적이라는 점에서 이채롭다. 할란 엘리슨의 단편소설 「매 맞는 개가 낑낑대는 소리」를 다시 쓴 작품이라고 평할 수도 있겠다. 이 소설에서 재현된, 살인사건을 방관한 1960년대의 미국인들과 그들을 지배하는 악신이[*] 2020년대의 한국

---

[*] 「매 맞는 개가 낑낑대는 소리 The Whimper of Whipped Dogs」는 서른여덟명의 목격자가 있었음에도 아무도 돕거나 신고하지 않았던 '키티 제노비스 강간 살해 사건'을 바탕으로 쓰였다. 추후 조사에 따르면 이는 오보였으며, 실제론 경

에서 능동적인 형태로 되살아난 것이다. 치안에 대한 항시적인 공포, 불시에 초인종을 눌러대는 익명의 사람들, 관리비 절감을 위해 가짜 CCTV를 달아놓았으면서도 정작 제때 보증금을 돌려주지 않는 집주인. 또한 폭탄을 떠넘기기 위해 새로운 세입자에게 입 발린 말을 거듭하는(그리고 최종적으로는 더한 선택을 감행하는) 성아 자신. 더 나아가, 도시 그 자체로 말이다.

"평소와 다를 것 하나 없는 상황을 배경으로 펼쳐지는 이 장면이, 마치 도시란 이런 데라고, 어떤 일이 벌어져도 이상하지 않으며 너 역시 언제나 타깃이 될 수 있다고 조롱하는 듯했다."(57~58쪽)

즉 「보증금 돌려받기」는 발전부를 통해 재구성된 주제를 대도시라는 조건에 접붙임으로써 역전적인 심화를 시도하는 셈이다. 관계가 우리네 세계의 기반이라면, 관계가 부재하는 곳에는 무엇이 도사리는가? 「보증금 돌려받기」 속 대도시의 풍경이란 (온전한 얼굴을 갖춘) 타자가 없으므로 나 역시 존립할

찰 신고가 몇 건 있었다고 하나 소설이 쓰일 당시에는 그 사실이 알려지지 않았다. 사건의 진상과는 별개로, 도시의 비인간성과 인간 소외는 사회학적 현상이자 위어드 픽션의 유구한 테마이기도 하다.

근거를 발견하지 못하는 불안의 세계이다. 여기에 있는 것은 실상 성공했거나 실패한 거래뿐이며, 관계의 연쇄는 부도수표와 현찰이 옮겨다니는 여정에 불과하다. 누가 나를 습격할까? 알 수 없다. 그렇다면 내가 던진 폭탄에 습격당할 사람은 누구일까? 그것도 확실치 않다. 이곳에서 명징한 것은 희생양과 제사장이라는 배역뿐이고, 인간들은 매 순간 유동적으로 서로 다른 역할을 택할 따름이다. 성아가 군중 속의 괴물로부터, 혹은 그 괴물에 당한 피해자로부터 매번 자신의 얼굴을 발견하게 되는 것은 그런 까닭에서일 테다.

「두번째 해연」은 재구성된 주제의 벡터를 한 단계 더 밀고 나가 심화시키는 소설이다. 동질성과 이질성의 역설과 기억이라는 테마가 다양한 축을 넘나들며 가장 솜씨 좋게 엮이는 작품이기도 하다. 우선 주인공인 해연을 둘로 분리해보자. 하나는 죽기 전, 인간이었던 시절의 **해연A**이고 다른 하나는 기억을 물려받은 사이보그 **해연B**다. 해연A는 매번 유령처럼 되살아나며 해연B를 가짜의 자리에 주저앉히지만, 사실 그 유령의 버팀목은 지금 여기에서 살아가는 해연B다. 해연의 아버지인 백연을 포함하면 셈법은 훨씬 복잡해진다. 해연A와의 기억만을 붙잡고 살아가는 아버지는, 흐릿해지는 기억에 맞서기 위해 해연B에게 자신을 연루시킨다.

어디부터가 진실이고 어디까지가 과장인지 알 수 없는 이야기의 바닷속에서 해연은 편안해졌다. 성간과 은하를 아우르는 이야기가 어느새 해인과의 연애사로 귀결되었다. 백연은 문득 말을 멈추고 고개를 돌렸다. 해연이지만 해연이 아닌 것이, 해연도 듣지 못했던 이야기들을 듣고 있었다. 백연이 중얼거렸다.

"만약 내가 이 모든 기억을 잃는다면, 딸이 죽었다는 사실마저도 잊는다면, 너는 정말로 해연이 되어버리는 걸까?"
해연은 답했다.
"저는 저로 남아 있을 거예요. 제가 모든 걸 기억하니까요."
(266~267쪽)

이 지점에서 소설은 상이한 조건들이 서로를 떠받치는 논리게임의 색채를 얻는다. 해연A를 부정할 경우에도, 해연A만을 전적으로 긍정할 경우에도 해연B는 기원을 잃는다. 반면 둘의 연속성을 순순히 인정한다면 해연B가 감각하는 이질성은 폭력적으로 소거되고 만다. 이 교착상태 앞에서 작가가 꺼내드는 답은 명사가 아닌 동사의 형태를 지닌다. DNA나 외모, 성격으로 규정되는 동일성$_{Idem}$의 영역을 지나, **과거의 내 이야기를 지금의 내가 승계하고자 결의하는** 자기성$_{Ipse}$의 영역으로

도약하는 것이다. 자기 자신을 잃을 수도 있는 가능성을 끌어안고, 그것을 자신의 정체성을 만들어가는 재료로 삼겠다고 결심하는 것. 그 도약은 제어 불가능한 타자의 침입을 정면으로 마주함으로써 해연A-B를 융합시키는 존재론적 변형이며, 해연B를 완강히 거부하던 백연마저도 굴복시키는 힘이다.

* * *

이쯤에서 소나타 형식의 A-B-A′ 구조에 '코다Coda'라 불리는 짧은 종결부가 덧붙는다는 사실을 말해야겠다. 코다는 주제를 재확인하고 발전시키면서 곡에 완결성을 부여하는 역할을 한다. 「반쪽 머리의 천사」가 바로 그렇다.

우승을 놓친 적 없는 체육 특기생인 열아홉 살 우승하는 뇌동맥류로 인해 육상선수 커리어를 내려놓은 상태다. "내가 더 이상 트랙 위의 주인공이 아니라는 사실"(148쪽)에 괴로워하던 승하는 여름방학 동안 남주극장의 관리자로 일하게 된다. 작고 낡은 영화관에 동지 의식을 느끼던 승하 앞에 등장한 존재는, 스릴러 영화의 조연인 기주영이다. 기주영을 연기한 배우가 아니라, 스크린 속에서 죽은 캐릭터가 후두부가 깨진 모습 그대로 나타난 것이다. 얼떨떨해하던 기주영은 자신의 죽음이 영화 전개를 위한 포석에 불과하다는 사실에 분통을 터뜨린다. 설상가상으로 그 배역을 연기한 실제 배우마저 불의의 사고로 죽자, 승하는 기주영의 등장과 배우의 죽음 사이에 연결고리가 있으리라는 가정하에 그의 성불을 돕기 위해 장례식장으로 향한다.

  기묘함이 극대화될 만한 배경 설정임에도 불구하고, 소설의 주축을 이루는 정서는 뜻밖에도 소박한 정겨움이다. 그것은 아마도 등장인물들의 불만과 불평이 우리의 삶을 닮아 있어서일 것이다. 내가 이 세상의 주역이 아니고, 심지어 주체조차 될 수 없는 현실에서 느끼는 실망과 좌절 말이다(수평적인 상호 의존의 그물망 안에도 결절점結節點은 존재한다). 소망과 열정과 노력은 곧잘 무심한 우연들(마찬가지로, 중층적으로 결정된) 앞에 으깨져버리고, 그때 가능한 대응은 추억하거나 분노하는 것 외에 딱히 없다. 그럼에도 우리는 계속 살아간다. 계속 살아가면서 고맙고 소중한 기억을 쌓아나간다. 다른 사람들과 함께. 「반쪽 머리의 천사」는 삶의 그러한 면을 정확히 짚음으로써 소설집 전체의 무게를 너무 어둡지도, 너무 광막하지도 않은 자리에 절묘하게 올려놓는다.

  양가적이고 어스레한 마음을 정확히 묘파하는 작가는 많다. 동시에, 상호 침투적인 이야기가 세계의 작동 원리이자 형상임을 파악한 작가도 많다. 그것이 시간과 기억의 문제로 번역

된다는 점을 이해하는 작가 역시 많다. 휴머니즘을 통해, 상처받은 사람들을 위무하는 작가들도 빼놓을 수 없다. 그 모든 작가들은 각자의 분야에서 빛난다. 그럼에도 이 모든 주제를 굽이굽이 돌아 나오며 하나로 통합시키는—그럼으로써 일관적이면서도 총체적인 관점을 완성시키는—건축적 기예는 이 책을 쓴 작가의 고유한 역량일 것이다. 그것은 조예은이 조예은인 까닭에 가능한 작업이다.

작가의 말

어느덧 세번째 소설집입니다. 이번에도 어김없이 여름이고, 저는 빗소리와 천둥소리를 들으며 이 글을 쓰고 있습니다. 밤하늘이 번쩍이면 왠지 모르게 가슴께가 간지러워집니다. 제가 소설의 첫 장을 펼칠 때 기대하는 마음과, 불길한 날씨가 주는 긴장감이 어딘가 닮아 있는 듯합니다.

2022년에서 2024년까지 발표한 단편소설들을 모았습니다. 과거에 쓴 글을 시간차를 두고 살피는 작업은 언제나 괴롭지만, 당시의 제가 어떤 주제에 빠져 어떻게 사고했나 되새길 수 있다는 건 소설가로서 누릴 수 있는 장점 중 하나임이 분명합니다. 부끄러움과 창피함 또한 제 몫이고, 현재는 그런 감정이 의외로 반길 만하다는 걸 느릿느릿 받아들이는 중입니다.

여름에 책을 출간할 때마다 싫어하는 계절을 좋아할 구실이 생겨나는 것 같습니다.

계절을 불문하고 찾아 읽어주시는 분들 덕분입니다. 한 시절의 파편들을 모아 하나로 엮기까지 힘이 되어주신 모두에게 진심을 담아 감사의 마음을 전합니다. 무덥고 습한 계절에, 차가운 바닥을 뒹굴며 먹는 주전부리 같은 이야기들이 되기를요. 달짝지근하기도, 짭조름하기도 한, 부드럽기도, 거칠기도 한 맛과 식감을 부디 즐겨주세요.

뇌우 속 섬광을 담아.

2025년 7월

조예은

| 수록 작품 발표 지면 |

치즈 이야기 …… 웹진 비유 2023년 3월호

보증금 돌려받기 …… 『도시, 청년, 호러』 안전가옥, 2022

수선화에 스치는 바람(발표 당시 제목은 '아메이니아스의 칼')
　　…… 『이웃집 소시오패스의 사정』 앤드, 2024

반쪽 머리의 천사(발표 당시 제목은 '캐스팅')
　　…… 『캐스팅』, 돌베개, 2022

소라는 영원히(발표 당시 제목은 '펑거팁 메모리')
　　…… 『*c-lab 6.0 자료집』, 코리아나미술관, 2022

두번째 해연 …… 『문학동네』 2022년 여름호

안락의 섬 …… 『에피』 2022년 21호

문학동네 소설집
치즈 이야기
ⓒ 조예은 2025

1판 1쇄 2025년 7월 30일
1판 6쇄 2025년 12월 5일

지은이 조예은
책임편집 임고운 | **편집** 정은진
디자인 이혜진 최미영 | **저작권** 박지영 형소진 주은수 오서영 조경은
마케팅 정민호 서지화 한민아 이민경 왕지경 정유진 정경주 김혜원 김예진 이서진
브랜딩 함유지 박민재 이송이 박다솔 조다현 김하연 이준희
제작 강신은 김동욱 이순호 | **제작처** 천광인쇄사

펴낸곳 (주)문학동네 | **펴낸이** 김소영
출판등록 1993년 10월 22일 제2003-000045호
주소 10881 경기도 파주시 회동길 210
전자우편 editor@munhak.com | **대표전화** 031) 955-8888 | **팩스** 031) 955-8855
문학동네카페 http://cafe.naver.com/mhdn
인스타그램 @munhakdongne | **트위터** @munhakdongne
북클럽문학동네 http://bookclubmunhak.com

ISBN 979-11-416-0256-7 03810

* 이 책의 판권은 지은이와 문학동네에 있습니다.
* 이 책 내용의 전부 또는 일부를 재사용하려면 반드시 양측의 서면 동의를 받아야 합니다.

잘못된 책은 구입하신 서점에서 교환해드립니다.
기타 교환 문의 031) 955-2661, 3580

www.munhak.com